Le temps d'un été à Mermaid's point

SARAH BENNETT

Traduit de l'anglais
par Stéphanie Alglave

City
Poche

Publié pour la première fois en Grande-Bretagne en 2021
sous le titre *Summer Kisses at Mermaids Point*
par Boldwood Books Ltd.
Couverture : The Brewster Project et Shutterstock
ISBN : 978-2-8246-2935-3
Code Hachette : 82 8403 3

Collection dirigée par Christian English & Frédéric Thibaud.
Catalogue et manuscrits : city-editions.com

Dépôt légal : Juillet 2025

Pour M –
la plus heureuse de mes fins heureuses

1

Laurie Morgan survola du regard les tables, vides pour la plupart, qui se trouvaient de l'autre côté du comptoir. Barbara Mitchell et sa meilleure amie, Kitty Duke, étaient installées dans l'angle habituel, et tricotaient de minuscules bonnets pour une association qui en faisait don à des services hospitaliers pour bébés prématurés dans tout le pays. Mais à part les deux femmes, Laurie n'avait pas eu d'autres clients depuis l'heure d'affluence du petit déjeuner. Se tournant vers la vitrine de son café, que la pluie marquait de traînées, elle plissa les yeux pour entrevoir l'extérieur à travers l'eau ruisselante. Elle n'apercevait que de manière floue le paysage qui se trouvait au-delà. Les nuages étaient si épais et si bas qu'il était presque impossible de distinguer la frontière entre le ciel et la mer, car l'ensemble était d'un gris uniforme et triste. *Comme tout pouvait changer d'un jour à l'autre…*

À cette heure-ci, la veille, elle pouvait à peine percevoir le son de sa propre voix au-dessus du brouhaha des conversations, de l'entrechoquement des tasses sur les soucoupes et du raclement des fourchettes sur les assiettes, après l'arrivée d'un car du Women's Institute[1]. Les femmes avaient dévoré toutes les pâtisseries qu'elle avait préparées pour la journée et elle avait dû faire décongeler en hâte quelques génoises pour s'assurer que ses clients habituels auraient de quoi accompagner leurs sandwiches à l'heure du déjeuner. Et les visiteuses n'avaient pas uniquement dévalisé son stock de gâteaux ; en voyant la file d'attente qui serpentait jusqu'au milieu de son café devant les toilettes, elle avait attrapé son téléphone portable pour appeler son frère Nick à la rescousse, lui demandant de faire un saut d'urgence au magasin du coin pour reconstituer sa réserve de papier toilette. Évidemment, il avait trouvé cela très drôle et s'était évertué à faire une entrée remarquée par la porte de devant, tel un chevalier blanc venu à son secours, plutôt que de se faufiler par l'entrée de service pour déposer ses achats dans la réserve qui était également celle du magasin de souvenirs contigu tenu par leurs parents.

Un éclat de rire provenant de la table située dans l'angle détourna son attention du temps lugubre qui régnait à l'extérieur. Elle observa Barbara et Kitty durant quelques minutes, pleine d'admiration pour la rapidité avec laquelle elles faisaient aller et venir leurs aiguilles sans une hésitation. Aucune des deux femmes qui bavardaient n'accordait davantage qu'un coup d'œil de temps en temps à son ouvrage. Sa grand-mère avait tenté de lui apprendre le tricot lorsqu'elle

1 WI (abréviation) : organisation britannique de femmes destinée à améliorer leur communauté, à s'entraider et à partager des connaissances.

était petite, mais, comme pour toutes les autres activités manuelles auxquelles elle s'était essayée auparavant, elle n'était pas parvenue à en maîtriser le geste. Être la seule gauchère de la famille ne l'avait pas aidée, car tout ce qu'on lui montrait lui semblait complexe. Même aujourd'hui, alors qu'elle avait presque vingt-trois ans, elle devait se concentrer, lorsqu'elle utilisait ses couverts, pour ne pas mettre son assiette sens dessus dessous avec la fourchette qu'elle tenait de sa main gauche. Heureusement, lorsqu'elle cuisinait et faisait de la pâtisserie, la main dans laquelle elle tenait son couteau n'avait plus d'importance, et elle avait passé de nombreuses heures amusantes sur les genoux de sa grand-mère à apprendre les rudiments de la cuisine, se découvrant une véritable passion. Convertir une extrémité de leur vaste boutique située sur le front de mer en un café avait représenté un pari pour ses parents, mais ils avaient décidé que cela valait la peine de le relever. S'ils n'avaient pas accepté, Laurie en aurait été réduite à envisager de quitter Mermaids Point pour chercher un emploi dans une plus grande ville. Comme elle avait grandi à un jet de pierre de l'océan Atlantique et de ses vagues constamment changeantes, la perspective d'aller vivre à l'intérieur des terres l'avait horrifiée.

Elle avait toujours été attirée par la mer. Quelle que soit la saison, celle-ci était belle – aussi bien lors des douces journées estivales durant lesquelles les voiles triangulaires blanches étincelantes des bateaux de plaisance constellaient les flots paisibles que lors d'une tempête hivernale tumultueuse, tourbillonnante, au cours de laquelle même les plus courageux des pêcheurs du coin laissaient leurs bateaux amarrés à l'abri de la baie. Même par une journée maussade comme celle-ci, elle préférait sortir qu'être à l'intérieur. Elle parcourut de nouveau le café du regard. Si la clientèle ne faisait pas son apparition après le déjeuner, elle retournerait peut-être le panneau du café mentionnant « Fermé », enfilerait un bonnet, remonterait son col et irait s'octroyer quelques moments paisibles sur le sable humide de la plage.

Si le café était aussi tranquille, il en était probablement de même dans la boutique adjacente. Laurie jeta un coup d'œil à l'horloge accrochée au-dessus du comptoir. Elle disposait d'une bonne heure avant que les premiers clients ne fassent leur apparition pour déjeuner. S'emparant de l'un des mugs réutilisables qu'elle réservait aux habitants du coin qui emportaient leurs boissons pour se rendre à leur travail, elle prépara un cappuccino double expresso avec la machine sophistiquée dans laquelle elle avait investi. À l'aide d'un pochoir et de chocolat en poudre, elle orna la surface de la boisson d'un *smiley* souriant puis vissa le couvercle du mug. Dessiner des motifs sur le café était tendance à l'heure actuelle, même dans un petit village comme le leur. Son père s'était montré très surpris par le coût de la machine, mais il avait été subjugué dès la première gorgée du cappuccino qu'elle lui avait confectionné. Même s'il avait testé la totalité du menu, la délicieuse texture crémeuse de la boisson phare des Italiens avait sa préférence. Enveloppant en un éclair un petit morceau carré de *flapjack*, un gâteau énergétique, dans une serviette, Laurie demanda à Barbara de surveiller brièvement la salle – même s'il n'y avait rien en soi à surveiller – et longea l'arcade basse qui reliait son café à la boutique de ses parents.

Le parfum des pâtisseries et du café fraîchement préparé céda la place à la fragrance plus terreuse des huiles essentielles et des paniers d'herbes et de fleurs séchées disposés sur une grande table à sa gauche. Des sacs en jute de trois dimensions différentes et de petits sachets en mousseline étaient suspendus au-dessus de la table, permettant aux clients de créer leurs propres pots-pourris ou pochons parfumés pour leurs tiroirs. Des cristaux de toutes formes, dimensions et couleurs ornaient l'étal suivant, qu'elle longea, et une carte rédigée à la main à côté de chacun d'eux décrivait leurs vertus. Les accords doux d'un air celtique traditionnel sortaient de haut-parleurs dissimulés dans les murs en pierre biscornus et le plafond de la boutique.

Lorsqu'ils avaient accepté de diviser le bâtiment initial pour créer le café, ses parents avaient décidé de transformer l'image de la boutique et de remplacer les torchons, aimants pour réfrigérateurs et autres bricoles habituelles pour touristes par des articles « new age et hippy », comme les appelait son père. Ce type d'articles avait de plus en plus de succès auprès des touristes attirés dans le village par les récits de créatures marines mythiques qui avaient inspiré la partie la plus originale de son nom[1].

Les murs en pierre foncés avaient beau n'être qu'un trompe-l'œil habilement réalisé grâce à un parement,

1 Mermaids Point : *mermaids* signifie « sirènes ». Le nom du village peut être traduit par « cap des Sirènes ».

la boutique ressemblait désormais à une grotte souterraine féerique grâce à ses projecteurs aux nuances de vert, de bleu et de violet, et à l'installation d'un bassin d'eau de la taille d'une petite mare entourée de rochers factices. Des cristaux et des figurines de dieux et de monstres mythiques émergeaient du fond de la mare. Il s'agissait du trésor caché de la sirène et des articles que son père souhaitait mettre en valeur.

Depuis que les hommes naviguent, ils imaginent des histoires de sirènes, et les ancêtres de familles comme la sienne, qui savent que leurs racines remontent aux origines du village, ne faisaient pas exception. Laurie pensait que même si son père ne prenait pas au sérieux ces légendes, dans un minuscule coin de son cœur, il avait envie d'y croire. Sinon, pourquoi aurait-il convaincu sa mère de l'appeler Lorelai ? Pourtant, personne d'autre que sa grand-mère ne l'avait jamais appelée ainsi, à moins qu'elle n'ait eu de sérieux ennuis. L'utilisation de ses prénoms et de son nom en entier – Lorelai Christina Morgan – par l'un de ses deux parents avait encore le pouvoir de la faire trembler. Souriant à la pensée du doux géant qu'était son père lorsqu'il s'efforçait à contrecœur de punir l'un de ses enfants, Laurie se faufila entre un support de CD et des livres de mythologie. Elle frôla les superbes créations en argent et perles de verre réalisées par une talentueuse femme de la région qui s'était mise à créer des bijoux après avoir été licenciée plusieurs années auparavant, puis elle finit par atteindre le vaste comptoir.

Perché sur son siège habituel, les yeux rivés sur le téléphone qu'il tenait dans la main gauche tout en caressant de l'autre les fils grisonnants de sa barbe, Andrew Morgan ne remarqua pas son arrivée avant qu'elle ne pose le mug en métal sur le comptoir avec un bruit mat. Les yeux de son père, aussi foncés que les siens, se plissèrent avec ravissement lorsqu'il la vit, avant de se diriger vers le mug argenté.

—Est-ce pour moi ?

—Pour qui d'autre, à ton avis ? demanda Laurie en contournant le comptoir pour déposer un baiser sur sa joue.

S'appuyant contre lui tandis qu'il passait un bras autour de sa taille, elle leva le regard pour voir pourquoi son père avait le sien rivé sur son téléphone.

—Es-tu encore en train de vérifier ton nombre de *followers* ?

Après avoir réaménagé la boutique, ses parents avaient fait une incursion dans le cyberespace en créant un site internet permettant de commander en ligne tous les articles vendus sur place. Son père s'était également pris de passion pour Instagram et adorait poster des photos des articles de la boutique ainsi que de magnifiques clichés en noir et blanc du village et des environs. Son compte Instagram avait un nombre raisonnable de *followers* et il avait convaincu Laurie de l'imiter en créant également sa propre page pour son café, afin d'y partager des photos et des recettes.

—Je ne suis pas sûr de comprendre ce qui se passe, ma chérie. J'ai posté une image de mes nouveaux serre-livres en agate et mes *likes* se sont envolés. Je ne vois pas pourquoi.

Il inclina l'écran de son téléphone afin qu'elle puisse mieux voir.

Laurie étudia l'image. Les ondulations zébrées rouges, orange et dorées étaient certes saisissantes, mais n'avaient rien de plus extraordinaire que beaucoup d'autres photos qu'il avait déjà postées. Son père avait un talent de photographe qu'elle était loin de posséder. Elle jeta un coup d'œil au nombre de *likes* figurant sous la photo et en fut abasourdie. Il y en avait plus d'un millier, alors qu'ils pouvaient s'estimer heureux lorsqu'il y en avait dix fois moins. Le nombre de commentaires était encore plus surprenant. Elle avait quelques *followers* réguliers qui réagissaient régulièrement à ses *posts*, mais elle pouvait les compter sur les doigts d'une main.

—Il y a presque trois cents commentaires, papa, dit-elle sans parvenir à masquer l'incrédulité qui perçait dans sa voix. En as-tu lu certains ?

Il secoua la tête.

—Non, pas encore. Je venais juste de consulter mon téléphone lorsque tu es arrivée.

Il reprit le téléphone et effleura l'écran. Comme elle ne pouvait rien voir de l'endroit où elle se tenait, Laurie étudia l'expression de son père. Chaque fois que son pouce se déplaçait pour faire défiler les commentaires, la ride située entre ses sourcils se creusait.

—Si j'ai vu quoi ? marmonna-t-il. Est-ce que ça va bientôt s'arrêter ? commenta-t-il, l'air profondément troublé, en tendant le téléphone à Laurie. Tout le monde utilise le *hashtag* Mermaids Point pour une raison ou une autre et on me demande si je n'ai pas vu une sirène…

S'emparant du téléphone, Laurie fit défiler vers le haut puis vers le bas la liste des commentaires. Il avait raison. En plus du *hashtag* habituel du village, utilisé dans tous les *posts*, les réponses en contenaient de nombreux autres, tels que #sirenes #lessirenesexistent #lessirenesenforce #laveriteestailleurs. Perplexe, elle cliqua sur #MermaidsPoint et faillit lâcher le téléphone.

—Qu'est-ce que c'est que ça ?

Sous le *post* de son père concernant les agates apparaissait une image floue, contrairement aux clichés habituels, toujours nets, et soigneusement sélectionnés et mis en scène, qui figuraient d'ordinaire sur le site.

Sélectionnant le *post* en question, elle découvrit une série de photographies, la plupart indistinctes, comme si la personne qui tenait l'appareil photo avait enclenché trop rapidement pour pouvoir faire le point ou avait réglé son téléphone de façon à zoomer au maximum. Le nombre de *likes* était supérieur à 150 000 et grimpait rapidement, un chiffre que seuls atteignaient les comptes de célébrités. Elle ne reconnut pas le pseudo de l'auteur du *post*, et en cliquant sur sa page, elle ne vit qu'une poignée de publications, toutes datées du matin même. La première photographie montrait un groupe d'îles, dont la plus éloignée évoquait un éperon tordu. Laurie l'identifia instantanément, car celle-ci faisait partie d'un ensemble baptisé localement les Seven Sisters. Ces îles marquaient l'extrémité d'une série d'îlots vides s'étirant sur plusieurs kilomètres au large de Mermaids Point et constituant un havre de paix pour les phoques, les oiseaux marins et d'autres animaux. Au-delà, il n'y avait plus rien que la vaste étendue de l'océan.

La seconde photo était un plan rapproché montrant ce qui apparaissait comme une silhouette imprécise assise à l'extrémité d'un rocher. *Très peu pour moi.* Il n'existait pas de zone de débarquement sur les Sisters, à sa connaissance. Aussi, les îles n'étaient-elles accessibles qu'à la nage. Mais même si un petit bateau s'était approché des rochers, la température de l'eau aurait été glaciale à cette période de l'année. Elle ne devenait supportable qu'au milieu de l'été, lorsqu'il y avait eu plusieurs semaines d'ensoleillement consécutives pour réchauffer l'eau de quelques degrés – ce qui s'était rarement produit au cours des derniers étés. Certaines âmes téméraires se baignaient tout au long de l'année mais ne s'éloignaient jamais autant de la côte, et rarement sans combinaison de plongée.

Les quelques photos suivantes montraient la silhouette – celle d'une femme, identifiable à la longue masse visible de ses cheveux blonds – glissant à bas des rochers pour entrer dans l'eau, ce qui en soi n'avait rien d'extraordinaire si l'on omettait le lieu dans lequel elle se baignait, et le fait qu'elle ne portait apparemment pas de soutien-gorge. Ce ne fut que lorsque Laurie eut fait défiler les dernières photos qu'elle comprit pourquoi celles-ci avaient suscité autant de réactions. La femme avait plongé sous l'eau en laissant dépasser de la surface ce qui ressemblait à une longue queue de poisson couverte d'écailles vert argenté. *Une queue de sirène.*

—Il s'agit juste d'une plaisanterie, commenta Laurie en rendant le téléphone à son père. On dirait que c'est devenu viral, ce qui explique pourquoi davantage de personnes que d'habitude regardent les publications associées.

Son père fit de nouveau défiler l'ensemble des photos tout en secouant la tête.

—Elles ne sont même pas de très bonne qualité, non ? Presque aussi floues que ces vieilles photos du monstre du loch Ness qui avaient tant fait parler à l'époque, souligna-t-il en fermant l'application avant de glisser le téléphone dans la poche de sa chemise. Bon, je suppose que cela distrait les gens, et qu'avec un peu de chance, cela va nous attirer quelques clients supplémentaires.

Laurie contourna de nouveau le comptoir en riant.

—Tu peux toujours rêver, papa ! Ce sera comme tout ce qui se passe sur Internet, ça ne va pas durer longtemps. Bon, il vaut mieux que je retourne à mes propres affaires. J'ai laissé Barbara tenir la boutique, remarqua-t-elle en poussant le mug argenté et la part de *flapjack* enveloppée dans sa direction. Ne laisse pas ta boisson refroidir.

Son père écarquilla les yeux en apercevant le gâteau.

—Tu ne te souviens pas que ta mère m'a interdit de grignoter au milieu de la matinée ?

—Je peux le reprendre…

Elle avait à peine fait mine de tendre la main vers la pâtisserie que son père s'en empara.

—Ou pas, ironisa-t-elle en riant, avant de se diriger de nouveau vers son café. Je ne lui dirai rien si, toi aussi, tu gardes le secret, lança-t-elle par-dessus son épaule.

—Tu sais très bien que je ne peux rien lui cacher !

Il avait raison, car elle ne les avait jamais vus avoir de secret l'un pour l'autre, et elle et Nick avaient été élevés dans un même respect de la transparence et de l'honnêteté. Cependant, le fait qu'il allait avouer avoir mangé le gâteau ne l'empêcherait pas de le dévorer.

S'arrêtant près de la vitrine contenant les bijoux artisanaux, Laurie tourna les talons pour regarder son père.

—Dis-le-lui après lui avoir parlé de notre nouvelle résidente. Elle sera trop occupée à penser à la sirène pour t'en vouloir.

—Excellente idée, ma chérie !

Son père glissa dans sa bouche un morceau de la pâtisserie collante et leva les pouces à son intention.

2

La prédiction de Laurie selon laquelle l'histoire de la sirène allait rapidement tomber aux oubliettes se révéla totalement erronée. Tandis que la rumeur se propageait dans le village, le café fit le plein de clients venus manger un morceau et ajouter aux rumeurs et aux conjectures. La plupart avaient un avis identique au sien – quelqu'un leur jouait un tour – et bientôt, des suppositions furent émises quant à l'identité des coupables. Naturellement, le nom de Nick fut mentionné à plusieurs reprises dans les conversations. Comme plusieurs générations d'hommes du village, il tirait son revenu de l'océan, même s'il avait cessé depuis quelques années de pratiquer la pêche en haute mer pour proposer aux touristes des excursions et des journées en bateau. Les îles situées au large du village étaient fréquentées par de nombreux animaux et plaisaient autant aux visiteurs venus profiter des plages qu'à ceux qui s'intéressaient aux autres particularités de la région.

Il avait été difficile d'accepter que leur oncle vende le chalutier sur lequel Nick travaillait depuis l'âge de seize ans, mais la pression toujours accrue des quotas du gouvernement ainsi que la compétitivité croissante des bateaux venus de France, d'Espagne et des pays nordiques, avaient pesé trop lourd dans la balance. Laurie n'avait pas été la seule à être rassurée lorsqu'ils avaient cessé leur activité. Leur mère n'avait jamais rien dit, mais elle était toujours anxieuse et perdait son enthousiasme communicatif les semaines où leur oncle Tony, Nick et le reste de l'équipage partaient en mer. La situation était devenue encore plus tendue après un terrible accident survenu sur un autre chalutier, qui avait provoqué la mort d'un membre d'équipage et de graves blessures chez un autre marin. Des larmes de soulagement avaient été versées lorsque Tony et Nick avaient évoqué leur nouveau projet, et au cours des deux premières années, ils avaient bien gagné leur vie lorsque le temps avait été clément et que les touristes étaient venus en nombre croissant.

Par la suite, ils avaient, en plus de la crise économique générale, connu les deux étés les plus effroyables qui soient de mémoire de vivant, sur le plan météorologique. Les locations de vacances étaient restées vides et les campings locaux n'abritaient pas leur habituelle mosaïque bariolée de tentes colorées et de caravanes d'un blanc étincelant. Les quelques rares âmes endurcies qui s'étaient aventurées jusqu'à la côte avaient été accueillies par les drapeaux de mise en garde sur les plages et des paysages aussi mornes et gris que celui qu'elle apercevait à cet instant à travers la vitrine du café. Tout le monde en avait subi les conséquences, et seuls quelques commerces tels que la boutique de ses parents avaient eu la possibilité de se diversifier en proposant de la vente en ligne. Comme beaucoup d'autres habitants du village, Laurie avait vu ses bénéfices tomber à zéro. Si elle n'était pas restée vivre encore chez ses parents, son affaire n'aurait pas résisté. Proposer des prestations spécifiques aux groupes comme le Women's Institute lui avait permis de survivre, mais si le temps ne s'améliorait pas, son avenir s'annonçait sombre.

Lorsque les clients venus commenter l'affaire de la sirène furent repartis, il ne resta plus dans le café que l'incessant crépitement de la pluie contre les vitrines et le bruissement doux de sa serpillière sur le sol carrelé tandis qu'elle effaçait les traces de chaussures et de semelles de bottes qu'aucun paillasson ne parvenait à absorber par ce temps. Lorsque l'heure de la fermeture arriva, Laurie avait nettoyé toutes les surfaces, rangé ses vitrines réfrigérées et réécrit le menu à la craie. Ajouter quelques fleurs fraîches sur le comptoir n'avait pas amélioré son humeur et elle se sentait terriblement découragée lorsque son père l'appela pour savoir si elle était prête à le rejoindre pour qu'ils parcourent ensemble le bref trajet du retour jusqu'à la maison.

S'efforçant de sourire, elle glissa ses longs cheveux noirs sous un chapeau à larges bords, plus pratique qu'esthétique, et se pelotonna contre son père. Comme celui-ci l'avait toujours fait, il marcha du côté de la mer, faisant rempart de son corps pour abriter sa fille contre les rafales de pluie et les embruns glacés projetés par le vent.

—Brrr ! Pile dans mon oreille.

Frissonnant, son père enfouit encore plus profondément sa tête dans le col relevé de sa veste en toile cirée et ils accélérèrent le pas. Ils étaient presque sur le point de courir lorsqu'ils gravirent la colline pavée agrémentée de cottages blancs jusqu'à leur propre maison. La maison des Morgan, une construction plus récente au sein du village, n'était peut-être pas aussi belle que les cottages traditionnels des pêcheurs, mais comme son père et Nick faisaient tous deux plus d'un mètre quatre-vingts, ses plafonds plus élevés leur permettaient de ne pas se cogner la tête sur les poutres en chêne que les touristes aimaient tant. La plupart des cottages étaient désormais loués, car leur caractère original plaisait pendant une semaine ou deux, mais ils ne se prêtaient guère à la vie d'une famille moderne.

***

Son père ouvrit la porte d'entrée et la fit entrer la première, dans un univers chaleureux, clair et familier. Tandis qu'ils retiraient leurs bottes et suspendaient leurs vestes dégoulinantes dans le hall, des échos de la radio – et de la voix enthousiaste de sa mère qui reprenait un classique de la pop des années 1980 – parvinrent à leurs oreilles. En souriant, son père traversa le couloir à pas de loup sur ses chaussettes et atteignit la porte ouverte de la cuisine juste à temps pour entonner le refrain. Laurie lui emboîta le pas et entendit sa mère rire tout en réprimandant son père qui l'avait fait sursauter. En entrant dans la cuisine, elle vit que son père avait enlacé la taille de sa mère et lui appliquait des baisers sur la joue tandis que celle-ci tentait de le repousser en lui administrant des coups inefficaces avec le torchon dont elle se servait pour s'essuyer les mains.

—Allons, Sylvia, mon amour, donne un vrai baiser à ton époux !

Levant les yeux au ciel, Laurie se détourna, même si son cœur se réjouissait de constater qu'ils s'aimaient toujours d'un amour aussi pur au bout de trente années passées ensemble. Ils avaient toujours été ainsi, très démonstratifs, et si elle adorait leur relation, elle soupçonnait cependant que l'une des raisons pour lesquelles Nick et elle restaient célibataires était que leurs parents avaient placé la barre très haut du point de vue relationnel. Cela et… *non*. Laurie chassa le souvenir avant qu'il ne revienne la hanter et ne l'attriste.

—Comment s'est passée ta journée, ma chérie ?

S'étant dégagée de l'étreinte de son mari, sa mère se dirigea vers elle, la prit dans ses bras et l'embrassa.

—C'était un peu calme, à part à l'heure du déjeuner, quand tout le monde est venu parler de la sirène…

Laurie se dirigea vers l'égouttoir pour essuyer les quelques casseroles et plats dont sa mère s'était manifestement servie pour préparer le dîner. Durant l'année scolaire, lorsque la boutique était moins fréquentée, Sylvia Morgan était bénévole les lundis, mercredis et vendredis auprès de l'école locale, qui était à la fois une école primaire et un collège. Elle aidait les enfants dans leurs travaux de lecture et d'écriture comme elle le faisait depuis vingt ans. Elle avait commencé lorsque Laurie avait été assez âgée pour rejoindre Nick à l'école du village et avait continué lorsque tous deux étaient allés au lycée. Comme tous les enfants des villages disséminés le long de la côte, ils prenaient le bus jusqu'à un lycée situé à une trentaine de kilomètres de là. L'estomac de Laurie se contracta au souvenir de ces trajets qui lui donnaient la nausée, à cause des routes en lacets et de l'odeur de diesel du vieux bus, une association malencontreuse à laquelle elle n'avait jamais pu s'habituer.

Les jours où elle travaillait à l'école, sa mère était généralement la première à rentrer à la maison et préparait donc le dîner. Les deux autres jours de la semaine, Laurie et Nick se répartissaient la tâche, et leur père prenait le relais le week-end, lorsqu'il avait le temps d'expérimenter de nouveaux plats grâce à sa collection toujours plus volumineuse de livres de cuisine. Leur grand-mère, comme pour Laurie, avait appris à son fils à cuisiner dès qu'il avait été en âge de le faire, et son père leur avait permis d'explorer de nouvelles saveurs culinaires en confectionnant des currys thaïlandais élaborés ou des sushis maison. Pour le moment, il privilégiait la cuisine végane, qui s'inscrivait dans une volonté, pour toute la famille, de manger plus sainement. C'est pourquoi Laurie ne se sentait pas particulièrement coupable lorsqu'elle lui apportait un morceau de *flapjack* ou une fine tranche de cake.

—Quelle sirène ? demanda sa mère, en s'approchant de Laurie pour prendre la marmite que celle-ci venait juste d'essuyer.

—Attends, je vais te montrer, intervint son père en s'emparant du téléphone. Bon sang, il y a déjà presque 250 000 *likes*, maintenant. Mermaids Point est un sujet devenu vraiment viral.

Délaissant les corvées ménagères pour attraper son propre téléphone, Laurie commença à ouvrir les différentes applications de réseaux sociaux.

—Ils en parlent partout, papa. L'histoire prend même de l'ampleur sur Twitter, précisa-t-elle en montrant à ses parents la liste des sujets les plus évoqués au Royaume-Uni. C'est dingue.

La porte d'entrée s'ouvrit, laissant s'engouffrer une bouffée d'air glacial dans la cuisine.

—Vous avez entendu la nouvelle ? Une sirène aurait été aperçue du côté des Sisters…, annonça Nick qui venait d'apparaître sur le seuil, toujours vêtu de son ciré jaune vif, même s'il avait eu la présence d'esprit de retirer ses bottes pour éviter de laisser des traces de pas humides sur le tapis.

—Qui n'est pas au courant ?

Son père haussa les sourcils tandis que sa mère pestait contre Nick parce que ses vêtements gouttaient sur le sol. Elle s'efforça de lui ôter son ciré.

Souriant en observant leur minuscule mère s'activer, Nick leva obligeamment les bras pour la laisser lui enlever sa veste détrempée.

—Le journal local en a parlé, et le sujet est abordé partout sur Internet. Celui qui a imaginé cette histoire doit bien s'amuser.

—Je me demande qui ça peut bien être…, lança Laurie en jetant un regard soupçonneux à son frère.

Depuis qu'elle avait appris la nouvelle le matin même, elle se disait qu'il s'agissait du genre de canular que son frère et ses amis auraient été capables de mettre en scène. Qui d'autre pouvait aussi bien connaître les îles que celui qui naviguait à proximité presque tous les jours ? Et qui d'autre serait assez audacieux pour le faire ? À moins qu'il ne s'agisse d'un étranger qui aurait choisi leur village simplement à cause de son nom, il existait peu de suspects probables, et Nick était le premier sur la liste.

—Ne me jette pas ce regard, Lorelai ! s'exclama Nick en posant les poings sur les hanches. Ça n'a rien à voir avec moi.

—Oui, tout comme le fait d'avoir peint la devanture du *Sailor's Rest* en rose vif l'an dernier ?

Il lui sourit.

—C'était une affaire d'honneur…

Le meilleur ami de Nick, Stu, s'était bagarré avec un touriste, et toute la petite bande avait été évacuée par le patron. Le touriste avait commis l'erreur de frôler de trop près la petite amie de Stu en se dirigeant vers le bar. Comme tout le monde dans le village, Pete Bray comptait sur les vacanciers qui fréquentaient son pub durant l'été, et il avait banni Stu, Nick et leurs amis sans leur laisser l'occasion de s'expliquer. Ils s'étaient alors tous rendus chez Stu, et après avoir bu quelques bières stockées dans son réfrigérateur, avaient embarqué les réserves de peinture qui se trouvaient à l'arrière du van de leur ami et avaient repeint le pub. Pete avait d'abord été furieux, mais le rose vif avait attiré tant de nouveaux venus qui avaient passé la porte de l'établissement avec curiosité qu'il avait laissé la devanture en l'état pendant le reste de l'été. Nick et les autres n'avaient été de nouveau admis dans le pub qu'après l'avoir repeint entièrement – non seulement la façade, mais également l'encadrement des fenêtres et la porte.

—C'était un acte d'une pure bêtise, commenta leur mère, en donnant une petite tape sur le bras de son fils au moment où elle revint dans la pièce après avoir suspendu son ciré. Ne reste pas planté là au milieu, mets la table. Et j'espère pour ta sauvegarde que tu n'as rien à voir avec cette stupide histoire de sirène. C'est le genre de canulars qui ont tendance à se retourner contre leur auteur, et tu sais comment les choses se passent sur Internet… Ils doivent déjà vérifier l'identité de la personne qui a posté ces trucs.

—Eh bien, j'espère qu'ils ne trouveront pas trop rapidement le coupable, intervint leur père en posant une pile d'assiettes au centre de la table en bois usée sur laquelle ils prenaient leurs repas au cours de la semaine, la salle à manger étant réservée aux dimanches soir et aux occasions spéciales telles que les anniversaires et Noël. J'ai posté cet après-midi sur notre page quelques images d'articles sur le thème de la sirène que nous avons en stock, et j'ai reçu plus d'une douzaine de commandes…

—Tu es génial, papa, affirma Nick, en lui donnant une bourrade amicale sur l'épaule tout en déposant les sets de table et les couverts sur la table. Tu vas rapidement devenir un milliardaire du Net !

—Je serai heureux si cela nous aide à survivre. Il est grand temps que nous ayons de la chance, par ici. Ces vieilles histoires à propos des sirènes qui protègent le village ont peut-être un semblant de vérité, après tout.

—Ce serait extraordinaire, chéri ! s'enthousiasma leur mère en posant au centre de la table un plat en céramique rectangulaire contenant des lasagnes dont la sauce bouillonnait encore. La journée a été si affreuse que j'ai pensé qu'il fallait que je prépare quelque chose pour nous réchauffer. Elles sont à la butternut et aux épinards, si vous voulez tout savoir, ajouta-t-elle en s'asseyant à sa place habituelle à l'extrémité de la table. Qui sait, nous aurons peut-être quelques visiteurs ce week-end ? Je viens de regarder les prévisions météo. La pluie est supposée persister jusqu'à demain, mais ensuite, le ciel se dégagera.

—Croisons les doigts pour que ce soit le cas, soupira Nick, qui prit la spatule que lui tendait sa mère et se servit une énorme part de lasagnes et de sauce. Nous n'avons eu aucune réservation depuis celle de ce groupe d'ornithologues la semaine dernière. Oncle Tony a même songé à demander si l'un des chalutiers n'avait pas besoin momentanément d'un supplément d'équipage.

—Oh, c'est à ce point, vraiment ? s'inquiéta leur mère, dont le visage avait pâli d'inquiétude et qui raclait sa fourchette contre son assiette.

D'un air désappointé, Nick souleva une épaule.

—Malheureusement, nous ne pouvons pas vivre d'air pur et d'eau fraîche. Je lui ai dit que si quelqu'un devait retourner en mer, ce serait moi. Il ne devrait plus manipuler de filets à son âge, alors qu'il a été capitaine de son propre bateau. Ce serait un véritable retour en arrière. Et puis, il aurait pu faire ce qu'il voulait avec ce que lui a rapporté la vente, il n'était pas obligé de monter une affaire pour être sûr que nous ayons tous du travail. Je lui suis redevable…

—Tu es un bon garçon, balbutia son père en posant sa large paume sur le dos de la main de son fils, qu'il tapota. Quelques semaines à bord de l'un des bateaux ne devraient pas être trop pénibles, à cette époque de l'année.

—Oui, côté intempéries, j'ai connu pire, c'est certain, affirma Nick, qui n'avait pas pour habitude de s'appesantir sur ses difficultés, et leur adressa un de ses larges sourires coutumiers. Et qui sait, peut-être vais-je ramener dans mes filets une sirène, qui tombera follement amoureuse de moi. C'est à peu près mon unique chance de rencontrer une fille, ces temps-ci !

—Vois si tu peux capturer un homme triton pour moi, tant que tu y es, intervint Laurie.

Comme elle avait grandi avec les quelques rares garçons du village susceptibles de lui plaire, il lui était difficile de les considérer autrement que comme les amis de son frère. Parfois, des vacanciers lui faisaient la cour, mais elle savait qu'une amourette d'été éphémère suffirait à la décourager pour le reste de sa vie. De la manière dont les choses se présentaient, elle allait finir seule, comme sa tante Nerissa, la plus jeune sœur de son père.

Son commentaire suscita des rires autour de la table, comme cela était arrivé si souvent au cours de nombreuses soirées passées.

***

Mais Laurie n'avait pas le cœur à rire, le lendemain, lorsqu'elle ouvrit la porte d'entrée peu après 7 h 30 et vit une file de voitures serpentant jusqu'au bas de la colline devant la maison. *Que pouvait-il bien se passer ?*

La vitre du conducteur le plus proche s'abaissa.

—Excusez-moi, ma chère demoiselle, vous êtes du coin ?

Se penchant en avant, elle croisa les regards impatients d'une famille de quatre personnes.

—Mmh, oui, je suis d'ici.

Le conducteur lui sourit.

—Savez-vous où je pourrais me garer ? Il y a des doubles lignes jaunes dans toutes les rues[1].

Pour préserver la tranquillité des résidents et empêcher les voitures garées de bloquer les rues étroites, le conseil municipal avait limité le stationnement à certaines aires agréées, en dehors de quelques emplacements de livraison destinés aux commerces locaux.

—Il y a un parking municipal, non loin du front de mer, répondit Laurie en désignant le bas de la colline. Même si j'ai l'impression que vous vous trouvez déjà dans la file d'attente pour y accéder. S'il n'y a pas de place là-bas, il y en a un autre plus loin, dans la direction d'où vous venez. Cela fera un peu plus de trajet à pied, mais ce n'est pas si loin.

La femme blonde tapota le bras du conducteur.

—Je t'avais dit que j'avais vu un panneau lorsque nous sommes arrivés dans le village, déclara-t-elle en

1 En Grande-Bretagne, le stationnement n'est pas autorisé dans les rues bordées de deux lignes jaunes.

se penchant au-dessus de lui et en adressant un sourire à Laurie. J'ai l'impression que nous ne sommes pas les seuls à être venus voir la sirène. Nous pensions arriver en avance en partant de bonne heure, mais il semble que tout le monde a eu la même idée.

—Vous l'avez vue ? demanda une petite fille qui était le portrait craché de sa mère et avait passé la tête entre les deux sièges avant. La sirène ? Elle est jolie ?

Le conducteur leva les yeux au ciel, mais conserva un sourire indulgent.

—La petite est dingue des sirènes. N'est-ce pas, Rosie ?

Approuvant d'un signe de tête, la fillette agita une poupée qui ressemblait à une Barbie et possédait une queue de poisson irisée.

—Elles sont tellement belles, j'aimerais tellement être une sirène !

Ils sont tous venus voir la sirène ? Laurie leva les yeux et contempla la file de voitures qui s'étirait aussi loin que portait son regard.

—Je… hum… Non, je n'ai pas vu la sirène, non. Voulez-vous m'excuser un instant ? demanda-t-elle sans attendre la réponse, avant de se précipiter à l'intérieur. Papa ? Nick ?

—Nous sommes dans la cuisine, ma chérie !

Se ruant dans la pièce, elle vit les membres de sa famille en train de finir leur petit déjeuner.

—Il vaut mieux vous dépêcher de descendre à la boutique, déclara-t-elle à ses parents. Et toi, tu vas devoir appeler oncle Tony, ajouta-t-elle à l'attention de Nick.

—Que se passe-t-il ? demanda son frère, qui se leva de sa chaise et glissa son assiette couverte de miettes de pain dans le lave-vaisselle.

—Je pense que papa avait raison. Cette sirène pourrait être une chance pour notre village !

3

Jake Smith observa les clichés pris sur le vif et étalés sur la table devant lui. La nausée qu'il éprouvait s'amplifia. Il se sentait aussi minable et sale que s'il avait été l'un de ces hommes pathétiques qui avaient abusé des femmes aux yeux tristes qu'un fonctionnaire de la police des frontières était en train de faire monter à l'arrière d'un fourgon. Même s'il ressentait une certaine satisfaction d'avoir joué un rôle dans la découverte de ce qui se tramait et dans leur libération, il se sentait submergé par la culpabilité. *Ouais, tu parles d'un héros, vraiment.* Durant des semaines, il avait ignoré leur détresse. Sur le moment, il y avait trouvé des justifications, sachant qu'il y avait derrière tout cela une affaire plus vaste encore. Les autorités avaient eu l'occasion de résoudre l'affaire et ne l'avaient pas saisie. L'histoire n'était arrivée sur son bureau que grâce à un coup de fil passé sur la ligne de l'*Eastern Comet* dédiée aux informateurs. Si la police n'avait pas ignoré les plaintes de Mrs Rodgers à propos des activités suspicieuses qui se déroulaient en face de chez elle, ces femmes auraient pu être protégées depuis longtemps. Mais cette pensée ne consolait pas Jake le moins du monde.

Tout comme les policiers, il avait d'abord pensé qu'il s'agissait d'une impasse, d'une vieille femme qui s'ennuyait et surveillait ce qui se passait derrière ses rideaux en maille. Il avait été furieux contre Mac, son rédacteur en chef, qui lui avait confié cette pseudo-affaire dont n'importe quel journaliste junior aurait pu s'occuper. Cependant, Mac avait le nez pour les véritables histoires, et dès l'instant où Mrs Rodgers avait ouvert sa porte d'entrée, Jake avait ressenti ce frisson d'adrénaline familier qui ne survenait que lorsqu'il suivait une piste intéressante. Autour d'une tasse de thé, Mrs Rodgers lui avait parlé des allées et venues à toute heure du jour ou de la nuit. Des voitures qui n'appartenaient pas au voisinage se garaient dans la rue, et Mrs Rodgers apercevait des femmes aux fenêtres de la maison d'en face, alors que l'endroit avait, selon certaines rumeurs, été acheté par deux frères. Jake aurait pu continuer à penser que cela n'était que le fruit de l'imagination d'une personne qui s'ennuyait s'il n'avait pas observé l'arrivée et le départ de trois voitures durant l'heure qu'il avait passée avec elle.

Ravie d'avoir un interlocuteur qui la prenait au sérieux, Mrs Rodgers n'avait été que trop heureuse de laisser Jake utiliser sa chambre d'amis, située côté façade, comme poste d'observation. Au bout de quelques nuits passées sur place, il en était venu à la même conclusion qu'elle… Quelqu'un avait installé une maison close dans cette petite rue tranquille. Un matin, il avait repéré un homme quittant les lieux à pied au moment même où il s'apprêtait à partir après avoir englouti le petit déjeuner anglais que Mrs Rodgers lui avait laissé. Il l'avait suivi jusqu'à une petite entreprise de taxis située dans une boutique miteuse de la rue principale. Jake avait fouiné et découvert que la compagnie de taxis était enregistrée au nom de deux frères, parallèlement à d'autres petits commerces, dont deux snacks, un salon de coiffure pour hommes et un pressing – le type de boutiques dans lesquelles il est facile pour quiconque sait comment procéder au blanchiment d'argent. Et au fur et à mesure de son enquête, il s'intéressa de moins en moins aux femmes qui vivaient derrière cette façade anonyme, et de plus en plus aux activités frauduleuses des deux frères. Il observa les mêmes « clients » se rendre chez le coiffeur semaine après semaine, même s'ils semblaient passer davantage de temps à bavarder qu'autre chose, et si leur apparence n'avait pas changé lorsqu'ils ressortaient. Jake s'était même fait passer pour un client afin d'examiner de plus près ce qui se passait dans la boutique, et en était sorti vingt minutes plus tard avec une horrible coupe presque rase et la conviction que le type qui maniait les ciseaux n'en savait pas beaucoup plus sur l'art de la coiffure que lui-même.

Enquêter sur la compagnie de taxis s'était révélé plus difficile. La majorité des chauffeurs était en règle – Jake en fut quitte pour une belle note de frais à la fin du mois. Prétextant que sa propre voiture avait été réduite à l'état d'épave lors d'un accident, et qu'il devait attendre que son assurance règle la situation, il s'était déplacé partout en taxi durant trois semaines entières. Certains chauffeurs s'ennuyaient et aimaient bavarder, notamment ceux qui l'avaient déjà transporté à plusieurs reprises.

Rapidement, ces derniers s'étaient plaints de deux des autres chauffeurs qui ne faisaient pas leur part, toujours sur la route, mais jamais disponibles pour prendre l'une ou l'autre des courses qui arrivaient. Jake se mit à faire part de ses soupçons à l'un de ses contacts fiables au sein de la police locale qui transmit l'information de manière officieuse au sujet de taxis susceptibles d'être à l'origine d'un éventuel commerce de drogue dans les environs. Davantage de pièces du puzzle s'étaient mises en place, et Jake s'était concentré exclusivement sur le fait de prouver que les deux frères étaient à la tête d'un réseau criminel en ville.

Il examina l'expression de détresse et de désespoir terribles marquant les visages des femmes sur les photos réparties devant lui. Lorsqu'il avait été enfin persuadé de posséder assez de preuves, il était revenu vers son contact au sein de la police et l'avait convaincu de le laisser venir sur place avec un photographe de confiance lors des raids effectués dans chacune des propriétés. Les semaines avaient passé, au cours desquelles la police avait mené ses propres enquêtes, et il s'était efforcé de rédiger et de perfectionner une série d'articles qui évoquaient non seulement les crimes et la corruption entourant cette affaire, mais également l'augmentation de ce type d'activités criminelles dans les petites villes. Et ce n'était que lorsqu'il avait vu la première femme sortir de la maison en compagnie d'un agent de l'immigration qu'il avait réalisé que l'affaire avait également un coût humain. Deux des jeunes femmes – qui étaient encore des jeunes filles si l'on s'en tenait à leur apparence – étaient en larmes. Une autre femme avait commencé à se débattre à coups de pied et à hurler dès qu'elle avait aperçu le fourgon noir des services d'immigration et son habitacle grillagé, comme si elle savait qu'il ne s'agissait pas d'une simple mission de sauvetage, mais du passage d'une forme d'enfermement à une autre. Plus encore, Jake avait été frappé par le visage inexpressif des autres femmes, qui étaient une douzaine environ. Leurs yeux n'exprimaient aucun espoir, aucun soulagement. En les observant, tout en tentant d'opérer une sélection plus drastique des photos avant de les envoyer à Mac pour obtenir son approbation finale, il ressentit un pur dégoût. Non vis-à-vis de ces femmes, mais vis-à-vis de lui-même, parce qu'il avait prolongé leur souffrance en tentant d'obtenir une *meilleure* histoire.

Arrachant ses lunettes, il les jeta sur la table et se frotta l'arête du nez, qui était douloureuse. Il arrivait toujours un moment, dans la journée, où il ne pouvait les tolérer plus longtemps, mais il ne s'était jamais habitué aux lentilles de contact, et il ne pouvait lire avec netteté l'écran de l'ordinateur sans elles. Ou bien peut-être se cherchait-il simplement une excuse pour éviter de voir l'expression accusatrice qu'il aurait pu jurer avoir décelée sur le visage de ces femmes. Conscient du fait que Mac devait attendre la dernière version de son article et sa dernière sélection de photos d'ici une heure, il se secoua mentalement et tendit le bras pour remettre ses lunettes.

Un coup frappé à la porte ouverte de la salle de conférence lui fournit le prétexte qu'il cherchait. Il détacha son regard des photos et aperçut Mac appuyé contre l'encadrement, les bras croisés, vêtu d'une chemise à carreaux au col déboutonné presque aussi froissée que celle de Jake.

—Tu as une sale mine, commenta le rédacteur en chef en guise de salutation.

—Merci, je le savais déjà, répliqua Jake en balayant de la main les photos étalées devant lui. Je pensais que j'avais jusqu'à 16 heures pour te les apporter.

Décroisant les bras, Mac s'avança dans la pièce et se mit à consulter les photos.

—Celle-ci, affirma-t-il en faisant glisser un cliché des deux jeunes filles en pleurs vers Jake. Et… celle-ci aussi, ajouta-t-il en choisissant le portrait obsédant d'une femme regardant par-dessus son épaule tandis que deux agents des services de l'immigration, costauds et en uniforme, l'aidaient à grimper dans le fourgon.

Le contraste entre la finesse de ses bras graciles et les larges poings qui les entouraient, entre le blanc de son corsage en dentelle – qui la couvrait à peine plus qu'un sous-vêtement dérisoire – et le noir d'encre de leurs uniformes était saisissant. Même si Jake et Colin, le photographe, se trouvaient alors à l'extérieur du cordon formé par les véhicules officiels, le cliché donnait l'impression qu'elle les fixait, alors qu'en réalité, il doutait qu'elle les ait même remarqués. *Tout cela parce que j'ai mauvaise conscience*, supposa-t-il.

—Bon, déclara Mac en hochant la tête avec assurance. Maintenant que le choix est fait, tu vas peut-être pouvoir m'expliquer pourquoi tu es en train de te tourner les pouces depuis une heure comme une vache qui regarderait passer un train plutôt que de taper sur ce clavier pour rendre ton article en temps et en heure !

—L'article est prêt.

Mac appuya sa hanche contre le rebord de la table.

—Alors pourquoi est-ce qu'il n'est pas sur mon bureau, et pourquoi est-ce que tu n'es pas au pub à boire un coup pour fêter ça ?

Jake haussa les épaules.

—Il me semble qu'il n'y a pas vraiment de quoi faire la fête…

—À part qu'il s'agit de la plus grosse histoire de ta carrière, railla Mac. Bon Dieu, mec, les agences de presse de tout le pays m'ont contacté. Ça va faire un sacré bruit, et quand tout le monde le saura, les journaux nationaux viendront frapper à ta porte et tu ne nous calculeras même plus, ajouta-t-il sans amertume, mais d'un ton résigné, voire empreint d'un soupçon de fierté. En tout cas, il faut que tu fasses quelque chose pour t'endurcir un peu. Il n'y a pas de place pour les cœurs tendres à Fleet Street[1].

Travailler pour l'un des journaux nationaux était le rêve de Jake depuis qu'il avait décidé de passer un diplôme de journalisme après avoir commencé ses études supérieures. Être embauché à l'*Eastern Comet* n'était qu'une étape dans son parcours, et Mac le savait. Vétéran dans le secteur, le rédacteur en chef avait eu plusieurs protégés qui avaient poursuivi leur carrière dans la capitale, et même s'il protestait à ce propos, les murs de son bureau étaient couverts de photocopies de

1 Fleet Street fut longtemps le siège des principaux journaux anglais.

leurs meilleurs articles. Jake s'était toujours imaginé pouvoir lui-même occuper une place sur le « mur d'honneur » de Mac, mais alors qu'il était sur le point d'y parvenir, il n'éprouvait que de la lassitude.

Son visage trahissait peut-être ses sentiments ambivalents, ou bien Mac était un fin psychologue, puisque dans le métier depuis bien plus longtemps que beaucoup d'autres. Quoi qu'il en soit, il observa Jake en silence quelques instants avant de taper dans ses mains.

—Bon. Prends ta veste, je t'emmène boire un verre.

***

Dix minutes plus tard, Mac poussa la porte d'entrée du *Horse and Jockey* et entraîna Jake à l'intérieur. L'air frais, sur le chemin du pub, avait donné un coup de fouet au jeune homme et amélioré son humeur, et il parvint à esquisser un sourire convaincant et à adresser un salut de la main à Jilly, qui se trouvait derrière le bar. Elle les salua, disant qu'elle arrivait « dans une minute », selon sa formule habituelle. Ôtant sa veste, Jake la suspendit au dos de l'une des chaises entourant une table située dans un angle et s'installa sur une banquette sous une grande fenêtre en verre opaque sur laquelle était gravée l'image d'un cheval de course aux lignes racées, portant un cavalier penché sur son encolure, qui l'encourageait à accélérer.

Mac suspendit sa propre veste sur l'autre chaise libre et s'installa à l'autre extrémité de la banquette, étendant un bras en travers de son dossier bas capitonné.

—Merci, Jilly, tu es un ange, répondit-il, en tendant la main vers la pinte de bière brune qu'elle venait de déposer devant lui. Ah, enfin…

Il passa sa langue sur ses lèvres d'un air appréciateur, sa lèvre supérieure portant une trace de mousse de la bière qui venait d'être servie.

Inclinant sa bouteille de bière blonde tout droit sortie du réfrigérateur, et dont le goulot était déjà en train de se couvrir de gouttes de condensation, Jake en avala une bonne rasade puis la reposa sur le sous-bock en carton.

—À la tienne.

Mac s'adossa plus confortablement contre la banquette et fixa Jake d'un regard perçant.

—Bon… allez, mon gars, crache le morceau.

Passant une main sur ses yeux douloureux, Jake soupira.

—Je les ai laissées de côté. J'étais tellement obnubilé par tout ce qui se tramait autour que j'ai complètement oublié de me soucier de ces pauvres femmes, avoua-t-il en poussant un nouveau soupir. Non, c'est faux. J'ai choisi de les ignorer, et de ne pas penser aux conséquences, parce que cela m'arrangeait sur le moment.

—Et maintenant, tu te sens coupable.

Ce n'était pas une question, mais il répondit néanmoins.

—Effectivement.

Mac haussa les épaules.

—Ce n'est pas toi qui les as mises dans cette situation. Et si tu n'avais pas enquêté, elles y seraient encore.

—Mais j'aurais pu les sortir de là plus tôt ! protesta Jake.

—Oh, retire ta foutue cape, Superman, et arrête de te regarder le nombril, répliqua Mac en reniflant et en s'emparant de nouveau de sa pinte. Ce n'est pas nous qui fabriquons les nouvelles. Nous les transmettons. Et je ne suis pas certain que le sort de ces femmes sera désormais beaucoup plus enviable que si j'avais ignoré cet appel de Mrs Rodgers, au lieu de t'envoyer lui parler.

Jake le fixa un moment, incapable de croire ce qu'il venait d'entendre.

—Tu ne penses pas ce que tu viens de dire !

Mac prit une longue gorgée de bière, puis secoua la tête.

—Probablement pas, mais je n'aime pas leurs perspectives d'avenir. L'immigration est submergée. Ils ont certainement pris leur déposition avant de les renvoyer dans la rue en leur disant de les tenir au courant. La plupart vont retomber dans le même engrenage, car que pourraient-elles faire d'autre pour vivre ? C'est une situation cruelle, mais toi et moi devons nous contenter d'en parler.

—Bon sang. Maintenant, je suis vraiment déprimé, geignit Jake en avalant d'un air morose une autre gorgée de sa bière. Alors, que pouvons-nous faire ?

—Ce qu'il faut faire, mon gars, c'est révéler la vérité. Et continuer à la révéler jusqu'à ce que l'opinion publique soit suffisamment choquée pour faire pression sur quelqu'un qui *peut* faire quelque chose.

—Et si cela n'arrive jamais ?

—Eh bien, nous passerons à un autre sujet scandaleux et nous en parlerons. Et nous continuerons à le faire, parce que c'est notre métier. Nous sommes ici pour témoigner, pour offrir un miroir à la société et lui présenter son reflet, aussi laid soit-il.

Jake resta assis en silence, songeant à l'abrupte vérité derrière les mots de son mentor. En apparence indifférent, Mac se remit à siroter le reste de sa pinte, son regard se déplaçant incessamment tandis qu'il étudiait les autres clients du pub. Il avait beau se faire plus âgé, il y avait une acuité dans ses yeux bleus qui montrait que rien ne lui échappait. Jake paria intérieurement que s'il le questionnait lorsqu'ils retourneraient au bureau, Mac serait capable de décrire tous les clients en détail. C'était leur rôle ; ils observaient, répertoriaient et transmettaient. Rien de plus.

—Mais si je n'y arrive pas ? demanda enfin Jake. Si laisser quelqu'un d'autre régler les problèmes ne me convient pas ?

—Alors tu t'es gouré de job, répliqua aussitôt Mac. Même si, pour ce que vaut mon opinion, je ne crois pas. Tu as du talent, Jake. Parfois, les mots ont plus de poids que les actes. Tes mots ont du pouvoir, je le pense depuis que tu as commencé à travailler au *Comet*, argumenta son patron en reposant sa chope vide et en se tournant vers Jake, les coudes toujours posés sur la table. Regarde, mon gars, tu as travaillé dur sur cette affaire pendant des mois, ça laisse des traces, c'est normal. Nous allons te confier des sujets plus légers pendant quelque temps, quelque chose de moins stressant pour que tu puisses digérer tout ça…

—Des sujets légers ? Comme les expositions canines locales et les foutus concours de photos de bébés ? Non merci ! rétorqua Jake en avalant une grande rasade de bière, avant de grimacer parce qu'elle était devenue tiède et ne pétillait plus.

Mac sourit.

—Ce ne serait pas si grave. Avec quoi d'autre voudrais-tu que je torture les débutants, sinon ? dit-il avec une lueur malicieuse dans les yeux. Et si je t'offrais la possibilité d'associer une histoire intéressante à des vacances ? Un peu de soleil te ferait le plus grand bien !

Effectivement, il aurait bien besoin d'un séjour au soleil. Mais à la manière dont Mac affichait un sourire plus large que celui d'un grand requin blanc en train de lorgner un groupe de nageurs adolescents, il comprit qu'il y avait un piège.

—Pourquoi est-ce que j'ai un mauvais pressentiment ?

—Apporte-moi une autre pinte, mon gars, puis tu pourras me dire tout ce que tu sais à propos des sirènes.

4

— Je peux le réserver jusqu'à la fin du mois d'août ? demanda Jake en s'emparant du vase le plus laid qu'il ait jamais vu parmi les objets qui encombraient le manteau de la cheminée.

Il retourna le vase, s'attendant à y trouver une étiquette « Made in Taiwan », mais à la place figurait la marque dorée du fabricant et une sorte de symbole qu'il avait déjà observé sur des poteries coûteuses dans *Antiques Roadshow*[1]. Le reposant avec davantage de précautions que lorsqu'il l'avait pris initialement, il nota mentalement de trouver un placard dans lequel il pourrait l'entreposer avec tous les bibelots envahissant toutes les surfaces disponibles. La tendance minimaliste n'était assurément pas du goût de Mrs Walker.

—Eh bien, j'ai quelques demandes concernant les disponibilités pour juillet, mais personne n'a encore payé de caution, alors êtes-vous sûr de vouloir réserver pour tout l'été ?

La manière dont sa logeuse avait élevé le ton à la fin de sa question révélait qu'elle mourait d'envie de savoir

1 Émission télévisée britannique consacrée à l'évaluation d'antiquités dans tout le Royaume-Uni.

pourquoi un homme célibataire voulait louer un cottage pour toute la durée des vacances.

—Je suis vraiment intéressé. Je dois voir encore deux autres locations, mais celle-ci a ma préférence. Je privilégie la tranquillité. Je suis écrivain et j'ai besoin d'un endroit qui me permette de m'isoler et de progresser dans mon travail.

Le prétexte qu'il avait imaginé avec Mac était assez proche de la vérité pour être vraisemblable.

—Oh, mais c'est merveilleux ! Mon propre artiste en résidence…, s'enthousiasma Mrs Walker en s'asseyant sur le bras d'un grand canapé couleur chocolat et en le dévisageant avec intérêt. Cela vous dérange-t-il de me dire sur quoi vous travaillez, ou est-ce top secret ?

—Il s'agit d'un guide sur les mythes et légendes de Grande-Bretagne.

C'était encore un fragment de l'histoire qu'il avait concoctée avec son rédacteur en chef afin que le choix de Mermaids Point semble crédible. Posant ses mains sur le dos d'un fauteuil, il lui apporta d'autres précisions.

—Je vais expliquer pourquoi les mêmes histoires sont présentes dans différentes régions du pays, alors qu'elles sont souvent apparues à une époque où les gens ne voyageaient pas beaucoup. Par exemple, j'ignorais qu'il y avait autant de versions d'une légende à propos d'un chat gigantesque que l'on retrouve partout de l'Écosse à l'Exmoor. *(Merci Wikipédia.)* Près des côtes, il y a davantage d'histoires de monstres et de sirènes…

—Et lorsque vous avez vu que notre sirène faisait les gros titres, vous n'avez pu vous empêcher de venir jeter un coup d'œil, je suppose ? demanda Mrs Walker, qui rit lorsqu'il hocha la tête. Vous et la moitié du pays, en tout cas… C'est l'impression que nous avons depuis deux week-ends. Normalement, il n'y a pas autant d'activité au début de la saison, mais c'est comme si nous étions en état de siège, en quelque sorte.

Le trajet d'est en ouest avait été plutôt fluide et Jake n'avait pas vu beaucoup de circulation sur les routes, mais il l'avait effectué un lundi en pleine période scolaire. La plupart des visiteurs de la région arrivaient au cours du week-end.

—Je n'avais pas vraiment pensé à cela. L'une des autres locations auxquelles je dois jeter un coup d'œil est située au cœur du village.

Lorsqu'il avait sélectionné des appartements sur Airbnb, et d'autres sites de locations de vacances, il avait privilégié un emplacement central. Il n'avait ajouté ce cottage situé sur le terrain de la ferme des Walker que parce que le jardin méritait le détour. Il n'était pas grand, essentiellement aménagé comme un patio, et demandait peu d'efforts d'entretien. En revanche, ce qui avait attiré son attention était la vue spectaculaire dont il jouissait sur l'extrémité du cap et sur l'océan. Hormis une table et des chaises, le vaste patio abritait une balancelle et un petit barbecue à gaz. D'immenses pots garnis de fougères et d'autres plantes dont il ne connaissait pas le nom lui donnaient un air tropical, et les arroser un certain nombre de fois par semaine était à sa portée.

—Si vous parlez de la location des Cooper, vous n'y serez pas très au calme, déclara Mrs Walker en se levant et en le jaugeant du regard.

Selon Jake, elle ne devait pas mesurer plus d'un mètre cinquante à la manière dont elle penchait la tête en arrière pour le dévisager.

—Et puis, vous allez vous cogner partout sur les poutres basses. Ici, vous profiterez de tous les avantages, ajouta-t-elle, pour mettre en avant ses arguments commerciaux. De la tranquillité lorsque vous le souhaitez, et un accès aisé à la plage. Un chemin agréable vous permet de rejoindre le village, et si nous préférons fréquenter les boutiques locales, vous n'en aurez peut-être ni le temps ni l'envie. Le supermarché Tesco propose la livraison, si vous souhaitez faire des provisions, précisa-t-elle en posant l'index sur sa lèvre, semblant réfléchir un instant. Je peux également prévoir une portion supplémentaire des plats que je confectionnerai pour Alan et moi au dîner. Je peux surgeler vos plats et vous pourrez passer les prendre une fois par semaine. Ou bien l'un de nous deux pourrait vous les déposer, mais vous n'aimeriez peut-être pas que nous vous dérangions en plein travail ?

Profiter de plats maison au lieu de repas réchauffés au micro-ondes ou à emporter ? Effectivement, ses arguments étaient convaincants.

—C'est très généreux de votre part. Il faudrait que nous trouvions un arrangement équitable pour couvrir vos frais ainsi que le temps passé, répondit-il. Est-ce que cinquante livres par semaine vous conviendraient ?

Elle rougit.

—Oh, c'est beaucoup trop, je ne peux pas vous demander cette somme. Comme je vous l'ai dit, je n'ajouterai qu'une portion à ce que je prépare déjà. J'ai simplement pensé que cela pourrait être un souci de moins. Comme cela, vous pourriez vous consacrer entièrement à votre travail.

Si la nature chaleureuse et amicale de Mrs Walker reflétait celle des habitants de Mermaids Point, Jake fut heureux que Mac lui ait parlé de ce qu'il considérait déjà comme une histoire à dormir debout.

—Bon, si vous ajoutez deux heures de ménage hebdomadaires dans vos prestations, je verserai un supplément de cinquante livres par rapport au prix de la location, et je fais une affaire.

Mrs Walker parut déconcertée.

—Mais de toute façon, je serais obligée de nettoyer la maison si elle était louée à la semaine, comme je le fais normalement, et cela est compris dans le prix de la location… Trente livres suffiront amplement.

Jake fit tout ce qu'il pouvait pour ne pas rire. Il songea qu'il n'avait jamais traité avec une personne qui tentait de lui faire négocier ses tarifs *à la baisse*. Il secoua la tête.

—Cinquante. Je suis un célibataire désordonné.

Elle pinça les lèvres avant de hocher la tête.

—D'accord pour cinquante. Je changerai les draps et les serviettes deux fois par semaine les mercredis et les samedis, et si vous avez d'autres affaires à laver, laissez-les dans le panier de la salle de bains.

Jake était certain d'avoir aperçu une machine à laver et un sèche-linge dans la petite buanderie située à côté de la cuisine, mais il ne se sentait pas prêt à se battre avec Mrs Walker. Il n'avait jamais vu quelqu'un se préoccuper autant de lui depuis… Eh bien, jamais en réalité. Toute l'attention de sa mère était tournée vers son père et le fait de satisfaire ses moindres besoins. Jake avait toujours été secondaire dans ses préoccupations. Ne pas avoir à se débrouiller seul allait le changer, même s'il allait devoir payer pour jouir de ce privilège.

De plus, il était supposé être en vacances, même si ce séjour allait lui offrir l'occasion d'enquêter et de découvrir qui était à l'origine de ce canular. S'il aimait garder l'esprit ouvert lorsqu'il enquêtait sur une histoire, il allait commencer par la vidéo qui avait été réalisée, car disposait-il d'une autre option ? Il serait par ailleurs aussi intéressant de découvrir *pourquoi* cette vidéo avait été tournée par la personne qui était derrière tout cela. C'était pour cela qu'il avait inventé la raison pour laquelle il se trouvait sur place. S'il commençait à débarquer partout et à poser beaucoup de questions, il risquait non seulement d'effrayer l'auteur du canular, mais également de s'attirer la colère des habitants du village. Personne n'aimait voir un reporter fouiner, même lorsque l'histoire n'avait ni queue ni tête. La perspective des mythes et légendes lui fournissait une raison légitime de questionner des gens à propos de ce qu'ils savaient sans éveiller de soupçons.

Il tendit la main en direction de Mrs Walker tout en lui adressant un sourire.

—Marché conclu.

Elle lui prit la main, mais au lieu de la serrer, elle la tapota.

—Oh, Jake, je *suis* ravie. Pourquoi ne m'accompagneriez-vous pas jusqu'à la ferme pour accomplir les formalités ? Alan sera là d'un moment à l'autre pour venir prendre son thé. Comme cela, vous pourrez faire sa connaissance. J'ai préparé des scones, ce matin.

Il sentait qu'il allait adorer vivre là.

—Je vous suis, Mrs Walker. Je vous suis.

***

Ce n'est que le matin suivant que Jake eut enfin l'occasion de visiter le village. La veille, après le thé de l'après-midi avec Alan et Carolyn – Mrs Walker avait insisté pour qu'il les appelle par leurs prénoms –, il avait visité la ferme dans le vieux quatre-quatre d'Alan. Il n'avait pas pris conscience de l'étendue de la propriété au début, mais celle-ci se prolongeait nettement au-delà de l'angle étrange que formait le terrain occupé par la ferme et le cottage dans lequel il allait loger au cours des deux prochains mois. Le père d'Alan avait vendu une partie du terrain pour que le village puisse s'agrandir durant les années 1960, laissant la ferme et ses bâtiments presque coupés du reste. Par la suite, Alan en avait vendu une autre partie lorsque l'ancienne école n'avait plus eu une capacité suffisante et qu'il avait fallu en construire une autre dans les années 1980. Il expliqua que Carolyn et lui appréciaient que leur lieu de vie soit à distance de la partie professionnelle de la ferme.

Le tour de l'exploitation avait duré deux heures, Alan s'arrêtant à tout bout de champ pour lui montrer une caractéristique du paysage ou pour inspecter une partie ou une autre des kilomètres de murs en pierre sèche qui quadrillaient son terrain. La plus grande partie de la ferme était composée de pâturages réservés aux moutons pour l'essentiel, mais au grand ravissement de Jake, Alan élevait aussi un petit troupeau d'alpagas. Les moutons les avaient en grande partie ignorés, mais les alpagas s'étaient dirigés vers eux dès qu'Alan avait arrêté sa voiture, et Jake et lui avaient bientôt été encerclés par le troupeau. Peu habitué à être entouré d'animaux, notamment de cette taille, Jake s'était senti un peu intimidé, mais encouragé par Alan, il s'était rapidement aventuré à leur gratter les oreilles et à leur caresser le dos. Tout en marchant sur le chemin rocailleux qui menait au village, il se surprit à sourire en se remémorant cette scène. Il n'avait pas encore aperçu de sirènes, mais il avait néanmoins fait une rencontre d'un autre type.

Atteignant un embranchement sur le chemin, il opta pour l'itinéraire de gauche, car l'autre lui semblait descendre en direction de la plage. Il l'explorerait plus tard, mais pour l'instant, il voulait prendre ses marques et espérait faire la connaissance d'autres résidents. Il n'y avait pas réellement de jetée ; les boutiques qui faisaient face à la mer étaient situées le long d'une route pavée bordée d'un sentier étroit. Le seul élément séparant la rue d'une descente plutôt abrupte vers la plage était une clôture en métal noir.

Les commerces étaient de natures diverses : un boucher, un poissonnier, un pharmacien indépendant, et d'autres entièrement dédiés aux touristes. La vue d'une galerie de jeux d'arcade remplit Jake de nostalgie, lui rappelant ses séjours d'enfance à Great Yarmouth et Blackpool. Ses parents avaient toujours privilégié les vacances organisées dans les pays chauds, au bord d'une piscine bleu azur immaculée entourée de chaises longues, et un club pour enfants auquel le confier pour qu'il ne soit pas dans les jambes de son père. Il préférait nettement le reste des vacances d'été, qu'il passait chez ses grands-parents maternels. Comme une plante privée de la lumière du soleil, il absorbait toute l'attention qu'ils lui prodiguaient. Ses grands-parents n'étaient pas très riches, mais ils s'étaient toujours efforcés de lui faire passer des moments uniques en organisant des excursions d'une journée et de brefs séjours dans des stations balnéaires à proximité de chez eux. Malheureusement, après que Jake était entré au collège, son grand-père était tombé malade – trop malade pour s'occuper d'un adolescent turbulent. Il n'était plus retourné chez eux qu'à deux reprises, pour leur rendre à chacun un dernier hommage dans la chapelle en brique austère située près du crématorium.

Plaçant une main en visière au-dessus de ses yeux, Jake regarda à travers la vitrine de la galerie et se demanda combien d'argent de poche il avait pu dépenser dans les machines à sous autrefois. Son ventre se contracta, une mémoire du corps ressuscitée par le souvenir de l'excitation ressentie lorsque les pièces de cinq et dix pence étaient en équilibre sur la fente, de la tentation éprouvée lors de chaque minuscule tremblement, lorsque les rouleaux mécaniques oscillaient en avant et en arrière, lorsqu'il se disait qu'une pièce de plus, *juste une*, permettrait à une fortune de se déposer sur le plateau. Une grande vitrine en verre pleine de jouets en peluche attira son regard, et il ne put s'empêcher de sourire. Il s'agissait de l'un de ces jeux avec une grande pince permettant d'attraper des ours, des lapins et d'autres jouets malchanceux aux couleurs criardes et de les déposer sur une glissière permettant de les récupérer. Cependant, la pince n'était jamais assez puissante pour transporter les jouets jusqu'au bout.

Décidant qu'il programmerait une visite à la salle d'arcade tôt ou tard, Jake enfonça ses mains dans les poches de sa veste légère et poursuivit sa promenade le long des boutiques. Il y avait une petite file d'attente devant la boucherie, et deux hommes chargeaient de petites cagettes en bois contenant des légumes frais à l'arrière d'une fourgonnette blanche devant l'épicerie. Il pourrait vérifier s'ils livraient à domicile, pour compléter les repas que sa logeuse lui apporterait. S'approvisionner localement valait mieux que d'aller systématiquement au supermarché.

Un marchand de journaux devant lequel plusieurs supports de cartes postales étaient installés sur le trottoir succédait à l'épicerie. Des filets suspendus à son store rayé de couleur vive étaient remplis de ballons de toutes dimensions, de seaux, de pelles et d'autres objets de plage. Tenté d'acheter des journaux, Jake se surprit à franchir la porte. La presse avait joué un grand rôle dans sa vie, avant même qu'il ne devienne journaliste. Même s'il s'était abonné à tous les services d'information en ligne possibles, il aimait avoir un véritable journal qu'il appréciait entre ses mains. Ses parents se faisaient livrer leur journal préféré, sa mère conservant le supplément du week-end toute la semaine en lisant au fur et à mesure les articles qui l'intéressaient. Le petit déjeuner, chez ses grands-parents, était toujours accompagné par les commentaires de son grand-père à propos de tel ou tel article, que sa grand-mère ponctuait de « mmh » en guise d'acquiescement. Mais en grandissant, il avait réalisé que celle-ci avait sa propre opinion sur les choses et ne se formalisait pas des diatribes matinales de son époux.

Ignorant les titres nationaux, Jake s'empara de deux journaux locaux et les déposa sur le large comptoir, composé d'une vitrine en verre. Il aperçut avec ravissement dans la vitrine deux maquettes d'avions ainsi que quelques jeux de société auxquels il se souvenait avoir joué avec ses grands-parents lors d'après-midi pluvieux. Derrière le comptoir, des étagères étaient garnies de bocaux contenant des confiseries traditionnelles, et comme il le faisait d'habitude, Jake, qui résistait difficilement à la tentation, acheta un sachet de *Mint Imperials*. Après l'avoir enfoncé dans sa poche et glissé les journaux sous son bras, il salua chaleureusement le marchand de journaux et poursuivit l'exploration du village.

Un peu plus loin, un passage clouté permettait de traverser la rue jusqu'à une ouverture dans les palissades qui donnait accès à une large volée de marches descendant vers la plage. Comme il n'y avait qu'une seule voiture en vue, Jake ne prit pas la peine d'appuyer sur le bouton destiné aux piétons, mais la voiture ralentit et lui fit un appel de phares pour l'inviter à traverser. À l'endroit où il vivait, les conducteurs ne lui laissaient pas la moindre chance de passer, même lorsqu'il était prioritaire. Levant la main en guise de remerciement, et obtenant en retour un salut amical de la part de la conductrice, Jake traversa la rue et dévala les marches.

La plage était constituée à la fois de grosses pierres et de galets qui crissèrent sous ses semelles tandis qu'il marchait sur la fine bande de sable foncé bordant la mer. Près du rivage, le clapotement des vagues semblait inoffensif, mais maintenant qu'il n'était plus abrité par les édifices du village, le vent était suffisamment froid pour que Jake plaque ses journaux contre sa poitrine et remonte la fermeture de sa veste. À distance du rivage, des chevaux blancs semblaient caracoler au sommet de vagues impressionnantes et la base des îlots sombres qu'il ne faisait que deviner était entourée d'écume blanche. Il s'accroupit pour tremper sa main dans l'eau et la retira aussitôt en constatant à quel point elle était glacée. *Pas vraiment un bon jour pour aller barboter.* Il secoua les gouttes de ses doigts et les essuya sur le devant de son jean en se relevant. La plage était en grande partie déserte, à l'exception de quelques personnes avec leur chien, et d'un homme en combinaison verte qui, avec sa pince à déchets, donnait l'impression de saisir les rares promeneurs au loin. De l'endroit où il se trouvait, Jake aperçut d'autres marches à petite distance et décida de les rejoindre en bravant la morsure du vent pour profiter d'un bon bol d'air marin.

Il était parvenu à mi-chemin quand un golden retriever qui faisait des allées et venues dans l'eau bondit à ses côtés et déposa un bâton tout mâchonné à ses pieds. Riant en observant l'expression implorante du chien, Jake ramassa le bâton et le jeta derrière lui en veillant à ne pas l'envoyer trop loin dans l'eau, comme il avait vu la maîtresse de l'animal le faire. Le chien se précipita vers le bâton en aboyant furieusement. Poursuivant son chemin, Jake sourit en voyant sa maîtresse s'approcher, et il s'apprêta à échanger des salutations.

—Belle matinée, n'est-ce pas ?

—Oui, splendide.

À son grand étonnement, la femme s'arrêta au lieu de continuer à marcher. Elle rentra une boucle indisciplinée de ses cheveux noirs dans le béret tricoté recouvrant ses oreilles.

—Il y a du soleil, mais il fait un peu plus froid que je ne l'avais imaginé, avoua-t-il.

Jake était certain que l'extrémité de ses oreilles était rouge vif. Il éprouvait une certaine jalousie en constatant que les femmes n'hésitaient pas à porter des chapeaux. Il détestait les casquettes de base-ball, parce qu'il trouvait qu'elles lui donnaient l'air stupide. Quant aux casquettes irlandaises, elles étaient peut-être à la mode, mais il avait le sentiment de ressembler à son grand-père lorsqu'il en essayait une dans une boutique. Il se contentait donc de remonter au maximum le col de sa veste.

La femme sourit, et les petites rides au coin de sa bouche et de ses yeux lui laissèrent penser qu'elle était un peu plus âgée qu'il ne l'avait d'abord pensé.

—Le soleil peut être trompeur lorsque l'on ne connaît pas le climat de la région.

Il s'agissait d'un simple commentaire, mais son regard était empreint de curiosité, montrant qu'elle connaissait sans doute tout le monde dans les environs, et qu'elle savait qu'il ne vivait pas ici. Se souvenant qu'il était aussi supposé travailler, et non se contenter de faire du tourisme, Jake s'efforça d'entretenir la conversation.

—Je suis arrivé hier. Je loue le cottage de la ferme des Walker pour l'été. Je suis écrivain, expliqua-t-il avant de lui adresser un sourire contrit en réalisant qu'il avait omis le principal. Je m'appelle Jake.

—Ravie de faire votre connaissance, Jake, et bienvenue à Mermaids Point. Je suis Nerissa Morgan.

Le golden retriever arriva en courant dans leur direction à cet instant, et elle s'accroupit pour ôter le bâton de sa gueule avant de le relancer.

—Je suis ici presque tous les matins, à cette heure-ci, poursuivit-elle, en essuyant ses doigts humides sur son jean. J'emmène Toby en balade pendant que notre médecin fait une pause-café. Cela nous fait du bien de prendre l'air, précisa-t-elle en rougissant comme si elle hésitait à ajouter quelque chose. En tout cas, si vous restez un petit moment parmi nous, vous devriez peut-être vous inscrire temporairement auprès de notre centre de santé[1].

Il n'y avait pas pensé, et par ailleurs, il était incapable de se souvenir de la dernière fois où il s'était rendu chez son généraliste.

—Je ne savais pas que cela était possible, répondit-il en s'efforçant de ne pas être impoli.

Elle hocha la tête.

—Nous avons quelques vacanciers qui séjournent dans le coin assez longtemps, même si beaucoup d'entre eux sont en retraite, et ont sans doute besoin de consulter un médecin plus régulièrement qu'un jeune homme comme vous, souligna-t-elle en riant. Même si à voir

1 En Grande-Bretagne, le système de santé est basé sur l'endroit de résidence.

la façon dont vous frissonnez, vous risquez d'attraper froid si je vous retiens ici plus longtemps.

Elle se tourna dans la direction d'où elle était venue et désigna du doigt un vaste bâtiment blanc situé à l'extrémité de la rue.

—Il s'agit du centre de santé. Si vous décidez de vous y inscrire, venez me voir là-bas. Je m'occupe de tout ce qui est administratif.

—Merci. Je le ferai. Mais pour l'instant, je boirais bien une tasse de café pour me réchauffer, répondit Jake en remontant de nouveau le col de sa veste – un geste inutile car le vent passait à travers le coton fin. Puis j'irai m'acheter un pull polaire.

—Ça me paraît être une bonne idée ! Je peux au moins vous aider sur le premier point, il y a un café situé presque en face des prochaines marches. Il est géré par ma nièce, Laurie. Dites-lui que c'est moi qui vous envoie.

5

Si le week-end à venir ressemblait aux deux précédents, Laurie allait devoir sérieusement envisager d'engager quelqu'un. Elle embauchait toujours des adolescents du village au moment de l'affluence estivale, mais elle travaillait seule le reste du temps. Sa mère faisait de son mieux, partageant son temps entre la boutique et le café aux heures les plus pleines, et sa tante Nerissa lui était venue en aide le dimanche précédent. Mais elle avait l'impression de les solliciter injustement, car toutes deux avaient déjà leur propre travail. Le mercredi, elle fermait l'après-midi. Cela lui permettrait de pouvoir réfléchir un peu et de dresser une liste de personnes à contacter. Si cela ne fonctionnait pas, elle ferait paraître une annonce dans le journal local. Pour l'instant, elle profitait d'une accalmie dans le café pour préparer quelques fournées de cookies et de brownies. La minuterie posée sur son comptoir sonna précisément au moment où elle déposait la dernière cuillerée de pâte sur la plaque graissée qui se trouvait devant elle. *Parfait.*

Elle sortit du four les deux plaques de brownies brûlants et les remplaça par des cookies. En disposant les brownies sur deux grilles de refroidissement, elle ferma les yeux une seconde pour humer leur riche parfum de chocolat. Même si elle s'efforçait d'être raisonnable, elle avait un faible pour ces gâteaux au chocolat et à la cerise. C'est exactement pour cette raison qu'elle ne parviendrait jamais à faire entrer son postérieur dans un jean taille 38. Mais c'était un sacrifice qu'elle était prête à accepter, se dit-elle en posant un brownie sur une assiette pour le déguster avec une tasse de thé plus tard. À cet instant, la sonnette de l'entrée retentit, et Laurie traversa la cuisine pour revenir dans le café. Elle portait encore son tablier taché car il lui restait au moins deux autres fournées à préparer.

Ce n'était pas l'un de ses clients réguliers. Laurie se surprit à plonger le regard dans les yeux d'un homme qui était peut-être le plus beau qu'elle ait jamais vu. Enfin, pas exactement dans ses yeux, plutôt à travers les verres couverts d'embruns des lunettes à monture métallique posées sur l'arête de son imposant nez romain. Grand et large d'épaules, avec des cheveux bruns coupés très court, il dégageait une telle présence qu'il paraissait occuper davantage d'espace que son corps à proprement dit. Elle regretta amèrement de ne pas avoir ôté son tablier et de ne pas porter une tenue plus flatteuse qu'un t-shirt en coton usé orné d'une image passée de la tour Eiffel et son jean préféré. Elle lui adressa cependant son plus beau sourire.

—Installez-vous, je suis à vous tout de suite.

Elle désigna les tables situées près de la vitrine puis se précipita dans la cuisine pour ôter son tablier. S'arrêtant pour inspecter son reflet dans le petit miroir suspendu au mur près de la patère, elle soupira en voyant une grande coulée de pâte à gâteau sur son menton et en constatant à quel point ses joues étaient rouges à cause de la chaleur du four. S'essuyant le visage, elle se lava les mains dans l'évier, envisagea de refaire sa queue-de-cheval, mais il faudrait alors qu'elle se lave de nouveau les mains et fasse attendre le pauvre garçon encore plus longtemps. Il allait être obligé de l'accepter telle qu'elle était.

Ce serait trop beau.

Souriant à cette pensée, Laurie se hâta de revenir dans le café et attrapa un menu en passant à proximité du comptoir. Parvenue à la hauteur de la table de son nouveau client, elle constata qu'il avait ôté sa veste et était en train d'essuyer ses lunettes sur le devant de sa chemise à carreaux bleus et rouges. Levant le regard et lui adressant un sourire, il la dévisagea intensément de ses yeux aussi bleus qu'un ciel d'été et elle dut s'appuyer sur la table – en espérant avoir l'air décontractée – pour que ses genoux ne se dérobent pas.

Au lieu de remettre ses lunettes pour la préserver de ces yeux dévastateurs, l'homme les posa à côté de lui sur ses journaux et lui sourit.

—Vous devez être Laurie… C'est votre tante Nerissa qui m'a conseillé votre café. Et si je n'avais pas su que vous étiez toutes les deux apparentées, je l'aurais deviné à la forme de votre visage.

—Je vous remercie.

Il y avait peut-être une possibilité. Laurie fut incapable de retenir un geste de la main en direction de son menton. Sa tante et elle avaient la chance d'avoir un visage en forme de cœur qui se terminait en bas par un menton leur donnant un air que plus d'une personne avait qualifié d'obstiné. Elle en était consciente depuis qu'un garçon de l'école l'avait taquinée sur son menton, mais aujourd'hui, elle avait davantage confiance en elle et acceptait son apparence depuis qu'elle n'était plus confrontée aux boutades des cours d'école.

—Vous m'autorisez ? demanda-t-il en désignant le menu que Laurie avait posé sur la table en appuyant sa main dessus.

Un homme à la fois beau et plein d'humour ? Cette fois, elle était vraiment troublée.

—Pardon ? Ah, oui.

Elle poussa le menu dans sa direction, en résistant à la tentation de s'en servir pour s'éventer, car le rouge lui était monté aux joues.

—Il y a des plats du jour, sur l'ardoise, comme vous pouvez le voir, mais vous pouvez avoir ce que vous voulez.

—Eh bien, je ne m'attendais pas à une telle proposition…

Elle songea que les fossettes qui creusaient ses joues n'auraient pas dû être aussi craquantes, surtout lorsqu'il se moquait d'elle aussi gentiment.

Espérant que l'attaque fonctionnerait mieux que la dérobade, elle décida d'en rajouter.

—Je parlais du contenu de mon réfrigérateur, mais je suis en principe libre le vendredi soir après 19 heures, dit-elle en s'interrompant brièvement pour observer la surprise s'afficher sur son visage et ses yeux s'écarquiller. Je vous laisse quelques instants pour faire votre choix, puis je reviendrai prendre votre commande.

Tournant les talons, elle se réfugia en hâte dans la cuisine avant qu'il n'ait eu l'occasion de répondre. En apercevant son regard troublé dans le petit miroir, elle secoua la tête.

—Lorelai Morgan, qu'est-ce qui te prend de flirter avec un client comme tu l'as fait ? chuchota-t-elle en s'adressant à son reflet.

Elle s'était donné pour règle de ne répondre à aucune sollicitation de la part des touristes, car inévitablement, il y en avait toujours quelques-uns chaque année pour tenter de la séduire. Certains ne cachaient même pas leur alliance en se penchant par-dessus le comptoir, croyant qu'elle serait charmée par leurs banalités, alors qu'elle n'avait qu'une envie : leur hurler dessus parce qu'ils laissaient du sable et des traces grasses de crème solaire partout sur les surfaces propres de l'établissement. Elle ne laissait aucune chance à ces hommes, y compris aux quelques rares clients qu'elle trouvait intéressants, parce que… à quoi cela la mènerait-il ? Ils partiraient au bout de quelques jours, et avoir des rendez-vous sans lendemain ne lui convenait pas. Elle avait déjà tenté l'expérience, et avait terminé seule en éprouvant beaucoup trop de regrets. Elle n'était pas en vacances, après tout, et même si les habitants avaient bien le droit de s'amuser un peu, le village de Mermaids Point ne possédait pas l'anonymat et l'ouverture d'esprit d'une grande ville. Les langues allaient bon train.

Décidée à se conduire de manière plus professionnelle, elle s'empara d'un bloc-notes et d'un stylo, prit une grande inspiration et retourna à la table du client.

—Avez-vous fait votre choix ?

Le sourire qui éclairait le visage du jeune homme s'atténua légèrement lorsqu'il vit qu'elle gardait une expression neutre, son stylo en suspens au-dessus du bloc.

—Hmm, un grand cappuccino avec un double expresso serait formidable, s'il vous plaît.

—Je vous prépare ça tout de suite.

Elle venait juste de passer derrière le comptoir lorsqu'elle entendit le raclement d'une chaise. Il s'était levé et lui avait emboîté le pas. Il n'était pas dans ses habitudes de se montrer grossière, mais elle ne se retourna pas, ignorant sa présence, et s'approcha rapidement de la grande machine à café industrielle.

—Je viens de la rencontrer sur la plage à l'instant, votre tante, vous savez.

Même sa voix était agréable. Pas trop grave, avec une tonalité riche et adoucie par un léger accent dont elle n'identifiait pas la provenance – sa voix devenait plus traînante sur certaines voyelles, mais cela n'était pas aussi prononcé que les roulements de « r » caractéristiques de l'Ouest du pays et propres à beaucoup d'habitants du coin.

Ajoutant la double dose d'expresso dans la machine, Laurie programma la préparation du cappuccino avant d'afficher un sourire poli sur ses lèvres et de se retourner. Il s'agissait d'un client, et il n'était pas responsable du fait qu'elle avait orienté la conversation dans la mauvaise direction. Et au moins, il ne s'était pas penché sur le comptoir, et ses mains étaient enfoncées légèrement dans les poches avant de son jean. Un autre bon point en sa faveur, et ce n'était pas le premier.

—Elle était en train de promener Toby, j'imagine ? demanda-t-elle.

Il hocha la tête.

—Ce chien a une bonne nature.

Elle laissa échapper un petit rire étouffé.

—Oh, c'est parce qu'elle prend bien soin de lui. Je ne sais pas pourquoi le docteur l'a pris… Toby passe plus de temps avec Nerissa qu'avec son soi-disant maître. Je savais que ce serait le cas dès qu'il a dit qu'il voulait un chien, expliqua Laurie qui croisa les bras, laissant libre cours à son agacement. Elle est censée être sa femme de ménage, pas son intendante, mais elle est corvéable à merci pour ce satané bonhomme !

—Vous ne semblez pas l'apprécier beaucoup…

Réalisant qu'elle avait de nouveau oublié de se tenir sur la réserve, Laurie grimaça.

—Je suis désolée, mais il faut qu'il parte en retraite. Il aurait dû le faire il y a cinq ans déjà, même probablement plus, mais tout le monde cède à ses caprices, y compris Nerissa.

—Je suppose qu'il n'est pas toujours facile de partir en retraite.

Sa remarque était judicieuse, mais elle n'apaisa pas sa colère vis-à-vis du médecin.

—Peut-être, mais le village mériterait d'avoir un toubib qui a d'autres réponses aux différents troubles que « ce sont des problèmes de bonne femme », argumenta-t-elle en se retournant vers la machine à café avec un soupir.

—Cet homme est une sorte de dinosaure, si je comprends bien ?

Il ne semblait pas étonné.

—Je pense que Fred Pierrafeu est son meilleur ami, plaisanta-t-elle, en lui adressant un sourire fugace par-dessus son épaule.

Elle prit son temps pour préparer le cappuccino, veillant à ce que le lait soit bien chaud et mousseux avant d'ajouter le double expresso dans la tasse.

—Du chocolat ?

—Oui, s'il vous plaît. Et serait-il possible d'avoir une part de ce gâteau qui sent divinement bon ? demanda-t-il lorsqu'elle déposa la boisson sur le comptoir devant lui.

—Ce sont des brownies au chocolat et à la cerise. Je les prépare pour le week-end, mais je peux vous en apporter un. Je reviens tout de suite.

De retour de la cuisine avec le brownie qu'elle avait conservé pour elle, Laurie le déposa sur la table à laquelle il s'était de nouveau installé. Elle ajouta une fourchette et une serviette de table en coton. Elle avait décidé de diminuer l'usage du papier et d'opter pour des serviettes en tissu l'année précédente, et avait été surprise par les effets de ce simple geste. Les clients faisaient fréquemment remarquer que cela était plus agréable, et alors qu'ils auraient sans doute pris plusieurs serviettes en papier dans le distributeur sans trop y réfléchir, ils utilisaient rarement plus d'une serviette en tissu.

—J'espère que vous apprécierez le gâteau, dit-elle, hésitant à revenir sur le sujet, mais songeant qu'elle lui devait en quelque sorte des excuses pour avoir soufflé le chaud et le froid. Après tout, je vous ai dit que vous pouviez avoir ce que vous vouliez.

Il la fixa de son regard pénétrant.

—Je n'avais pas oublié.

Ah, flûte.

—Bon… en fait, je voulais m'excuser, j'ai dépassé les bornes.

Réalisant qu'elle était en train de se tordre les mains, elle les plaça derrière son dos.

—Je ne crois pas qu'une femme m'ait déjà fait des avances avant même de connaître mon nom.

—Il ne s'agissait pas d'avances ! s'exclama-t-elle avec trop d'emportement pour remarquer le sourire moqueur qui s'affichait sur le visage de l'homme. Je ne sors pas avec mes clients. Ce ne serait pas correct !

—Mince, parce que ce brownie a vraiment l'air génial.

Soupirant tristement, il repoussa sa tasse et son assiette.

—Qu'est-ce que vous faites ?

Se levant, il s'empara de sa veste, qu'il avait posée sur le dos de sa chaise.

—Eh bien, si vous ne voulez pas sortir avec moi parce que je suis un client, il vaut mieux que j'évite de manger ce gâteau.

Laurie faillit éclater de rire. Il l'avait bien eue.

—Allons, rasseyez-vous et mangez votre brownie. De toute façon, je ne sortirai pas avec vous, alors autant que vous en profitiez !

Dans la cuisine, la sonnerie de la minuterie retentit.

—Il s'agit de ma minuterie, souligna-t-elle en se dirigeant de nouveau vers la cuisine et en s'efforçant d'ignorer les papillons qui voletaient dans son ventre.

Les pieds de la chaise raclèrent de nouveau le sol lorsqu'il se rassit.

—Au fait, je m'appelle Jake…

Elle s'arrêta près du comptoir et tourna la tête pour lui adresser un sourire moqueur.

—Je ne vous ai pas posé la question.

Il éclata de rire, engloutit une bouchée de brownie à l'aide de sa fourchette et poussa un cri de ravissement.

—Bon sang, Laurie, c'est le meilleur truc que j'aie jamais mangé ! J'ai l'impression que nous n'allons jamais sortir ensemble, parce que je vais venir manger ici tous les jours jusqu'à la fin de l'été.

Jusqu'à la fin de l'été ? Se réfugiant dans la cuisine, elle attrapa un torchon et l'agita devant son visage cramoisi. Comment ferait-elle pour gérer le fait de le voir – *lui, Jake* – tous les jours ? La minuterie retentit de nouveau et elle se rua vers le four pour sortir les cookies avant que leurs bords ne se dessèchent.

Mais parfois, il faut savoir enfreindre les règles...

6

La saveur du brownie au chocolat persista sur sa langue pendant que Jake poursuivait sans enthousiasme son exploration du village. Il aurait aimé rester et flirter avec la belle Laurie Morgan, mais il ne voulait pas forcer sa chance. Il avait constaté que le café était un endroit idéal pour découvrir les rumeurs locales à propos de la vidéo de la sirène et s'était dit qu'il aurait du temps dans les jours à venir pour, l'espérait-il, faire un peu plus sa connaissance. Comme il marchait du côté des bâtiments situé à l'abri du vent, il put profiter de la chaleur du soleil et laisser sa veste ouverte. Il parcourut la rue sur toute sa longueur, notant mentalement les boutiques dans lesquelles il aimerait se rendre par la suite – il les visiterait toutes, mais certaines en particulier retinrent son attention. Il sélectionnerait les plus touristiques au cours du week-end de façon à se mêler aux autres promeneurs et écouterait tout ce qui se disait à propos de la sirène tout en jetant un œil aux étalages.

Il fit une halte chez l'épicier pour se ravitailler, se présenta, et, après qu'il eut expliqué sa situation, le commerçant se montra ravi d'ajouter un petit carton de légumes à son planning de livraison.

—Je vous inclus dans la tournée de lundi, si cela vous convient, proposa Jim, le gérant. Nous effectuons une livraison à la ferme ce jour-là, donc cela ne nous dérange pas.

Il fouilla un moment dans l'une des poches de sa salopette puis en sortit une carte qu'il tendit à Jake.

—À l'heure actuelle, nous nous efforçons de travailler en ligne. Vous trouverez un lien pour vous inscrire sur notre site internet. Il suffit de compléter les informations et si vous avez des préférences ou des choses que vous n'aimez pas, vous pouvez le préciser dans le formulaire. Nos produits sont locaux et saisonniers, et s'ils ne sont pas toujours esthétiques, ils sont en revanche délicieux. Nous proposons également un panier de fruits et nous sommes en lien avec une laiterie si vous souhaitez du lait, du beurre, des yaourts ou d'autres produits de ce type.

Jake n'avait pas songé à tout cela, mais désormais, la tâche allait lui être simplifiée.

—Ça a l'air formidable, je jetterai un coup d'œil en rentrant et je passerai ma commande avant la fin de la journée. Est-ce que cela sera assez tôt pour démarrer les livraisons la semaine prochaine ?

—C'est largement suffisant, répondit Jim avec un large sourire. J'espère que vous profiterez bien de votre séjour ici !

—J'en suis certain. Toutes les personnes que j'ai rencontrées sont absolument adorables. Je ne suis arrivé qu'hier, et je me sens déjà chez moi.

—Je suis heureux de l'apprendre. Qu'avez-vous prévu pour le reste de la journée ? demanda Jim.

Jake fut un peu décontenancé par la question, puis réalisa qu'il ne s'agissait pas d'une simple curiosité, mais plutôt d'une question qu'il devait poser à tous ses clients. Répondre à Jim serait un bon moyen de faire parler de lui, de sorte que lorsqu'il commencerait à poser des questions, les habitants du coin sauraient déjà qu'un « écrivain » résidait parmi eux.

—Je vais continuer à prendre mes marques aujourd'hui, et pendant le reste de la semaine. Je suis supposé écrire un livre. Je vais donc me mettre au travail la semaine prochaine, mais je voulais prendre quelques jours pour me familiariser avec la région, expliqua Jake en jetant un coup d'œil en direction de la mer par-dessus son épaule. Je réalise une étude sur les mythes et légendes, et j'ai l'impression que vous possédez déjà votre propre mythe dans la région.

L'épicier eut un petit rire.

—Oui, notre sirène cause un sacré remue-ménage, c'est vrai. Cela ne plaît pas à tout le monde, par ici, mais en réalité, elle nous porte chance, et nous en avions bien besoin. Les deux derniers étés ont été un désastre, avec les terribles tempêtes que nous avons subies. C'est pour cette raison que nous avons cruellement besoin de nouveaux touristes, et cette histoire de sirène tombe à pic. La plupart de nos *bed and breakfasts* sont d'ailleurs réservés jusqu'en septembre.

Jake hocha la tête.

—Mrs Walker m'a dit la même chose. J'ai bien fait de réserver rapidement mon cottage, car j'aurais pu ne rien trouver.

Il sourit en réalisant ce qu'il venait de dire.

—La sirène me portera peut-être chance, à moi aussi.

—Elle pourrait devenir une sorte de muse pour votre livre. C'est ce que l'on dit, n'est-ce pas ?

—Pour écrire ce livre, j'aurais certainement besoin qu'elle m'inspire !

Mais s'il avait besoin d'une muse, celle-ci aurait plutôt une queue-de-cheval espiègle d'un noir d'encre, un sourire malicieux et les compétences d'un ange dans le domaine de la pâtisserie. Cependant, cela resterait son secret. Il rangea la carte de visite du commerçant dans sa poche arrière, puis se dirigea vers la porte.

—Merci encore, Jim, je m'occupe de ma première commande.

—Ravi de faire affaire avec vous, Jake. Prenez soin de vous, et bonne chance pour l'écriture !

Légèrement envahi par la culpabilité, Jake s'en alla le sourire aux lèvres en lui adressant un petit signe de la main. Mais de quoi se sentait-il coupable ? Amener les gens à se confier à lui faisait partie de son métier, et le fait de mentir de temps à autre ne lui posait aucun problème auparavant. De plus, il ne faisait aucun mal. Mais un détail mentionné par Jim lorsque ce dernier avait évoqué les deux étés précédents gâchés par le mauvais temps lui trottait dans la tête. Si cela était bien le cas, l'histoire tenait peut-être davantage du canular que d'une plaisanterie. Il s'agissait probablement d'une tentative délibérée d'attirer l'attention sur le village. Jake accéléra l'allure pour suivre le rythme des pensées qui fusaient dans sa tête. L'exploration du reste du village pouvait attendre. Il eut l'impression d'avoir mis le doigt sur le premier élément qui lui permettrait de résoudre le mystère, et il savait désormais par où commencer. Agrippant les journaux qu'il avait placés sous son bras, il gagna à vive allure le chemin tortueux qui le ramènerait à son cottage. Tout le monde avait un site internet, aujourd'hui, y compris les épiciers tenant de minuscules boutiques comme Jim... Et à plus forte raison, les journaux locaux, qui survivaient aussi bien grâce aux publicités en ligne qu'aux publicités imprimées.

***

Dans l'après-midi, Jake posa les lunettes qui l'encombraient sur la table et étira les bras au-dessus de sa tête pour soulager la douleur qu'il ressentait dans le bas du dos. En frottant les marques de la monture sur son nez, il se dit qu'il avait bien progressé. Sur le bureau de son ordinateur, un dossier contenait une multitude de liens vers de nombreux articles, à la fois locaux et nationaux, ainsi que vers des sites utiles. Le site du Met Office, le service national de météorologie, était une mine de prévisions et de données dans lesquelles il pourrait puiser des informations et des chiffres si l'angle climatique sous lequel il abordait cette histoire se révélait utile. Il se tortilla, souffrant de sa position inconfortable. La table et les chaises de la cuisine n'avaient rien à voir avec le bureau et le siège ergonomiques dont il disposait dans un angle de la salle de rédaction fébrile de l'*Eastern Comet*. Et il n'avait pas prévu de se retrouver dans une ambiance aussi calme. Au journal, il y avait toujours des discussions et de la musique, et lorsqu'il travaillait chez lui, il écoutait de la musique ou allumait la télévision.

Il n'était pas parvenu à s'organiser entièrement la veille au soir. Aussi, trouvant un prétexte pour s'éloigner de son écran – et de la chaise en bois à cause de laquelle son postérieur était endolori –, il passa la demi-heure suivante à essayer de connecter son haut-parleur à l'Internet du cottage. Le décor avait beau être traditionnel, le cottage des Walker bénéficiait de tout le confort moderne, dont une télévision connectée dans le salon et une autre dans la chambre principale, sur lesquelles il enregistra rapidement son compte Netflix. Ses hôtes avaient également équipé le lit d'un matelas confortable, à en juger par la façon dont il avait merveilleusement dormi la nuit précédente. En voyant le lit, il fut tenté un instant de revenir se blottir contre la montagne d'oreillers moelleux et d'enchaîner les épisodes de la série *Midhunter* pendant quelques heures. Son estomac choisit ce moment pour lui rappeler qu'il n'avait rien mangé depuis le brownie au chocolat englouti dans le café de Laurie – en émettant un gargouillement si bruyant qu'il fut heureux qu'il n'y ait personne pour l'entendre…

Il n'avait rien pour dîner, car il avait prévu d'acheter quelque chose lorsqu'il s'était promené dans le village. Retourner au café pour grignoter quelque chose serait-il exagéré ? Probablement. En outre, il avait besoin de faire des provisions pour pouvoir manger sur place d'ici la livraison de l'épicier, et Mrs Walker ne lui apporterait qu'après le week-end les plats qu'elle allait lui concocter. Elle avait évoqué le supermarché

Tesco qui effectuait des livraisons au village. Celui-ci ne devait pas être très éloigné. Avec un peu de chance, il dénicherait un pull polaire ou quelque chose de ce genre. En consultant le site internet du Met Office, il nota sur les prévisions pour les jours suivants que le temps allait être changeant. Il aurait donc besoin de quelque chose de plus chaud que la veste d'été légère qu'il avait emportée.

***

Quelques minutes plus tard, il sortit sa voiture en marche arrière de la cour de la ferme après avoir entré l'adresse du supermarché dans son navigateur. Revenant en direction du village, il lui fallut quelques minutes pour réaliser qu'il empruntait la même route que celle par laquelle il était arrivé la veille. Trente minutes plus tard, la voix légèrement robotique du GPS le fit sortir de la voie rapide, puis franchir un vaste rond-point, et il repéra l'un de ces centres commerciaux caractéristiques de la périphérie des villes. Il y avait un supermarché, mais également un grand magasin de meubles, une boutique informatique, un magasin de bricolage et un autre de fournitures de bureau. *Parfait.*

Après avoir rapidement parcouru les rayons du magasin de fournitures de bureau et échangé avec un vendeur qui lui assura que le montage était simple, Jake repartit avec un fauteuil de bureau à prix raisonnable qui lui permettrait de profiter d'un soutien au niveau des lombaires. Il se demandait si la qualité serait vraiment au rendez-vous, car celui-ci lui avait coûté moins de cent livres, mais les bras pouvaient être relevés et le siège rembourré était d'un confort incomparable par rapport à la chaise sur laquelle il avait été assis tout l'après-midi. Le vendeur qui l'avait conseillé l'avait même aidé à mettre le carton dans le coffre de sa voiture, et ce avec un minimum de jurons (de la part de Jake).

Comme il l'avait espéré, le supermarché possédait un vaste rayon d'habillement dans lequel il trouva une veste noire imperméable dotée d'une doublure polaire confortable. En se dirigeant vers le rayon alimentation, il s'arrêta près d'un étalage de chapeaux. La plupart des étagères contenaient des casquettes de base-ball et des sortes de chapeaux à larges bords comme en portent les joueurs de cricket, mais à côté d'une rangée de casquettes plates en tweed, il repéra un chapeau souple foncé. Le décrochant en un éclair, il le posa sur sa tête et chercha un miroir autour de lui. À son grand étonnement, le chapeau lui allait mieux que ce qu'il avait pensé et il était sur le point de repartir avec quand il tourna la tête de côté et repéra une plume jaune ridicule collée sur le ruban entourant le couvre-chef.

—Il vous va très bien !

Déstabilisé, il jeta un coup d'œil autour de lui et vit qu'une femme d'âge moyen le regardait.

—Cela vous va très bien, répéta-t-elle. Même si vous n'en étiez pas convaincu, à voir votre tête, mais je trouve qu'il est bien sur vous.

—Oh, je vous remercie, répondit Jake en se retournant pour jeter à nouveau un coup d'œil sur son reflet. Je n'aime pas trop la plume, par contre.

—Alors retirez-la dès que vous aurez payé le chapeau ! conseilla la femme comme si c'était la chose la plus évidente du monde.

Il supposa que ça l'était, mais il n'y aurait pas pensé.

—Vous avez raison, merci.

—Je vous en prie.

Et elle s'éloigna en lui adressant un petit salut de la main.

Même si Jake avait prévu de n'acheter que quelques produits de base, son petit chariot fut bientôt rempli. Tenant un pack de bières par la poignée, il se dirigea en clopinant vers les caisses. Il avait une préférence pour les caisses automatiques, mais la file d'attente y était plus longue que devant les caisses normales, et il réalisa que, bêtement, il avait oublié ses sacs réutilisables chez lui. Il en attrapa quelques-uns sous le tapis roulant de la caisse et commença à décharger son chariot. Tandis que les bocaux d'herbes et d'épices, les paquets de riz, de pâtes et d'autres produits d'épicerie s'amoncelaient, il se rendit compte qu'il avait mal préparé son séjour. Il l'avait considéré comme des vacances, et n'avait pas suffisamment tenu compte de ce qu'impliquait un changement de lieu durant trois mois. Il avait laissé dans sa cuisine, chez lui, des denrées similaires à celles qu'il était en train de ranger dans ses sacs, et il était furieux contre lui-même de ne pas s'être mieux organisé. Il n'avait emporté que des vêtements, de la lessive et quelques appareils électriques. Pourtant, il serait habillé comme un vacancier, avec sa nouvelle veste et son nouveau chapeau. Évitant de songer à ce qu'il était en train de dépenser, il glissa sa carte de paiement dans le lecteur, tapa son code sur le clavier et remercia le caissier. Il avait convenu avec Mac d'un montant pour ses frais de base, mais venait de dépenser la totalité de son budget alimentaire quotidien pour la durée de son séjour en un seul passage au supermarché. Bien sûr, ce n'était pas comme s'il allait avoir beaucoup d'autres dépenses. Sauf s'il parvenait à faire changer d'avis cette adorable Laurie à propos de cette règle consistant à ne pas sortir avec ses clients.

7

Le matin suivant, Laurie disposa les dernières tasses et assiettes du petit déjeuner dans le lave-vaisselle, qu'elle mit en route, puis jeta un coup d'œil à sa montre. La livraison habituelle du supermarché allait avoir lieu dans l'heure qui suivait, et après son marathon de pâtisserie de la veille, se réapprovisionner devenait urgent. Lorsqu'elle avait ouvert le café, elle avait opté pour le *cash and carry*[1], mais il lui fallait quarante minutes pour arriver sur place et revenir, sans compter les frais d'essence. En outre, elle perdait presque une demi-journée à ne rien faire d'utile. Elle avait donc trouvé plus pratique et économique d'effectuer une commande en ligne et de se faire livrer. Se rendant à l'arrière de la boutique, elle déverrouilla la porte de derrière et passa la tête à l'extérieur pour vérifier si l'emplacement de livraison était libre. La journée était belle et tiède, aussi laissa-t-elle la porte entrouverte. Elle avait presque toujours affaire aux deux mêmes chauffeurs. Ceux-ci l'appelleraient à leur arrivée et commenceraient à décharger sa commande dans la réserve si elle était occupée avec un client.

1 Libre-service consistant à payer d'avance puis à venir chercher les marchandises déjà réglées.

Cependant, il n'y en avait généralement pas beaucoup à cette heure de la journée. Ce n'était pas le jour où le cercle de tricot se réunissait, et une sorte d'accalmie s'installait toujours entre le petit déjeuner et l'heure du déjeuner. Il y avait Jake, bien sûr, mais elle ne pensait pas qu'il était sérieux lorsqu'il avait dit qu'elle devait s'attendre à le voir tous les jours tant qu'il séjournerait ici. Et après s'être comportée comme une écervelée à son égard, elle ne serait pas étonnée qu'il se tienne à l'écart du café. Elle jeta de nouveau un coup d'œil à sa montre. Il était presque 11 heures lorsqu'il était venu, la veille, donc s'il avait prévu de repasser, il était encore probablement trop tôt.

Comme elle ne disposait pas d'assez de farine pour préparer quoi que ce soit, elle ne pouvait pas faire grand-chose d'autre qu'attendre, alors que la patience n'était pas son fort. Cependant, la sonnette de la porte d'entrée retentit à cet instant précis, et elle bondit comme un chat échaudé. Se précipitant à l'intérieur du café, elle ressentit une légère déception en apercevant Barbara, Kitty et les autres femmes du cercle de tricot qui se dirigeaient en file indienne vers leurs tables habituelles, dans l'angle.

—Bonjour, mesdames ! Quel plaisir ! Je ne vous attendais pas aujourd'hui…

—Après le déluge de l'autre jour, nous avons décidé de nous réunir de nouveau. Il fait trop beau aujourd'hui pour ne pas sortir, déclara Barbara, qui accrocha son joli imperméable fleuri sur le porte-manteau situé près de leurs tables.

—Eh bien, vous avez de la chance car j'ai préparé une fournée de gâteaux supplémentaires pour le week-end ! Vous aurez beaucoup de choix. Que diriez-vous d'une part de *carrot cake* ? demanda-t-elle en posant une main amicale sur l'épaule de Kitty. Et avant que vous ne protestiez, sachez que j'ai utilisé de la crème fraîche à faible teneur en matières grasses pour le glaçage, donc tout cela est sans risque.

—Tu es adorable, affirma Kitty en lui souriant et en levant la main pour tapoter la sienne. Et tu penses toujours à tout.

—J'ai besoin que vous soyez toutes en forme et en bonne santé, Kitty. Je ne vais tout de même pas me débarrasser de mes meilleures clientes, n'est-ce pas ?

Un rire secoua la tablée.

—Je suis sûre que tu en veux seulement à notre argent ! plaisanta Barbara.

—Pfff ! Vous savez très bien que votre présence illumine ma journée ! Bon, qui veut un thé ?

Après avoir apporté à ses clientes deux grandes théières, un pot de lait et des parts de *carrot cake* ainsi que des couverts, des assiettes, des tasses et leurs sous-tasses assorties, Laurie les laissa se servir à leur convenance. Observant la paire de petits vases contenant des bouquets artificiels qu'elle avait retirés de leur table pour leur laisser davantage de place, elle décida de les nettoyer. Après les avoir posés sur le comptoir, elle fit le tour des autres tables pour ramasser les autres vases et s'arrêta près de la porte de devant pour jeter un coup d'œil à l'extérieur.

—Tu cherches quelqu'un en particulier ? la héla Barbara en la faisant sursauter.

Enserrant les vases dans ses mains, elle se dépêcha de s'éloigner de la porte.

—Non. Je regardais, simplement. Le gars de Tesco qui me livre ne devrait pas tarder.

—Je croyais qu'il passait par la porte de derrière ?

Le ton de la vieille dame recelait une pointe de curiosité.

—Oui, c'est le cas. Je vous prévenais juste au cas où il faudrait que j'aille rapidement lui ouvrir. Ce n'est pas lui que je cherchais… Ni personne d'autre, d'ailleurs…

Laurie avait longtemps attendu que le sommeil vienne, la nuit précédente. Allongée dans l'obscurité, elle avait songé à l'attirance qu'elle avait d'emblée éprouvée pour Jake. Cela faisait longtemps qu'un homme n'avait pas suscité son intérêt, mais elle avait beau avoir plaisanté avec lui en lui disant qu'elle ne sortait pas avec ses clients, ce qu'elle avait ressenti était bien réel. *Une fois ferrée...* Et elle avait sacrément été ferrée, au point de souffrir d'une belle écorchure. Y repenser fut suffisant pour qu'elle s'éloigne de la devanture. Si Jake revenait, elle resterait professionnelle. Elle n'aurait pas dû l'aguicher, et d'autre part, la dernière chose qu'elle souhaitait était de voir Barbara et les autres femmes du cercle de tricot commencer à émettre des suppositions.

Restant concentrée au cas où ses clientes commanderaient autre chose, Laurie emporta les vases dans la cuisine et les posa près de l'évier. Sortant des récipients les petites tiges des pois de senteur et des brins de muguet artificiels, elle les déposa sur un torchon pour les nettoyer avec un chiffon humide. Il serait stupide de se laisser importuner par Barbara. Comme plusieurs autres dames d'un certain âge du village, celle-ci s'intéressait à la vie privée de la jeune génération et taquinait souvent Laurie en lui conseillant de se trouver un petit ami.

Cependant, être l'objet de bavardages lui pesait. Il n'y avait aucune raison de soupçonner que Barbara ou l'une de ses amies puissent penser qu'elle était attirée par Jake, car comment le sauraient-elles ? Personne d'autre ne se trouvait dans le café lorsqu'il était venu, la veille, et comme il venait juste d'arriver dans le village, il était trop tôt pour que la nouvelle se soit déjà répandue. Elle n'était qu'une imbécile, et avait laissé la gêne qu'elle avait ressentie après avoir flirté avec lui influer sur son jugement. Lorsqu'il viendrait, *s'il* venait, elle le traiterait comme n'importe quel autre client.

Légèrement apaisée par ce monologue intérieur qui lui avait redonné le moral, Laurie remplit l'évier d'eau très chaude et savonneuse et y déposa délicatement les vases pour les laisser tremper. Ceux-ci auraient sans doute résisté au lave-vaisselle, mais elle ne voulait pas prendre le risque. Les laver et les sécher à la main ne serait pas long ; elle pourrait rapidement les remettre sur les tables.

—Boooonjooouuur !

Ou pas.

Se séchant les mains sur une serviette, Laurie se précipita à l'arrière du café pour accueillir Malcolm, le livreur, qui était déjà en train d'acheminer dans la réserve les premières cagettes à l'aide de son chariot.

Semi-retraité après avoir travaillé des années en mer, il continuait à s'occuper en assurant la fonction de livreur à temps partiel. L'exposition aux intempéries avait tanné sa peau, qui avait la teinte et l'aspect d'un cuir brun, et le faisait paraître plus âgé qu'il ne l'était en réalité.

—Salut, Malcolm. Tu me sauves la vie. Je n'avais plus qu'un sac de farine.

Malcolm sourit.

—J'ai remarqué que ta commande était plus conséquente que d'habitude. Tu as dû cuisiner pour un régiment, non ?

Elle hocha la tête.

—Il y a eu beaucoup de monde durant les deux derniers week-ends, et j'espère que cette hausse de fréquentation va se poursuivre.

—Tout le monde l'espère, jeune fille, mais la municipalité va devoir faire quelque chose pour améliorer le stationnement, si ça continue. Le parking était plein à craquer et après le temps pluvieux que nous avons eu, certains bas-côtés sont dans un état pitoyable, parce que les touristes se garent n'importe où.

Secouant la tête, il retourna avec son chariot en direction du van pour apporter le reste des cagettes.

Tandis qu'elle rangeait le contenu de la livraison, Laurie pensa à ce que Malcolm avait dit. Ce n'était pas la première fois qu'elle entendait des plaintes au sujet des touristes. Il y avait également eu des protestations à propos de la quantité de déchets qu'ils laissaient sur la plage. Cependant, si certains vacanciers se montraient irresponsables, la majorité d'entre eux respectaient l'environnement, sans doute parce qu'ils restaient quelques jours et n'avaient pas davantage envie de voir des déchets que les habitants du coin. L'intérêt grandissant pour la sirène amenait un autre type de touristes – qui ne s'intéressaient pas au village en soi, mais pour lesquels seule comptait la recherche du point de vue idéal pour prendre un *selfie* à envoyer à leurs amis. Un certain nombre d'entre eux n'avaient fréquenté le café que pour recharger leur téléphone et avaient commandé le strict minimum pour justifier d'occuper une table.

Même si elle était ravie d'avoir du monde au café, elle espérait secrètement qu'ils parviendraient à un juste milieu une fois que l'engouement initial se serait apaisé – qu'ils verraient arriver des personnes qui avaient découvert l'existence de Mermaids Point grâce à la publicité faite autour de cette histoire, mais choisiraient de visiter le village pour d'autres raisons, et, espérait-elle, resteraient quelques jours pour l'explorer et découvrir ses boutiques.

Malcolm réapparut alors qu'elle venait de vider les premières cagettes.

—Voilà, c'est terminé. Tout est tel que sur la commande. Il n'y a pas eu de substitutions, cette semaine. J'ai posé les papiers ici, au-dessus.

Laurie s'empara de la facture et du reçu posés sur la cagette et les plia en deux pour les ranger dans son sac avant de risquer de les égarer.

—Merci. Si tu attends deux minutes, je te prépare un café à emporter.

—Ah, tu es un amour. Je vais terminer de déballer les cagettes, si tu veux. J'ai terminé mes livraisons de la matinée…

—Merci. Pose tout cela où tu pourras, je ferai le tri ensuite.

Lorsqu'elle revint dans le café, la porte d'entrée s'ouvrit et le cœur de Laurie fit un bond lorsqu'elle aperçut la haute silhouette d'un homme qui se tenait de dos. Toutefois, elle comprit rapidement pourquoi il ne lui faisait pas face : il était en train d'aider une femme à soulever une poussette par-dessus le seuil. Mais la couleur de ses cheveux était différente de celle de Jake.

—Je suis à vous tout de suite !

Se dépêchant de contourner le comptoir, elle rangea la facture dans son sac et prépara un grand *americano* dans l'un des mugs réutilisables à emporter, avant de le donner à Malcolm.

—J'ai l'une de tes tasses dans mon van, dit-il avec un sourire contrit. Je te l'apporte.

—Laisse-la dans la réserve, tu veux bien ? Je dois m'occuper des clients.

—Pas de souci, ma chère, et je fermerai derrière moi en partant…

***

Laurie venait juste de servir le couple, et avait même fait réchauffer un petit pot au micro-ondes pour le bébé, quand Barbara lui fit un signe de la main pour lui indiquer que ses amies et elle désiraient boire un autre thé. Jetant les feuilles de thé usagées dans le bac à compost,

Laurie aperçut les vases qu'elle avait laissé tremper dans l'évier. *Il faut que je trouve une minute pour les nettoyer.* Une fois le thé infusé et servi, elle remonta ses manches, renouvela l'eau de l'évier et s'attela à la tâche. Elle avait nettoyé à peu près la moitié des vases quand elle entendit la voix de sa mère.

—Je suis ici, l'appela-t-elle, en jetant un coup d'œil par-dessus son épaule au moment où sa mère passait la tête par la porte.

—Hello, ma chérie. C'est tranquille, à côté. Alors je me suis dit que j'allais venir te voir pour préparer un café pour ton père et moi. Qu'est-ce que c'est ?

Elle leva un sourcil en contemplant l'eau savonneuse dans l'évier.

—Ce sont les vases que je mets sur les tables. Il me semble qu'ils avaient besoin d'être nettoyés, répondit Laurie, quand la sonnette de l'entrée retentit. Mais je n'arrive pas à trouver cinq minutes pour terminer.

—Je m'en occupe.

Sa mère était déjà en train de tendre la main vers une paire de gants en caoutchouc pliés avec soin près de l'évier. Elle en achetait régulièrement, espérant que Laurie les porterait et arrêterait « d'abîmer ses ongles », mais sa fille détestait la sensation qu'ils procuraient, et l'odeur bizarre qu'ils laissaient sur ses mains.

—Tu es venue pour une pause-café, ne t'occupe pas de mes corvées, protesta Laurie, même si elle avait déjà cédé sa place devant l'évier et était en train de se sécher les mains.

Essayer d'empêcher sa mère de lui rendre service était aussi difficile que d'arrêter un rouleau compresseur, un adorable et affectueux rouleau compresseur. La propension de sa mère à tout prendre en charge l'énervait parfois, mais elle s'efforçait de ne pas le lui montrer – surtout que celle-ci l'aidait toujours volontiers.

—Te rendre service est plus important, déclara sa mère, confirmant ce que sa fille venait de penser. File voir ton client, je vais nettoyer tout ça en un clin d'œil.

Après avoir déposé un rapide baiser sur la joue de sa mère, Laurie retourna dans le café et vit Jake s'installer à l'une des tables situées près de la vitrine. Contrairement à la veille, il portait un sac à dos dont il sortit un mince ordinateur portable au moment où elle arrivait à sa hauteur.

—Vous êtes de retour ? *Doucement, Laurie. Tu dois le traiter comme n'importe quel autre client.* Pardon, bonjour. Ravie de vous revoir…

Dieu du ciel, on aurait dit qu'elle n'avait jamais vu un bel homme auparavant à la manière dont l'émotion tordait ses entrailles.

—Il m'était impossible de rester loin de ces somptueux… brownies.

Il eut un sourire, ce qui éclaira tout son visage, et les bonnes résolutions de Laurie s'évanouirent. Flirter un peu ne leur ferait de mal ni à l'un ni à l'autre, tant qu'elle ne s'emballait pas.

S'efforçant d'ignorer le doux sentiment d'exaltation qui courait dans ses veines, elle secoua tristement la tête.

—Je ne peux vous en proposer, aujourd'hui. Les autres sont partis directement au congélateur une fois qu'ils ont eu refroidi. Je pensais vous avoir dit que je les préparais pour le week-end. Cependant, j'ai beaucoup d'autres gâteaux en rayon, précisa-t-elle en indiquant d'un signe de tête par-dessus son épaule la vitrine en verre située derrière le comptoir.

Le visage de Jake se décomposa, comme si un nuage avait occulté l'éclat de son sourire.

—Moi qui ai pensé à ces brownies toute la matinée…

Il avait l'air si triste qu'il fut difficile à Laurie de ne pas rire. Faisant de son mieux pour garder l'air aussi sérieux que lui, elle hocha la tête en feignant la sympathie.

—Ils étaient vraiment réussis !

Les sourcils de Jake se soulevèrent, comme s'il venait d'avoir une idée lumineuse.

—Alors j'ai une excuse pour revenir samedi matin.

—Oh, je n'étais pas en train de vous suggérer…

Les joues de Laurie s'empourprèrent.

—Je sais, répondit-il d'un ton très doux, tout en se rasseyant. Je vous taquine !

—Oh, vous savez, moi aussi ! dit-elle en s'efforçant d'adopter un ton léger, mais elle avait parlé trop fort.

Il était indispensable qu'elle arrête de flirter avec Jake. Elle était *incorrigible.* Elle fut légèrement déçue lorsqu'il déplaça sa chaise, fuyant manifestement son regard. Après ce déplacement d'environ deux millimètres, il leva à nouveau les yeux vers elle, avec un sourire plus discret, que l'on aurait pu qualifier de poli.

—Bon… Eh bien, maintenant que vous m'avez précisé tout ce que je peux avoir, je prendrai un cappuccino et j'attendrai d'avoir vraiment faim avant de vous commander autre chose, déclara-t-il en désignant son ordinateur portable. Cela ne vous dérange pas si je travaille un peu ici ?

—Pas du tout, faites comme chez vous. *Laisse ce gars-là tranquille, pour l'amour de Dieu, Laurie.* Ha ha ha ! *Et arrête de rire aussi bêtement !* Je reviens avec votre boisson.

En se dépêchant de s'éloigner, elle se cogna l'orteil contre le pied d'une chaise, qui dégringola. Elle faillit elle aussi se retrouver par terre.

Se demandant s'il était possible de mourir de honte, elle regagna le comptoir et vit que sa mère se tenait derrière. Elle était en train d'essuyer les vases avec un torchon et ne fit aucun effort pour dissimuler son sourire lorsque sa fille passa devant elle pour atteindre la machine à café. Le revêtement réfléchissant de la machine révéla à Laurie que ses joues étaient cramoisies et elle pria silencieusement pour bénéficier d'une accalmie afin de reprendre le contrôle d'elle-même.

—Qui est ton ami ?

Décidément, elle n'aurait pas la paix. Se dressant sur la pointe des pieds, elle s'empara d'une grande tasse et d'une soucoupe posées sur l'étagère au-dessus de la machine avant de jeter un regard qu'elle espérait désinvolte vers sa mère.

—Hein ? Oh, il s'agit de Jake. Il est arrivé hier. Il a loué le cottage qui se trouve dans la ferme des Walker pour écrire son livre.

Circulez, y a rien à voir.

Elle n'avait aucune chance que sa mère en reste là. Posant le vase qu'elle venait d'essuyer ainsi que le torchon, cette dernière s'approcha de Laurie.

—Il va rester là un certain temps, alors ?

L'air interrogateur, elle ne se gêna même pas pour observer Jake.

—Arrête ! chuchota Laurie en actionnant la buse à vapeur pour faire mousser le lait du cappuccino de Jake. Cesse de lorgner ce pauvre garçon. Et en quoi la durée de son séjour t'intéresse-t-elle ?

Elle posa la cruche en métal sur le comptoir plus brusquement que cela était nécessaire pour compacter la mousse avant de l'ajouter dans la tasse.

Lorsqu'elle leva le regard, elle aperçut sa mère qui l'observait avec un sourire amusé.

—Cela ne me regarde pas, ma chérie, mais étant donné que je peux compter sur les doigts d'une seule main les fois où tu t'es comportée aussi maladroitement en présence d'un homme, il n'est pas inutile que tu en prennes conscience. Je vais finir de sécher les derniers vases, puis je reviens me préparer un café.

Elle fit demi-tour et regagna la cuisine, laissant sa fille la contempler bouche bée.

8

En attendant que Laurie revienne lui apporter sa boisson, Jake tenta de comprendre son comportement. S'il avait plaisir à voir ses joues s'empourprer lorsqu'ils flirtaient, il ne souhaitait pas que la situation devienne inconfortable. Pourtant, il avait déjà failli la mettre en péril. Le café était l'endroit idéal où travailler lorsqu'il venait au village, et il ne voulait pas se montrer déplacé dès sa deuxième visite. Il n'avait pas eu l'intention de fréquenter le café pour pouvoir y rencontrer du monde, mais avait trouvé une autre raison d'en franchir le seuil. Laurie était belle comme le jour, et drôle, également, lorsque son comportement ne la déstabilisait pas. S'il voulait apprendre à la connaître, il devait lui montrer plus subtilement qu'il était attiré par elle.

Décidant de faire preuve d'amabilité, mais sans exagération, il s'affaira sur son ordinateur portable, le brancha et le connecta au réseau mobile de son téléphone. Il avait noté que le café possédait son propre réseau sans fil, mais il préférait ne pas se connecter à un réseau public, notamment lorsqu'il se consacrait à une activité professionnelle. Le fait qu'un petit café local propose une connexion Wi-Fi gratuite à ses clients était dans l'air du temps, se dit-il. Il ne s'était pas posé la question lorsqu'il se rendait dans un café d'une grande chaîne telle que Starbucks, mais il se demanda combien cela coûtait à Laurie. Lui poser la question serait plutôt impoli, mais le sujet avait piqué sa curiosité journalistique, et il ne pourrait désormais s'empêcher de s'y intéresser. Il cliqua sur son navigateur favori et avait à peu près rédigé la moitié de son enquête lorsque l'une des femmes qui étaient assises dans un angle du café s'adressa à lui.

—Vous êtes cet écrivain qui séjourne parmi nous, n'est-ce pas ?

Levant les yeux, il constata que tous les regards étaient tournés vers lui, y compris celui de Laurie, qui lui sourit d'un air embarrassé. Reportant son attention sur les femmes qui le regardaient par-dessus leur ouvrage en suspens, il approuva d'un signe de tête.

—En effet.

—Je m'en suis doutée dès que j'ai vu votre ordinateur. Vous séjournez dans la ferme des Walker, paraît-il.

Et désormais, tous ceux qui se trouvaient là étaient également au courant. Lui qui se demandait comment procéder pour approcher les gens et les inciter à lui parler n'aurait sans doute plus à s'en soucier grâce à cette Miss Marple[1] installée dans l'angle du café. Se tournant sur sa chaise pour lui faire face, il lui adressa un large sourire.

—C'est un beau petit cottage, idéal lorsque j'ai besoin d'un peu de tranquillité et de calme. Mais la matinée était trop belle pour rester enfermé, cependant !

1 Héroïne de nombreux romans d'Agatha Christie menant des enquêtes policières.

La femme hocha la tête à l'attention de celle qui était assise à côté d'elle.

—C'est ce que nous nous sommes dit également, n'est-ce pas, Kitty ?

—Si.

Beaucoup plus nuancée que son amie, l'autre femme jeta des regards timides en direction de Jake, puis finit par lui adresser la parole.

—Pouvons-nous faire preuve d'un peu de curiosité et vous demander de quoi parlera votre livre ?

Décidant de profiter de l'occasion, Jake se leva et se dirigea vers le groupe. Il désigna du doigt une chaise vide.

—Jake Smith. Puis-je ?

Sa question suscita une multitude de hochements de tête et les femmes se présentèrent, déplaçant leurs chaises pour lui faire de la place.

—Merci.

Il se pencha en avant pour appuyer ses coudes sur la table, conscient que son langage corporel leur donnerait l'impression qu'il se confiait à elles.

—J'écris sur les légendes et les mythes locaux.

—Un nouveau chasseur de sirène en herbe, bougonna une femme dont il n'avait pas retenu le nom.

Il leva les mains.

—Je plaide coupable. Mais je ne suis pas uniquement venu ici à cause de ces photos que l'on voit partout… Bien sûr, elles ont retenu mon attention, mais un village avec un nom comme le vôtre doit posséder ses propres histoires de sirènes remontant à plusieurs générations, et c'est à ce genre de choses que je m'intéresse…

Trouver d'où viennent ces récits et chercher des points communs avec les villages qui possèdent des légendes similaires.

Il regarda les femmes tour à tour et constata qu'il avait capté leur intérêt. Même celle qui était de mauvaise humeur arborait désormais une expression plus aimable.

—L'une d'entre vous sait-elle d'où le village tient son nom ?

Barbara, la femme qui s'était adressée en premier à lui, secoua la tête.

—Je ne peux pas dire que j'y ai beaucoup réfléchi. Il y a toujours eu des histoires à propos de sirènes, cependant, concernant la manière dont elles sont venues au secours d'habitants du village autrefois.

—Mais elles n'ont rien fait pour aider le *Betsy Mae*, n'est-ce pas ? maugréa de nouveau la femme bougonne.

Certaines des autres femmes lui adressèrent un regard choqué, mais Jake fut surpris lorsque Kitty, la plus calme, prit la parole.

—Ne commence pas, Bev. Peter Torpy n'aurait jamais dû sortir par cette tempête, et toi et nous toutes autour de cette table le savons bien !

Elle tendit le bras et posa la main sur le bras de Barbara en un geste qui apparut réconfortant aux yeux de Jake. Il pressentit qu'il y avait derrière tout cela une histoire intéressante et ouvrit grand ses oreilles.

—*Si* cette femme ne l'avait pas quitté fâchée, il n'aurait pas eu à soutenir deux familles et n'aurait pas été obligé de prendre de tels risques, répliqua sèchement Bev. Elle n'a toujours pensé qu'à elle, si tu veux mon avis. Ceux qui ne viennent pas d'ici ne s'habituent pas au village, ils ne s'y sont jamais intégrés et ne s'y intégreront jamais.

—*Si* Peter ne l'avait pas trompée chaque fois qu'elle avait le dos tourné, elle n'aurait pas eu de raison de le quitter, alors arrête de raconter n'importe quoi à propos de ceux qui ne viennent pas d'ici ! répliqua Kitty en déplaçant sa chaise pour tourner délibérément le dos à Bev. Désolée, Jake, vous n'êtes pas venu ici pour nous entendre déterrer de vieilles rumeurs…, ajouta-t-elle, l'air aussi hérissée qu'une poule en colère.

Il ne prit pas la peine de lui dire qu'en général, les meilleures histoires de sa carrière étaient issues de rumeurs, et qu'il effectuerait une recherche à propos du *Betsy Mae* sur Google dès qu'il serait retourné à sa table. Il se contenta de revenir à leur sujet de discussion initial.

—Et connaissez-vous de vieilles légendes ? Certaines se sont peut-être transmises au sein de votre famille ?

Kitty secoua la tête.

—Il n'y a que cette légende que tout le monde connaît déjà, comme l'a dit Barbara, selon laquelle les sirènes viendront lorsque le village aura réellement besoin d'elles, expliqua-t-elle avant de jeter un coup d'œil par-dessus son épaule en direction du comptoir. Mais s'il y a bien quelqu'un à qui vous pourriez poser la question, c'est Laurie…

Incapable de résister à l'occasion de contempler la femme adorable qui occupait déjà une grande partie de ses pensées, Jake se retourna. Elle était en pleine conversation avec une femme qui l'avait observé un peu plus tôt. Elles souriaient toutes les deux. La femme plus âgée s'empara de deux mugs sur le comptoir puis se pencha pour embrasser affectueusement Laurie. Ne voulant pas être surpris à les regarder, Jake se tourna de nouveau vers Kitty et les autres femmes.

—Pourquoi voulez-vous que je m'adresse à elle ?

—Une rumeur dit qu'elle aurait du sang de sirène dans les veines, par son père, confia Kitty.

—Quelle stupidité ! s'exclama son amie Barbara en levant exagérément les yeux au ciel.

Kitty monta de nouveau sur ses ergots.

—Peut-être, mais pourquoi les femmes de cette branche de la famille ont-elles toutes des prénoms aussi caractéristiques ? Lorelai, Nerissa, Merrow, paix à son âme, toutes portent des prénoms de sirènes, répéta-t-elle à l'attention de Jake.

Lorelai. Il s'agissait d'un si beau prénom, et il se demanda pourquoi elle employait un diminutif. Cependant, lui-même n'utilisait son prénom en entier, Jacob, que pour sa signature.

—Fascinant, commenta-t-il en adressant un sourire d'encouragement à Kitty. Il s'agit exactement du genre d'histoires qui m'intéressent, je vous remercie ! avoua-t-il en souriant également aux autres femmes du groupe avant de se lever. Bon, j'ai assez pris de votre temps, mais si vous songez à autre chose d'utile pour mes recherches, n'hésitez pas à me contacter.

—J'espère qu'elles ne vous ont pas ennuyé ? lui demanda Laurie en lui apportant son cappuccino. Je les aime beaucoup, mais elles ont tendance à se mêler de la vie privée de tout le monde…

—Ce n'est rien. En réalité, elles m'ont appris beaucoup de choses. J'ai besoin de sources locales pour que mon livre soit aussi authentique que possible. Kitty m'a dit que vous aviez une histoire intéressante à propos de l'origine de certains prénoms dans votre famille.

Laurie fronça les sourcils un instant puis secoua la tête.

—L'histoire des sirènes ? Il s'agit juste d'une légende que quelqu'un a imaginée et qui a circulé dans la famille.

—J'aimerais tout de même l'entendre, si vous avez un peu de temps…

Elle jeta un regard circulaire dans le café. Durant les quelques minutes au cours desquelles il avait discuté avec les femmes, la salle s'était remplie.

—Pour l'instant, ce n'est pas possible, confia-t-elle en levant une main pour répondre à une personne qui lui avait fait signe depuis une autre table. Il y a du monde, désolée.

—Ce n'est rien, vous pourrez me la raconter plus tard.

9

Aussi tenté soit-il de revenir au village trois jours d'affilée, Jake se força à rester au cottage vendredi et de s'astreindre à travailler. Il s'était laissé détourner complètement de son objectif en s'intéressant à l'histoire tragique du *Betsy Mae*, mais après avoir lu tous les articles qu'il avait pu trouver, il avait conclu, tout comme Kitty l'avait dit, qu'il s'agissait d'un cruel accident de pêche ayant entraîné des blessures irréversibles et invalidantes chez deux membres d'équipage d'un chalutier qui avait pris la mer dans de très mauvaises conditions. L'événement avait un intérêt dans le sens où il avait eu un impact dévastateur sur un petit village, mais ne lui apprit rien de nouveau à propos des sirènes. Il se concentra donc sur la liste d'articles enregistrés dans ses signets et passa une journée ennuyeuse mais utile à les parcourir. Lorsqu'il eut terminé, il était si épuisé qu'il se contenta de mettre une pizza au four et de s'effondrer devant la télévision avec une bière fraîche.

***

Le samedi matin laissait présager une belle journée ensoleillée, et il se sentit prêt à délaisser son ordinateur portable pour passer une journée qu'il espérait fructueuse à se mêler aux touristes et à interroger certains d'entre eux pour savoir ce qui les fascinait tant chez les sirènes. Comme l'éclat du soleil l'avait déjà induit en erreur auparavant, il consulta une application météorologique sur son téléphone. Celle-ci indiquait qu'il faisait déjà 19 °C et que la température atteindrait près de 25 °C après le déjeuner. Dubitatif, il ouvrit la porte du cottage et sortit dans le jardin. S'avançant au-delà de l'auvent en plein soleil, il fit quelques pas et constata qu'il n'aurait pas besoin de sa veste.

Il l'enleva et s'apprêtait à revenir à l'intérieur lorsqu'il entendit Carolyn l'appeler.

—Jake ! Je suis contente de vous trouver ici. Je voulais simplement savoir si je pouvais changer vos draps.

—Bien sûr, entrez !

Laissant la porte ouverte pour qu'elle puisse lui emboîter le pas, Jake transféra son portefeuille et ses clés dans son jean, puis suspendit sa veste au dos de l'une des chaises de la cuisine. Lorsque Carolyn entra, il lui montra le panier à linge qu'il avait sorti de la chambre un peu plus tôt.

—J'ai enlevé les draps du lit et mis tout le linge ici, dit-il en désignant le panier. Je vais aller me promener. Je pense m'absenter une bonne partie de la matinée, alors venez à l'heure que vous souhaitez.

Elle sourit.

—Oh, vous n'étiez pas obligé de défaire les draps, je l'aurais fait, mais je vous remercie. Je vais m'occuper du linge maintenant, ainsi tout sera prêt à votre retour. Alan est occupé avec le vétérinaire. L'un de ses beaux alpagas a un sabot infecté, et j'ai donc un peu de temps devant moi. Je vais prendre de l'avance et préparer quelques repas pour la semaine prochaine. Venez frapper à la ferme lorsque vous rentrerez, et je pourrai vous donner quelques plats pour votre congélateur.

—Vous êtes adorable. Je passerai tout à l'heure.

—N'y allez pas en voiture. S'il y a autant de monde que le week-end dernier, ce sera la folie, au village…

Espérant que Carolyn avait raison et qu'il y aurait du monde à interviewer, Jake emprunta le sentier côtier et longea la plage. Il fut étonné de constater que celle-ci était presque déserte. Cette zone était un peu plus rocailleuse que celle qui se trouvait à proximité des commerces. Les touristes ne s'aventuraient donc peut-être pas aussi loin. Pourtant, lorsqu'il se retrouva au niveau des marches, il n'y avait guère plus de monde. Quelques promeneurs étaient présents, mais ils étaient loin d'être aussi nombreux qu'il l'aurait imaginé en entendant les rumeurs des jours précédents. Plutôt que de descendre sur la plage, il se dirigea vers le centre du village. Il y avait plus de voitures dans les rues que ce qu'il avait vu précédemment, mais il n'y avait pas d'embouteillages, et il ne dut attendre qu'une vingtaine de secondes avant de pouvoir traverser. Il suivit la direction de la majorité des voitures vers le haut de la rue et le parking principal. Les premières rangées étaient pleines, mais il estima que moins d'un quart des emplacements étaient occupés.

Quatre membres d'une même famille descendirent d'un minivan avant de se charger de sacs à dos entreposés dans le coffre, mais au lieu de se diriger vers Jake et la plage, ils prirent la direction opposée. Curieux de savoir où ils se rendaient, il les suivit à une certaine distance. Un grand panneau sandwich lui apporta une réponse. Celui-ci indiquait en grosses lettres rouges que les excursions en bateau *Mermaid Boat Tours* proposaient un tour des îles, et une flèche noire au bas du panneau indiquait la direction à prendre. À côté d'un sentier, un plus petit panneau fléché portant le nom de l'entreprise le mena sur un chemin manifestement très fréquenté et l'entraîna jusqu'à une grande anse en fer à cheval.

Marchant le long du quai en pierre, Jake vit que celui-ci était divisé en deux. La plus petite zone était réservée aux yachts, aux canots à moteur et à d'autres bateaux de plaisance, et aurait pu être comparée à un port de la Côte d'Azur tant la lumière se reflétant sur les coques blanches était étincelante. Des mouettes planaient en cercles paresseux au-dessus, leurs cris rauques emplissant l'air. Au-delà d'une jetée en bois servant de ligne de démarcation, il découvrit la partie professionnelle du port. Des enchevêtrements de filets orange et bleus encombraient le quai auquel étaient amarrés plusieurs bateaux de pêche industrielle, évoquant des piles d'ouvrages en tricot abandonnés par un géant. La façade du port était bordée d'ateliers et de quelques petits entrepôts dont les parois en métal mêlaient une peinture bleu vif et des taches de rouille. Jake reconnut le décor parce qu'il l'avait vu sur des photos sur lesquelles il était tombé en effectuant des recherches au sujet de l'accident du *Betsy Mae*, mais si l'endroit paraissait petit sur les clichés, il était en réalité plutôt vaste.

À quelques pas, une cabane blanche rudimentaire portait la mention *Mermaid Tours* peinte en rouge vif sur la façade. La famille qu'il avait suivie se joignit à une petite file de touristes et Jake les vit suivre l'embarcadère jusqu'à un joli bateau doté d'un grand pont découvert à l'arrière.

—Tu aimerais faire le tour des îles ? lui demanda un jeune homme qui avait à peu près son âge et portait un t-shirt imprimé sous une salopette bleue.

L'homme s'avança vers lui, laissant son collègue plus âgé s'occuper des dernières personnes qui embarquaient sur le bateau.

—Peut-être un autre jour… Pour l'instant, je fais un petit tour et je profite du soleil, répondit Jake en avisant deux autres bateaux similaires amarrés à côté de celui qui s'apprêtait à partir. Du monde, aujourd'hui ?

L'homme secoua la tête.

—Non. Ce n'est que notre deuxième groupe de la matinée. Le week-end dernier, on pouvait à peine circuler ici, tellement il y avait de touristes, et aujourd'hui, regardez, commenta-t-il en agitant la main vers l'embarcadère presque désert. La sirène n'attire déjà plus les foules.

—J'ai effectivement trouvé le village plutôt calme lorsque je l'ai traversé, répondit Jake en tendant la main pour se présenter. Je séjourne dans la ferme des Walker, de l'autre côté du village.

—Ah, vous êtes l'écrivain ! Ma sœur m'a parlé de vous, l'autre soir… Je suis Nick Morgan, ma famille gère la grande boutique de cadeaux sur le front de mer et ma sœur possède le café situé juste à côté.

L'homme sourit et Jake perçut la ressemblance avec Laurie ; si ses traits étaient un peu plus doux et ronds que ceux de sa sœur, ses cheveux étaient de la même couleur, un noir corbeau.

—Heureux de faire votre connaissance, affirma Jake.

—Moi également, répondit Nick en désignant le bateau d'un hochement de tête. Vous êtes sûr de ne pas vouloir vous joindre à nous ?

Jake secoua la tête.

—Pas aujourd'hui. Je n'ai pas les vêtements adaptés. Mais j'aimerais beaucoup faire un tour prochainement. Proposez-vous également des sorties durant la semaine ? Payer un supplément pour effectuer une excursion individuelle ne me dérange pas.

—Nous sortons tous les jours, à condition que le temps le permette et que l'on nous paye pour cela, expliqua-t-il au moment où une radio se mettait à crépiter dans la poche avant de sa salopette, émettant un message inintelligible pour Jake, mais que Nick parut comprendre. Attendez-moi une petite minute, dit-il à Jake, je vérifie si tout va bien et ensuite, nous pourrons discuter encore un peu.

Après avoir consulté l'homme qui se trouvait sur le bateau, Nick procéda à quelques vérifications de dernière minute, puis dénoua les amarres. Il observa le bateau sortir du port, une main en visière pour protéger ses yeux du reflet du soleil sur la mer. Jake était incapable de manœuvrer un autre véhicule qu'une voiture, et fut impressionné par la facilité avec laquelle le bateau se fraya un chemin entre les rangées d'embarcations du port.

Les mains glissées sous la bavette de sa salopette, Nick revint vers lui.

—Nous ne ferons pas plus de deux sorties aujourd'hui, je suis donc libre pendant quelques heures. Je vais fermer la boutique. Si vous voulez, nous pouvons aller chez Laurie ? Je tuerais pour un café…

—Excellente idée !

Avec un peu de chance, il y aurait du monde dans le café et comme il accompagnait Nick, Laurie ne pourrait pas penser, à tort ou à raison, qu'il venait la voir pour un autre motif.

Nick baissa le volet de la cabane, le fixa à l'aide d'un cadenas et tourna les aiguilles d'une grande horloge sur laquelle figuraient les mots « Heure du prochain départ » jusqu'à ce qu'elles soient disposées sur 13 heures.

—Bon, allons boire ce café et nous nous mettrons d'accord sur cette visite privée des îles.

10

Laurie ajouta quelques lignes à la craie de couleur sur son ardoise mobile, puis s'accroupit pour la relire une dernière fois. Heureuse d'avoir eu la présence d'esprit de se munir d'un chiffon humide, elle effaça puis réécrivit le mot *quiche* dans lequel elle avait oublié la lettre « i ». Mais elle se demanda en quoi importaient les fautes d'orthographe s'il n'y avait personne pour les voir. Se relevant en soupirant, elle jeta un regard attristé par-dessus son épaule le long de la rue déserte. Où étaient-ils tous passés ? Même si les touristes en avaient assez d'essayer d'apercevoir une sirène inexistante, la journée était belle, et d'habitude, le soleil attirait les visiteurs qui affluaient dans le village pour se promener le long de la plage. Les touristes habituels avaient peut-être été rebutés par la nouvelle de l'affluence des week-ends précédents. Mais quoi qu'il en soit, elle n'avait pas le souvenir d'un samedi de juin aussi calme.

Espérant que l'ardoise attirerait une ou deux personnes et les inciterait à entrer, elle ouvrit la porte du café pour l'aérer. Elle remercia l'unique couple présent, qui s'apprêtait à partir. L'homme et la femme rassemblèrent leurs affaires et Laurie ramassa leurs tasses et assiettes sales en passant près de leur table.

—Que vais-je faire de tous ces gâteaux ?

Il lui fut difficile de ne pas se sentir découragée lorsqu'elle observa la vitrine débordant de tout ce qu'elle avait fait décongeler durant la nuit en prévision d'un autre week-end d'affluence. Elle entreposa la vaisselle sale dans le lave-vaisselle puis retourna aider sa tante qui était en train de plier une pile de serviettes en coton en carré bien net. Se penchant pour attraper une partie de la pile, Laurie adressa un sourire d'excuse à Nerissa.

—Je me sens d'autant plus gênée de t'avoir demandé de venir m'aider, aujourd'hui.

Elle avait déjà reçu un certain nombre de réponses à l'annonce qu'elle avait publiée dans le journal local pour un poste à temps partiel, mais elle avait besoin de temps pour les lire et préparer des entretiens.

Tournant la tête, Nerissa déposa un baiser sur la joue de Laurie.

—Passer quelques heures avec ma nièce préférée est loin d'être une corvée.

Cette boutade familière la consola légèrement, mais elle se sentait encore coupable de rogner sur le peu de temps libre dont disposait Nerissa.

—Je suis ta *seule* nièce, et c'est ton jour de congé !

Nerissa sourit.

—Tu restes ma préférée, dit-elle avant qu'une expression de contrariété ne vienne balayer son air enjoué. L'odieux petit-neveu du doc lui rend visite, ce week-end. Je suis bien contente d'avoir une excuse pour ne pas être là, honnêtement.

Le docteur Gadd avait dépassé l'âge de la retraite depuis plusieurs années, selon Laurie, et il traitait davantage sa tante comme une bonne à tout faire que comme une employée. Mais si Laurie souhaitait qu'il passe les rênes à une personne plus jeune, elle savait que Nerissa s'inquiétait à propos de son avenir. Elle vivait dans le petit appartement situé au-dessus du cabinet médical d'aussi loin que Laurie se souvienne, et si le doc prenait sa retraite, elle perdrait non seulement son travail, mais se retrouverait sans logement.

Michael, le petit-neveu en question, était le seul parent vivant du doc et avait dit à plusieurs reprises à Nerissa qu'il pensait qu'*elle* profitait de la situation – ce qui était totalement injuste étant donné que sa tante était loin de se limiter à ses seules attributions professionnelles. Elle s'occupait aussi du chien du doc, pour commencer ! Toby était magnifique et adorable, mais s'en occuper avait été également imposé à Nerissa. Et puis, elle devrait sans doute préparer le repas, ce soir.

—Michael lui rend sa visite trimestrielle pour compter l'argenterie, non ? Il va être déçu en voyant que le doc est en pleine forme.

Laurie ne fit même pas d'effort pour dissimuler sa colère. Lors d'une visite précédente, Michael avait donné rendez-vous dans son café à un agent immobilier du coin pour discuter de la possibilité de transformer le cabinet médical en location de vacances. Le doc était peut-être plus fragile et perdait un peu la mémoire, mais il avait encore de belles années devant lui. Entendre quelqu'un parler avec autant d'avidité d'un héritage potentiel lui avait laissé un goût amer.

Nerissa leva les yeux au ciel.

—La dernière fois qu'il est venu, je l'ai surpris en train de fouiner dans mon appartement, cet horrible type. Cette fois, j'ai veillé à fermer ma porte à clé, expliqua-t-elle d'un air las. Je sais qu'il va essayer de convaincre le doc de raccrocher son stéthoscope.

Passant les bras autour de la taille de sa tante, Laurie posa sa tête sur son épaule.

—Ce doit être dur pour toi, d'être ainsi dans l'incertitude.

—Oui, c'est difficile, et je sais mieux que quiconque que le doc devrait s'arrêter, mais l'idée de cette petite fouine qui le pousse vers la sortie dans l'espoir de vendre l'endroit et de mettre ses pattes poisseuses sur l'argent de son oncle me révulse ! s'exclama Nerissa en lissant la serviette qu'elle venait de tordre entre ses mains.

—S'il décide de prendre sa retraite, tu pourras toujours t'associer avec moi. J'ai besoin de trouver davantage d'équilibre dans mes journées et cela m'éviterait d'avoir à recruter quelqu'un.

Nerissa posa la dernière serviette sur la pile et se tourna vers Laurie.

—Est-ce que tu ne viens pas de te plaindre du fait que tu t'es retrouvée avec trop de gâteaux sur les bras parce qu'il y a eu moins de clients ? Peux-tu vraiment te permettre de verser deux salaires ?

—Eh bien, oui, la situation a été un peu difficile dernièrement, mais la journée d'aujourd'hui m'a fait comprendre qu'il faut que je me diversifie un peu. Il serait beaucoup plus facile de lancer de nouvelles activités avec une personne que je connais et en qui j'ai confiance.

Elle avait songé à d'autres idées depuis un certain temps, mais l'arrivée soudaine de touristes à la recherche de la sirène l'en avait détournée.

—Qu'est-ce que tu as en tête exactement ?

—Papa s'en sort tellement bien avec ses ventes en ligne que j'ai envie de l'imiter.

Nerissa s'adossa au comptoir en croisant les bras.

—Un café en ligne ? Comment fonctionnerait-il ?

—Ce serait plutôt une pâtisserie en ligne, qui serait rattachée au café. J'obtiens de nombreux commentaires sur les photos des gâteaux que je poste, on me dit qu'ils ont l'air délicieux. Et si je pouvais répondre en disant par exemple « Vous pouvez les commander ici », et fournir un lien ?

—Des gâteaux livrés par la poste ? Je suppose que c'est possible pour tout un tas de choses, aujourd'hui, s'enthousiasma Nerissa en souriant. Tu pourrais être une sorte d'Interflora !

—Excellente idée, mais c'est un peu au-delà de mes ambitions ! Même si je n'ai que quelques commandes par semaine, ce serait un plus, en particulier pendant la basse saison, tempéra Laurie en haussant les épaules. Tu vois, je n'ai pas l'intention de lancer cette activité tout de suite, il faut d'abord que j'y réfléchisse davantage, mais je voulais simplement te proposer cette opportunité future si tu as besoin de rebondir.

—Tu es une fille géniale, répondit Nerissa en la prenant dans ses bras. Merci, ajouta-t-elle d'une voix rauque, les yeux embués de larmes. Je ne sais pas ce que je ferais sans toi et le reste de la famille !

Laurie la serra également contre elle.

—Et nous sans toi !

Elle déglutit, car une boule s'était formée dans sa gorge, et eut un petit rire.

—Mais je suis sûre que nous pourrions très bien nous débrouiller sans Nick, parfois, plaisanta-t-elle.

—Quelle injustice ! Je suis le meilleur grand frère que l'on puisse avoir ! s'exclama une voix familière derrière elles.

Se retournant, Laurie constata que son frère se tenait dans l'encadrement de la porte, un large sourire illuminant son visage bronzé. Son pouls s'accéléra lorsqu'elle réalisa qui se tenait près de lui. Il lui était difficile de l'admettre alors qu'elle ne le connaissait que depuis quelques jours, mais Jake lui avait manqué lorsqu'il n'était pas venu au café la veille.

—Tu es le seul grand frère que j'ai…, répondit-elle d'un ton impassible. Encore en train de faire ton tire-au-flanc ?

—C'est de moi que tu parles, ou bien de lui ? la taquina Nick en pointant un doigt vers Jake. Je l'ai trouvé en train de se promener sur l'embarcadère.

—J'effectuais des recherches, protesta Jake. En réalité, j'en avais l'intention jusqu'à ce que tu me détournes de mon objectif en me proposant d'aller boire un café, dit-il en adressant un sourire malicieux à

Laurie. Je suppose que j'aurai la possibilité de l'accompagner d'un brownie, aujourd'hui ?

Elle savait qu'il plaisantait, mais cela lui rappela brusquement combien elle s'était trompée en pensant qu'il y aurait une foule de clients, et la joie qu'elle avait ressentie en le voyant s'évanouit complètement.

—Vous pouvez en manger autant que vous voulez, dit-elle d'un ton plus abattu qu'elle ne l'aurait souhaité.

Elle s'en voulut aussitôt d'avoir affiché sa morosité.

Jake eut un sourire gêné.

—C'est plutôt creux, aujourd'hui, n'est-ce pas ? J'ai été vraiment étonné lorsque je me suis promené, tout à l'heure. Je m'attendais à ce que les rues soient pleines à craquer.

—Eh bien, il faut espérer qu'il y aura un peu plus de monde tout à l'heure, intervint Nerissa en posant une main sur le bras de Laurie pour la réconforter. Asseyez-vous, les garçons. Je vais vous préparer une boisson. Des cappuccinos, si je ne me trompe ?

Nick s'affala sur une chaise en riant.

—Je ne suis plus un garçon, j'ai vingt-huit ans, tante Nerissa !

—Tu seras toujours un garçon pour moi, mon chéri. Je me souviens du jour où ta mère t'a ramené de la maternité à la maison comme si c'était hier, expliqua Nerissa en versant une mesure de café frais dans le porte-filtre et en commençant à le tasser.

—Tu étais encore à l'école, n'est-ce pas ? lui demanda Laurie tout en s'emparant de deux brownies dans la vitrine réfrigérée. Je suis certaine d'avoir vu une photo de toi en uniforme scolaire avec Nick dans les bras…

—J'avais quinze ans, confia Nerissa. Ton père devait avoir à peu près ton âge, Laurie.

Elle s'interrompit un instant puis sourit.

—Je ne l'avais pas encore réalisé, reprit-elle, mais il devait avoir l'âge de Nick actuellement lorsque tu es née. Pourquoi le temps court-il ainsi ?

Vingt-trois ans et marié avec un bébé ? Laurie peinait à l'imaginer. Certains jours, elle n'était même pas certaine d'être assez vieille pour gérer un commerce et prendre correctement soin d'elle-même, sans parler d'avoir une famille ? De plus, il y avait ce léger problème : pour se marier ou avoir un enfant, il fallait d'abord trouver la personne avec laquelle réaliser l'un ou l'autre… Ce que ni Nick, ni elle n'avaient su faire.

—Il vaut mieux que ce soit eux que nous, non ? lui demanda son frère en lui adressant un clin d'œil lorsqu'elle déposa sur la table deux assiettes contenant chacune un brownie.

—Tu n'es pas partisan du mariage, donc ?

Laurie fut heureuse que Jake s'adresse à Nick plutôt qu'à elle, au cas où son cerveau, qui aurait bien pu la trahir, l'inciterait à dire quelque chose d'embarrassant.

—Je n'ai pas eu le temps de m'en préoccuper. Je n'étais pas fait pour l'école, pas parce que je n'aimais pas étudier, mais simplement parce que je n'ai pas ressenti le besoin d'aller à l'université. Tout ce dont j'avais envie était de travailler à bord du bateau de mon oncle. Et les filles par ici n'ont pas tellement envie de sortir avec un pêcheur. Elles ont vu leurs mères, leurs tantes vivre dans l'inquiétude, ont grandi avec des pères qui manquaient leur anniversaire, et d'autres occasions… Tout va bien lorsque l'argent arrive, mais lorsque la pêche est mauvaise à plusieurs reprises, les factures s'accumulent.

Nick haussa les épaules puis planta sa fourchette dans son brownie.

—Au moment où mon oncle a vendu son chalutier et où nous avons commencé à proposer des excursions en bateau, toutes les filles de mon âge étaient prises, poursuivit-il en arrêtant sa fourchette à deux centimètres de sa bouche pour adresser un sourire ironique à Jake. Et on ne peut pas dire qu'il y ait tant de filles que ça dans un petit village comme le nôtre.

Laurie grimaça en entendant la version édulcorée de son histoire que venait d'énoncer son frère.

—Tu es sorti avec toutes les filles de ta classe avant ton dix-huitième anniversaire, et tu les as quittées. Il n'est pas étonnant qu'aucune d'entre elles ne te tourne autour ! protesta-t-elle en secouant la tête. Tu as eu beaucoup d'occasions, et tu les as gâchées.

—Moi au moins, j'ai eu des petites amies. On ne peut pas en dire autant de toi, Justin Bieber est le seul homme à avoir brisé le cœur de ma sœur, ajouta-t-il en se penchant vers Jake.

Bieber ? Oh, mon Dieu, elle allait le tuer. Incapable de regarder Jake en face, craignant qu'il ne soit en train de rire à cause de son coup de cœur remontant à l'adolescence, elle recula vers le comptoir pour prendre leurs boissons. Ses oreilles étaient brûlantes, mais elle oublia son embarras en entendant Nick interroger Jake.

—Et toi, Jake ? Pas de bague au doigt ?

—J'ai été trop absorbé par ma carrière. Comme toi, j'ai souvent eu des horaires atypiques, répondit Jake au moment où Laurie approchait de leur table avec deux tasses de cappuccino mousseux.

Nick fronça les sourcils.

—Je croyais que tu étais écrivain ? Tu ne gères pas tes horaires comme tu l'entends ?

—Pardon ? Ah, en fait, cela ne fait pas très longtemps que j'écris. Auparavant, j'étais… euh… en free-lance, bafouilla-t-il en s'agitant sur sa chaise. J'avais beaucoup de délais très serrés, alors je travaillais tard le soir, tu sais, expliqua-t-il avec nervosité en tendant la main vers l'une des tasses. Merci, Laurie. Ces brownies sont incomparables, serait-il possible d'en avoir un autre ?

—Bien sûr, ce n'est pas la peine que j'en mette de côté, aujourd'hui, expliqua-t-elle en veillant à conserver un ton léger, puis en se retournant vers Nick. Et toi, tu en veux un autre ?

—Oui, apportes-en deux. Comme ça, je n'aurai pas besoin de déjeuner ce midi.

N'importe qui aurait pensé que Nick se comportait comme s'il avait huit ans plutôt que vingt-huit.

—Tes habitudes alimentaires sont un cauchemar !

Nick lui adressa un sourire innocent.

—C'est ta faute. Mais au fait, pourquoi ne couperais-tu pas quelques brownies en morceaux pour les mettre dans un Tupperware ? Je pourrais les emmener avec moi et quand les bateaux seront de retour, je les offrirai aux passagers pour te faire de la publicité.

Laurie fut ravie.

—C'est une excellente idée. J'ai aussi quelques tranches de *rocky road*[1], je vais les mettre avec.

Nick gémit et fit semblant d'attraper des bourrelets inexistants.

—Ne me parle pas de *rocky road* !

—Il y a aussi du *millionnaire shortbread*[2].

Laurie regagna le comptoir en souriant. Le goût de Nick pour les sucreries était légendaire, mais au moins, elle avait toujours quelqu'un sous la main pour essayer ses nouvelles recettes.

Pendant que Laurie farfouillait dans un placard à la recherche d'une boîte Tupperware, Nerissa commença à sortir les assiettes de gâteaux de la vitrine.

—Pendant que tu y es, vois si tu peux trouver un présentoir à gâteaux. Nous pourrions couper quelques tranches supplémentaires et les disposer à côté dans la boutique de tes parents.

—Bonne idée. Je sais que papa et maman parlent toujours de mon café. Je me demande pourquoi je n'ai pas pensé à proposer des dégustations plus tôt…

Elle posa la boîte sur le comptoir puis ouvrit le placard contigu et en sortit un présentoir doté d'un dôme transparent assorti. Ce type de présentoir était esthétique, mais Laurie trouvait que les vitrines réfrigérées étaient plus pratiques.

—Je vais juste laver rapidement la boîte et le présentoir.

Lorsqu'elle fut devant l'évier, Laurie se dressa sur la pointe des pieds pour voir par la fenêtre. Quelques

1 Gâteau au chocolat avec de la guimauve ou des fruits secs.
2 Biscuit au chocolat au lait et au caramel.

personnes se promenaient désormais sur la plage… Elle consulta sa montre. Elle disposait d'une heure avant le déjeuner. Elle devrait peut-être emporter une boîte là-bas et voir si elle pouvait attirer de nouveaux clients dans son café. Nerissa pourrait tenir la boutique pendant ce temps. Laurie posa le Tupperware et le présentoir sur l'égouttoir, puis prit une autre boîte dans le placard et la lava également.

11

— Appelle-moi si tu as besoin de moi au café, dit Laurie à sa tante en posant le présentoir à gâteaux sur la boîte Tupperware. Je ne serai pas loin. Je vais descendre la rue qui conduit à l'escalier, faire un petit tour sur la plage, et je reviens.

—C'est parfait, ne t'inquiète pas.

—Il y a quelques quiches dans le réfrigérateur. Peux-tu les passer au four ?

S'emparant d'un torchon, Nerissa agita la main en direction de Laurie comme si elle chassait une mouche qui l'importunait.

—Est-ce que tu vas y aller, oui ou non ? Ce n'est pas comme si c'était la première fois que je travaillais ici !

—Désolée.

Avec un sourire penaud, Laurie souleva son précieux chargement, puis le reposa aussitôt lorsque le présentoir commença à s'incliner.

—Attendez, laissez-moi vous aider, intervint Jake en se dirigeant vers elle et en saisissant le présentoir posé au-dessus de la boîte.

La proximité du corps du jeune homme provoqua un fourmillement dans son bras. Elle n'avait pas encore réalisé à quel point il était grand, et combien elle aimerait se blottir contre son cou s'il tendait les bras pour l'attirer contre lui.

Le rouge lui monta aux joues à cette pensée, et elle s'écarta pour défaire puis rattacher sa queue-de-cheval, troublée et mécontente de se sentir incapable de gérer ses émotions en sa présence. Et puis, il n'était pas si beau que ça, vu de près, se mentit-elle à elle-même. Son menton était trop large et assombri par une barbe de plusieurs jours, son nez était légèrement courbé et doté d'une bosse trop proéminente. Ses sourcils, peu soignés aux angles, donnaient l'impression de n'avoir jamais croisé de pince à épiler. Comme si elle préférait la superficialité des hommes trop épilés et trop bronzés qui figuraient dans les Top 100 des hommes les plus sexys des magazines qu'elle lisait parfois ! Retenant un éclat de rire en songeant à ce qui lui trottait par la tête, elle tendit les mains vers le présentoir que Jake tenait entre ses belles mains habiles.

—Oh, ce n'est pas la peine. Je peux installer ça à côté et revenir chercher le reste.

Soulevant le présentoir hors de sa portée, Jake grimaça en haussant l'un des sourcils broussailleux qu'elle avait mentalement critiqués. Soulevés ainsi, ses sourcils n'étaient pas si mal, après tout.

—Maintenant que je l'ai entre les mains, je peux tout aussi bien le porter.

Il aurait été stupide de se battre, et de plus, il lui aurait été difficile de refuser qu'il lui rende service.

—Merci.

Le sourire étincelant dont il la gratifia la perturba et elle se détourna avant d'être tentée de faire quelque chose d'aussi déraisonnable que de lever un doigt pour effleurer la fossette qui creusait sa joue. Ressentant le besoin d'occuper ses mains, elle se saisit d'une poignée de petites serviettes en papier et les fourra dans la poche avant de son tablier à côté d'un paquet de cure-dents qu'elle avait trouvé dans le placard. *Respire, Laurie*, se réprimanda-t-elle. *Il a entre les mains un présentoir à gâteaux, pas un bouquet de fleurs !*

Rejetant les épaules en arrière, elle s'empara de la boîte Tupperware posée sur le comptoir et se tourna de nouveau vers Jake.

—C'est tout droit sous les arcades à l'arrière, expliqua-t-elle, puis elle se retourna vers Nerissa. Tu m'appelles, d'accord ?

Nerissa lui adressa un sourire chaleureux.

—Je t'appelle. *Et* je mettrai les quiches au four, répondit-elle en agitant de nouveau son torchon comme pour les chasser. Allez-y !

***

—Que se passe-t-il ?

La voix de son père résonna dans la boutique de souvenirs, et tous les yeux se tournèrent vers eux. Laurie fut heureuse de constater la présence de clients, même s'il n'y avait pas autant de monde que quelques jours auparavant.

—Je pense que tes clients pourraient apprécier de goûter un petit échantillon des gâteaux que nous proposons au café, répondit Laurie qui avait haussé le ton par rapport à sa voix habituelle, plutôt douce, pour couvrir le son du chant des baleines qui sortait des haut-parleurs dans l'espoir d'attirer l'attention des clients qui se trouvaient près d'elle.

—Excellente idée, ma chérie. Laisse-moi enlever ça et tu pourras poser tes gâteaux ici.

Son père déplaça une tirelire destinée à une collecte pour la RNLI[1] posée de l'autre côté du comptoir et tapota l'espace laissé vide à côté de la caisse. Il jeta un regard interrogateur en direction de Jake lorsque celui-ci déposa le présentoir à gâteaux sur le comptoir, avec autant de précautions que s'il s'agissait d'un vase Ming.

—Bonjour. Je ne crois pas que nous ayons déjà été présentés. Andrew Morgan, dit-il en tendant sa large main au jeune homme.

Laurie observa avec amusement la manière dont celui-ci ignora la main que son père tendait jusqu'à ce qu'il ait posé le présentoir exactement comme il l'entendait, au centre de l'espace libre. Après avoir tourné celui-ci de deux centimètres qui ne firent aucune différence sur le plan esthétique mais parurent le satisfaire à la manière dont il inclina la tête avant de la hocher d'un air satisfait, il essuya sa paume au dos de son pantalon léger en coton avant de tendre la main au père de Laurie.

—Jake. Jake Smith, je suis…

—Notre écrivain en résidence, le coupa le père de Laurie, qui éclata d'un rire sonore. Les femmes de la famille m'ont longuement parlé de vous…

1 Sigle de la Royal National Lifeboat Institution : association caritative ayant pour mission le sauvetage en mer dans les eaux britanniques.

Il fit un clin d'œil à Laurie, qui eut envie de disparaître derrière un étalage de mugs ornés de prénoms masculins et féminins. Il s'agissait du genre d'articles que l'on trouvait dans toutes les boutiques de souvenirs, et elle avait du mal à comprendre leur succès, mais ils se vendaient bien, et ses parents en commandaient régulièrement.

Papa. Elle secoua la tête à son intention, mais ne put s'empêcher de sourire. Il n'y avait pas de retenue ni de subtilité chez Andrew Morgan, mais elle avait depuis longtemps abandonné tout désir de le changer. Même durant ses pires années d'adolescence, lorsqu'elle rougissait et éprouvait le désir de s'enfouir sous terre, elle savait que son père ne disposait pas d'un bouton « off », et aujourd'hui, elle souhaitait qu'il reste le même. Il plaisait aux gens autour de lui, avec son rire bruyant et son grand cœur.

En lui adressant un clin d'œil qu'il ne fit aucun effort pour dissimuler, Andrew se tourna de nouveau vers Jake.

—Qu'est-ce que vous manigancez, tous les deux ?

Avant que Laurie ne puisse souligner qu'ils ne manigançaient rien du tout, Jake ouvrit la bouche pour répondre.

—C'est un peu calme, à côté, alors nous tentons d'attirer un peu de clientèle, expliqua-t-il en adressant à Laurie un sourire dévastateur qui creusa son adorable fossette. C'est bien ça ?

Mais pourquoi avait-elle essayé d'éviter de passer un peu de temps avec lui ? En quoi le fait qu'il s'agisse d'un étranger, d'un visiteur, et qu'il ne figure pas sur la liste des hommes avec lesquels elle accepterait d'avoir rendez-vous avait-il une importance ? Il n'y avait personne sur cette liste. Les garçons qu'elle avait connus à l'école et qui avaient son âge demeuraient dans son esprit de sales gosses qui sentaient mauvais et à fuir absolument. À part cela, les autres hommes du village étaient beaucoup trop âgés, comme le docteur Gadd.

Lui rendant son sourire, Laurie eut un hochement de tête approbateur.

—C'est exactement ça.

Lorsque ses yeux plongèrent dans les siens plus longtemps que cela n'était réellement nécessaire, la jeune femme se sentit rougir et se détourna afin de reprendre contenance en farfouillant dans son tablier pour en sortir quelques serviettes à poser à côté du présentoir à gâteaux.

—Comment vont tes affaires ? demanda-t-elle à son père, incapable de s'interroger sur ce que ce long échange de regards pouvait bien signifier.

—Comme ci comme ça, dit-il en basculant la main. Rien à voir avec le week-end dernier, et j'espère que je vais réussir à écouler le surplus de sirènes que j'ai commandé, avoua-t-il en jetant un regard abattu vers une nouvelle étagère de grande dimension près de la porte, couverte de sirènes de toutes les tailles et couleurs possibles. La semaine dernière, le stock entier a été écoulé, alors j'ai effectué une commande en urgence. Erreur d'amateur.

—Je pense que nous avons tous été induits en erreur par la fièvre des sirènes ! dit Laurie en lui tapotant le dos de la main pour le réconforter. Espérons que les choses vont trouver un juste milieu.

—Ce devrait être le cas tant que le soleil brille, non ? approuva son père en croisant ses index et ses majeurs.

—Ne nous porte pas malheur, répliqua Laurie en plaquant ses mains sur ses oreilles. Si nous savons bien une chose, ici, à Mermaids Point, et nous l'avons apprise à notre détriment, c'est qu'il ne faut jamais faire de prévision météorologique.

Son père éclata de rire.

—Je n'ai absolument rien dit, affirma-t-il en faisant mine de sceller ses lèvres avec ses doigts.

—D'accord. Bon, il vaut mieux que nous y allions.

Laurie tendit la main vers la boîte de gâteaux coupés en morceaux, mais de nouveau, Jake la devança en s'en emparant avant elle.

—Bon, je te vois tout à l'heure, papa. Souviens-toi que le gâteau est destiné aux *clients*, précisa-t-elle en désignant le présentoir avec un grand sourire.

Le rire de son père résonna dans la boutique.

—Je suis incapable de tenir une promesse en ce qui concerne tes divines pâtisseries, ma chérie. Je ne promets rien du tout, ironisa-t-il en leur adressant un salut de la main. À tout à l'heure, je t'aime. Au revoir, Jake.

—Au revoir, monsieur Morgan, répondit Jake en répondant par un salut amical de la main. Content de vous connaître.

—Moi aussi.

Ils étaient presque sortis lorsque son père s'adressa de nouveau à Jake.

—Demandez à Laurie de vous inviter à dîner chez nous un de ces soirs. Je serais ravi d'en savoir plus sur le livre que vous écrivez.

Papa ! Laurie lui jeta un regard exaspéré par-dessus son épaule. Comme son père se contenta de hausser ses épais sourcils, elle articula silencieusement « Stop » et poussa Jake à l'extérieur.

Une fois qu'ils furent sur le trottoir, elle tendit de nouveau les mains vers la boîte.

—Attendez, vous n'êtes vraiment pas obligé de la porter, je peux le faire.

De nouveau, il plaça la boîte hors de sa portée.

—D'accord, je vous l'avoue : vous proposer mon aide était intéressé.

Le cœur de Laurie se mit à battre à toute vitesse. Lui avait-il proposé de l'aider pour passer plus de temps avec elle ? Y avait-il dans le regard qu'ils venaient d'échanger autre chose que le fruit de son imagination ? Faire figurer Jake sur la liste des hommes susceptibles de l'intéresser – mais un seul nom pouvait-il être qualifié de liste ? – était une chose, imaginer qu'elle intéressait également Jake, qui, elle l'aurait parié, devait être sollicité en permanence, était très différent. Choisissant d'ignorer son commentaire pour le moment, elle passa devant lui, l'étroitesse du trottoir lui fournissant une parfaite excuse pour ne pas marcher à côté de lui et mettre de l'ordre dans ses pensées.

Serait-ce un mal si elle s'ouvrait à la possibilité d'une relation avec Jake ? Elle n'avait plus la naïveté de ses dix-sept ans, comme lors de sa dernière relation… Si elle restait lucide et limitait ses attentes, cela se passerait bien. De plus, ce n'était pas comme s'il n'allait passer que deux semaines ici. Il avait loué le cottage pour tout l'été – ils avaient donc du temps devant eux pour savoir si l'attirance qu'ils éprouvaient l'un envers l'autre avait une signification. Tant qu'elle ne précipitait pas les choses, restait vigilante et attentive, tout devrait bien se passer.

Chaque fois qu'elle avançait une nouvelle justification, sa détermination se renforçait. La discussion qui avait eu lieu un peu plus tôt avec Nick avait touché un point sensible chez elle. Si son frère semblait satisfait de son statut de célibataire, Laurie avait le sentiment de passer en partie à côté de sa vie. Elle n'était pas assez crédule pour penser que Jake Smith était la seule et unique réponse, mais la solution ne consistait pas à tourner le dos à toutes les occasions de nouer une relation amoureuse dans sa vie. Même s'il n'était pas le prince charmant qui la rendrait heureuse pour toujours, elle avait envie de profiter de quelques moments de bonheur.

12

Lorsqu'ils atteignirent les marches qui descendaient sur la plage, Laurie s'écarta volontairement pour que Jake puisse marcher à côté d'elle. Il s'avança sans hésiter, et leurs bras étaient si proches qu'elle sentit le duvet blond de son bras effleurer sa peau. Elle prit le risque de le regarder dans les yeux en plaçant sa main en visière au-dessus des siens pour les protéger de l'éclat du soleil.

—Dites-moi…, demanda-t-elle, la voix un peu rauque sous l'effet de l'appréhension. Pourquoi avez-vous voulu m'accompagner ?

Jake sourit et elle se demanda comment elle avait pu se dire que ses traits n'étaient pas absolument parfaits.

—J'ai pensé que vous pourriez me parler de cette légende familiale que Kitty a évoquée l'autre jour, selon laquelle l'une de vos ancêtres était une sirène.

Aussi brutalement que s'il avait versé sur elle un seau d'eau de mer, ses rêves insensés furent balayés par ses paroles froides et pragmatiques. Alors qu'elle se demandait si leur attirance était mutuelle, Jake ne songeait qu'à lui soutirer des informations pour faire avancer ses recherches ! Elle en fut si choquée qu'elle trébucha sur la première marche, et se sentit humiliée en le voyant poser sa main sur son coude pour la retenir, si bien qu'elle se retint de la repousser. Lui adressant de ses lèvres brusquement asséchées un bref sourire en guise de remerciement, elle dégagea son bras, prétextant s'appuyer sur la rampe métallique à côté d'elle pour mettre un peu de distance entre eux.

—Ce n'est qu'une histoire qui n'a ni queue ni tête. Je ne suis pas sûre qu'elle puisse vous apporter grand-chose !

Elle fit de son mieux pour que son ton ne trahisse pas sa déception, en espérant qu'il attribuerait l'émotion qu'il y percevrait au choc d'avoir failli tomber.

—Vous voulez bien me la raconter quand même ? Nous pouvons discuter tout en marchant.

N'ayant visiblement pas réalisé qu'il l'avait déstabilisée, il cala la boîte de gâteaux sous son bras et posa sa main libre sur son dos de manière si tendre et affectueuse qu'elle se sentit partagée entre l'envie de pleurer et celle de protester en lui disant qu'elle était capable de marcher toute seule. Mais réagir ainsi à une blessure qu'il lui avait infligée involontairement serait malvenu.

La main posée sur son dos était un geste chevaleresque de sa part, un peu protecteur peut-être, mais Jake ne l'entendait sans doute pas ainsi. Il ne semblait pas penser qu'elle était incapable de descendre les marches seule, même si elle lui avait donné l'impression d'être susceptible de perdre l'équilibre. Elle avait plutôt le sentiment qu'il avait été éduqué ainsi, comme une habitude qui serait ancrée en lui. Son père aurait sans hésitation agi de même, et Nick également, et elle n'aurait même pas imaginé être offensée s'ils l'avaient fait. S'efforçant de chasser sa déception, elle laissa Jake la guider le long des marches usées qui menaient à l'étendue de galets et de coquillages. Elle devrait plutôt être reconnaissante, se dit-elle, d'avoir réalisé qu'il faisait simplement preuve de politesse avant de s'être mise dans l'embarras.

***

Comme elle l'avait espéré lorsqu'elle avait envisagé d'offrir des dégustations à des clients potentiels, la plage était très fréquentée. Des couples se promenaient le long du rivage, des enfants escaladaient les rochers pour observer les flaques laissées par la marée descendante. À leur gauche, deux adolescents jouaient au Frisbee. Quelques groupes s'étaient également installés sur l'étroite bande de sable disponible. Il leur faudrait partir lorsque la mer remonterait, mais leurs brise-vent rayés et leurs parasols apportaient des touches de couleur au décor.

Décidant de s'adresser à la famille la plus proche, Laurie se présenta et expliqua brièvement leur démarche pendant que Jake leur présentait la boîte de gâteaux. Lorsque tous les membres de la famille eurent choisi un morceau, elle leur souhaita une bonne journée et s'éloigna, ne voulant pas se montrer trop insistante. Elle avait suffisamment confiance dans ses talents culinaires pour savoir que ses gâteaux seraient appréciés.

Le groupe de touristes suivant se montra moins accueillant. L'homme auquel ils s'adressèrent ne prit même pas la peine de lever les yeux de son livre de poche et secoua la tête en signe de dénégation. Laurie partit aussitôt, se demandant si son initiative n'allait pas se solder par un échec.

—Ce n'était peut-être pas une si bonne idée, confia-t-elle à Jake tandis qu'ils cheminaient entre le rivage et les personnes qui prenaient un bain de soleil. Je n'ai pas envie d'ennuyer les gens.

—Continuons encore un peu, et si les personnes refusent de goûter, nous arrêterons, suggéra-t-il.

Heureusement, les personnes suivantes furent enchantées de se voir offrir quelques échantillons, et Laurie et Jake bavardèrent avec elles durant plusieurs minutes. Ils n'avaient fait que quelques pas lorsqu'un couple s'approcha d'eux, pour savoir ce qu'ils proposaient. Après leur avoir offert deux parts de *rocky road*, Laurie et Jake reçurent la promesse enthousiaste que le couple passerait au café après sa promenade.

Au moment où ils arrivèrent près de la volée de marches suivante, ils avaient distribué plus de la moitié de leurs échantillons et plusieurs autres personnes avaient promis de se rendre dans le café de Laurie. Les rayons du soleil chauffaient agréablement le visage de la jeune femme, et après avoir échangé rapidement par messages avec Nerissa, elle décida de profiter au maximum de l'instant. Se dirigeant vers un grand rocher au bas des marches, elle s'assit et invita Jake d'un geste à s'installer près d'elle. Ils étaient suffisamment près pour attirer l'attention des personnes qui descendraient sur la plage. Jake s'était montré très serviable en lui accordant de son temps, et son charme avait permis d'approcher plus facilement les gens. Le moins qu'elle puisse faire était de récompenser sa gentillesse en lui donnant les informations qu'il avait demandées.

—Je ne sais pas réellement d'où provient cette histoire de sirène, expliqua-t-elle en tendant la main vers la boîte pour s'emparer d'un minuscule bout de *millionnaire shortbread.* Ma grand-mère en a entendu parler lorsqu'elle était petite, et elle m'en a parlé lorsque j'avais cinq ou six ans, parce que j'avais peur que l'on se moque de mon prénom.

—Avez-vous eu beaucoup d'ennuis, avec votre prénom ? demanda Jake en s'emparant d'un morceau de brownie. Oh là là, je n'ai jamais rien goûté d'aussi bon !

Laurie l'observa et le vit fermer les yeux avec délectation en savourant le gâteau. Elle ne plaisait peut-être pas à Jake, mais au moins, il aimait ses pâtisseries. Elle fut soulagée de constater que la déception qu'elle ressentait à cette idée n'était pas aussi vive qu'elle l'aurait cru. En se laissant un jour ou deux, elle dépasserait ce stupide béguin qu'elle avait eu pour lui, et dont Jake n'avait pas pris conscience. Ne voulant pas qu'il la surprenne à l'observer, elle jeta un coup d'œil à la pierre qui se trouvait à côté d'elle et laissa ses doigts caresser les creux et les fissures de la roche.

—Dans une classe pleine de filles appelées Emily et Sophie, un prénom tel que Lorelai détonnait. C'est pour cette raison que je l'ai raccourci.

Appuyant l'un de ses bras derrière lui, Jake inclina la tête pour la regarder.

—Avez-vous regretté d'avoir dû vous conformer aux

autres ? Parce que votre prénom est trop beau pour ne pas être utilisé…

S'emparant d'un petit morceau de brownie, Laurie songea à ce qu'il venait de dire. À l'époque, la question avait été très problématique pour elle, et elle en avait beaucoup voulu à ses parents de l'avoir appelée ainsi, d'autant que Nick, lui, avait été plutôt bien loti.

Ce ne fut que lorsque sa grand-mère avait pris le temps de lui expliquer l'origine de son prénom qu'elle avait commencé à l'apprécier davantage, même si cela n'avait pas suffi à lui donner le courage de le revendiquer. Et désormais… Eh bien, elle était appelée Laurie depuis si longtemps qu'il lui aurait paru étrange de le modifier.

—Parfois, oui, je suppose que je regrette d'avoir fait le choix de me sentir plus conforme. En tout cas, Nerissa a conservé son prénom, même si je me demande de quelle manière elle aurait pu le raccourcir, avoua-t-elle en haussant les épaules. Je ne sais pas… Cela fait si longtemps que je n'ai pas le *sentiment* d'être une Lorelai, ajouta-t-elle en se renfrognant. Est-ce que vous comprenez ?

—Je pense qu'il est dommage que vous ressentiez cela, mais je comprends. Je n'utilise Jacob que dans le contexte professionnel ou juridique.

—J'aime bien Jacob, dit-elle en inclinant la tête de côté pour le regarder. Mais Jake vous ressemble davantage.

Il rit.

—Je ne suis pas certain de savoir ce que vous voulez dire, mais soit.

Pliant les jambes pour poser les pieds sur le rocher, Laurie entoura ses genoux de ses bras.

— Jacob paraît un peu inaccessible, moins abordable que Jake. Jake est plus simple. On sait à qui l'on a affaire !

—Bon, alors je m'en tiendrai définitivement à Jake, confirma-t-il en lui effleurant l'épaule avec la sienne, et en lui procurant un frisson qu'elle fit de son mieux pour ignorer. Mais revenons-en à notre histoire.

—Oui, pardon.

Concentre-toi, Laurie. S'écartant de manière infime de lui, elle s'efforça de rester attentive.

—À l'époque, les Morgan étaient des marins, même s'ils ont délaissé la navigation beaucoup plus rapidement que la famille de maman. Mon arrière-grand-père a ouvert une boutique à l'endroit où se trouvent actuellement la boutique de souvenirs et mon café. Il y vendait du textile et diverses denrées de base. Lorsque le village a commencé à attirer les touristes, la famille s'est mise à vendre également des cartes postales et quelques autres articles. Au fil des ans, la demande a évolué et aujourd'hui, nous ne vendons que des articles destinés aux touristes.

Laurie se tut, réalisant qu'elle avait de nouveau digressé.

—Je ne suis pas très douée pour raconter des histoires.

—Si, vous l'êtes, j'apprécie les petites digressions, répondit-il en attrapant un morceau de *rocky road* dans la boîte et en le lui tendant. Allez-y.

Elle se demanda s'il l'invitait à manger le gâteau ou à

poursuivre son histoire, et elle décida de faire les deux. Elle grignota un coin du gâteau.

—Donc, comme je vous l'ai dit, tout le monde tirait son revenu de la mer, mais pas uniquement de la pêche. Mon père possède une vieille Bible qui comporte un arbre généalogique tracé à l'intérieur de la couverture. J'ai eu des arrière-grands-oncles et des cousins dans la marine ; d'autres étaient dans la marine marchande et ont parcouru le monde entier le long des premières routes commerciales. L'un de ces parents éloignés, Davy Morgan, est revenu au village des années après en être parti, avec son épouse. Celle-ci n'a jamais adressé la parole à quiconque ; elle passait des heures assise à la fenêtre de leur petit cottage à regarder la mer. Il y avait d'autres choses étranges chez elle, comme le fait qu'elle refusait de se couper les cheveux ou de les brosser. Elle les laissa pousser jusqu'à avoir une crinière indisciplinée qui lui tombait au-dessous des genoux. Le couple finit par avoir des enfants, mais elle ne prononça jamais un mot – elle ne parlait même pas à ses enfants.

« Les choses commencèrent à se dégrader dans le village. Des bateaux coulaient, des trous apparaissaient dans les filets et les poissons s'échappaient. Les vaches et les chèvres cessèrent de produire du lait et les quelques parcelles que les habitants cultivaient pour améliorer l'ordinaire commencèrent à dépérir. Des rumeurs circulèrent à propos de l'étrange femme que Davy avait épousée : on disait qu'elle était folle ; qu'il s'agissait d'une sorcière ; qu'elle était maudite et que mon arrière-grand-père avait apporté la malédiction dans le village en l'amenant avec lui. Lassé de ces bavardages, et soucieux de protéger sa femme des menaces qui pesaient sur elle, il se rendit au pub un soir et montra à tout le monde un magnifique peigne en or orné de perles. Il déclara que ce peigne était un peigne de sirène, et qu'il ornait à l'origine les boucles d'une belle femme qui nageait au large de la côte d'une des îles près desquelles il avait navigué à l'autre bout du monde. Envoûté par sa beauté, il l'avait suivie le long de la plage jusqu'à ce qu'elle entre dans une grotte. »

Ayant en tête des images de mers transparentes et de plages dorées qu'elle avait pu voir sur des brochures des Caraïbes, Laurie s'interrompit en changeant de position. Elle n'avait pas bougé depuis un long moment et ses jambes étaient engourdies.

—Ne vous arrêtez pas maintenant ! protesta Jake. Cela devenait intéressant…

Elle rit.

—Désolée. Où en étais-je ? demanda-t-elle, alors que l'image de cette plage idyllique lui revenait à l'esprit. Ah oui, la grotte ! Peu de temps après, Davy entendit un chant lointain provenant des profondeurs de la grotte, qui ne ressemblait en rien à ce qu'il avait déjà entendu. Captivé par ce chant, il gravit les rochers pour entrer dans la grotte. Là, la femme était assise sur un promontoire. Elle était nue, mais son corps était recouvert d'une cascade de longues boucles ébène le long desquelles elle passait et repassait son peigne suivant un rythme hypnotique accompagnant son chant.

« Pour lui, ce fut l'amour au premier regard, et il sortit de sa cachette pour lui parler. Dès l'instant où elle le vit, elle fixa le peigne dans ses cheveux et plongea dans la mer, ses jambes se transformant en queue de poisson au moment même où elles touchaient l'eau. Bouleversé, il la regarda, impuissant, s'éloigner en quelques mouvements puissants de sa queue puis disparaître. Désirant désespérément la suivre, il plongea dans l'eau quand une bourrasque soudaine souleva les flots autour de lui en vagues gigantesques. Des éclairs s'abattirent depuis des nuages d'un noir d'encre qui avaient surgi de nulle part. Trempé et tremblant, Davy ne put que se traîner sur la plage et regagner la taverne dans laquelle les autres marins s'étaient réunis. Il eut beau boire de façon immodérée, rien n'effaçait l'image de la femme dans son esprit.

« Le lendemain soir, au lieu de rejoindre ses amis, il retourna dans la grotte et se cacha entre les rochers. Alors qu'il avait presque abandonné tout espoir de revoir la belle sirène, celle-ci nagea jusqu'à l'entrée et se percha de nouveau sur un promontoire rocheux. Craignant de ne bouger ne serait-ce qu'un muscle, Davy s'accroupit dans l'obscurité pour la regarder, attendit et prit son mal en patience. Soir après soir, il regagna sa cachette et écoutait sa bien-aimée entonner le chant qui bouleversait son cœur. Celle-ci agissait toujours de manière identique – lorsqu'elle avait achevé son chant, elle fixait de nouveau son peigne dans ses cheveux et ses jambes se métamorphosaient en une queue écaillée avant qu'elle ne s'éloigne à la nage. Au début, il pensa qu'elle se transformait au contact de l'eau, puis il finit par remarquer que, parfois, elle trempait ses orteils dans la mer tout en chantant, mais qu'elle conservait pourtant sa forme humaine.

« Finalement, il comprit que le peigne était la clé de sa transformation, et la nuit suivante, au lieu de se cacher à l'endroit habituel, il se dissimula derrière le promontoire sur lequel elle était toujours assise. Lorsque son chant atteignit son éblouissant crescendo, il tendit le bras et s'empara du peigne qu'elle tenait à la main. Elle se tut aussitôt que la main de Davy toucha la sienne, mais comme il l'avait supposé, elle conserva sa forme humaine. Il s'adressa à elle, lui dit qu'il ne lui ferait pas de mal, qu'il l'aimait et désirait passer le reste de sa vie avec elle. Tandis qu'il parlait, elle garda le regard fixé sur le peigne qu'il tenait. Continuant à éprouver sa théorie, il sortit à pas lents de la grotte, et au lieu de s'éloigner en nageant, la sirène le suivit et demeura à ses côtés, même lorsqu'il embarqua sur un navire et retraversa l'océan en s'éloignant des mers transparentes dans lesquelles elle vivait.

« Davy expliqua aux villageois que sans son peigne, elle ne pouvait reprendre son apparence de sirène. Il savait qu'il aurait pu le lui rendre, mais il l'aimait trop. Son épouse bien-aimée n'était pas une sorcière, elle était une prisonnière qu'il tenait éloignée de la mer à cause de son obsession égoïste. Lorsqu'il se dirigea en vacillant vers la sortie du pub, les joues humides des larmes qu'il versait sur sa propre faiblesse, il passa sans la voir devant une de ses filles restée dans l'ombre. Celle-ci ne put en croire ses oreilles. Après avoir passé des années à penser que sa mère ne l'avait jamais aimée, ni aimé ses frères et ses sœurs, et l'avoir maudite pour sa cruauté, elle découvrait enfin la vérité. Elle suivit son père jusqu'à leur maison et le vit extirper une lame du plancher près de son lit et dissimuler le peigne dans l'espace qui se trouvait au-dessous. Lorsqu'il quitta la maison le matin suivant, elle tenta d'entrer dans la chambre, mais la porte était fermée à clé. Elle alla chercher ses frères et sœurs, leur raconta ce qui s'était passé, et ensemble, ils brisèrent la porte. Après avoir récupéré le peigne dans sa cachette, ils rejoignirent leur mère et le lui remirent.

« Sur son visage, les marques des années de souffrance et d'angoisse qu'elle avait endurées s'évanouirent, et elle entonna un chant, un chant si beau que ses enfants tombèrent à genoux à ses pieds, sanglotant de joie au son de la voix de leur mère. Au premier passage du peigne dans ses cheveux, les nœuds se défirent, et bientôt, sa chevelure brilla comme une perle noire. Lorsque son chant s'acheva, elle se leva de son fauteuil et embrassa chacun de ses enfants avant de descendre les escaliers de la maison. Les enfants la suivirent jusqu'à la plage, où elle ôta sa robe et commença à entrer dans l'eau glacée. Leur adressant un dernier sourire, elle accrocha le peigne dans ses cheveux et plongea dans les vagues. La dernière vision qu'ils eurent d'elle fut un reflet arc-en-ciel lorsque le soleil illumina sa queue de sirène. Le soir, lorsque leur père rentra à la maison, il fut dévasté de constater que son épouse l'avait quitté. Ignorant les paroles de ressentiment et de mépris dont ses enfants l'abreuvèrent, Davy s'assit sur le fauteuil qu'elle avait abandonné près de la fenêtre et y demeura assis jusqu'à la fin de ses jours, convaincu jusqu'à son dernier souffle qu'elle reviendrait. »

13

Jake demeura subjugué tandis que les derniers échos de l'histoire retentissaient en lui. Il avait pensé, lorsque Laurie avait commencé son récit, qu'il s'agissait d'une histoire d'amour, et non le récit d'un emprisonnement et d'une tragédie.

—Vous devriez la publier.

Laurie pencha la tête sur le côté, en le fixant avec curiosité.

—Je pensais que vous alliez le faire. N'est-ce pas pour cette raison que je devais vous raconter mon histoire ?

Flûte. Il avait été si absorbé par ce moment qu'il avait complètement oublié sa « couverture ».

—Eh bien, oui, naturellement, mais mon livre sera plutôt un recueil factuel, une étude des mythes et de leurs origines. Je pensais davantage à la rédaction d'un conte de fées ou d'une histoire fantastique…

Il se força à sourire, espérant que son explication boiteuse ne paraîtrait pas aussi invraisemblable aux yeux de Laurie qu'aux siens.

—Ah oui, je vois ce que vous voulez dire…, reprit Laurie en entourant de nouveau ses jambes de ses bras et en appuyant le menton sur ses genoux tout en contemplant l'étendue de la plage.

Une mèche de ses cheveux s'était échappée de sa queue-de-cheval et dansait sous la brise légère, scintillant sous la lumière du soleil et affichant des teintes violettes, vertes et roses comme celles que l'on peut voir sur les ailes d'un étourneau. S'il y avait une once de vérité dans la légende familiale, il connaissait l'origine de la couleur de ses cheveux. Il y avait une vague douceur dans ses yeux, comme si son regard était tourné vers l'intérieur, et non vers le paysage.

—C'est un peu triste, pour un conte de fées, vous ne trouvez pas ?

—Peut-être un peu, mais n'est-ce pas le cas de la plupart des contes et des fables ? Même si nous sommes davantage habitués aux versions de Disney de nos jours, les premières histoires sont souvent très sombres. Je me souviens encore d'un livre de contes de fées de Hans Christian Andersen que mes parents m'avaient offert lorsque j'étais petit. J'ai été terrorisé par ces sorcières qui mangeaient des enfants et toutes ces choses abominables.

—Oui, vous avez raison. Je me souviens simplement que je voulais être la Belle dans *La Belle et la Bête*, parce qu'elle avait la plus somptueuse bibliothèque que j'aie jamais vue.

Laurie descendit du rocher et brossa le sable à l'arrière de son jean, ce qui attira l'attention de Jake sur ses courbes, que le pantalon épousait parfaitement.

Ne souhaitant pas être surpris à admirer sa silhouette, il baissa les yeux. La boîte de gâteaux qu'il tenait sur les genoux était presque vide. Se souvenant de la manière dont ils s'étaient servis sans réfléchir pendant que Laurie évoquait la légende familiale, il inclina la boîte vers elle en souriant d'un air dépité.

—Je pense que vous allez pouvoir me renvoyer, car je ne suis pas un bon assistant marketing.

Elle rit et la tristesse qu'il avait ressentie en écoutant son récit s'évanouit lorsqu'il entendit ce son joyeux.

—Bon, considérez qu'il s'agissait d'une récompense pour services rendus, tempéra-t-elle en tendant la main vers la boîte presque vide. Nous avons fait assez de publicité pour aujourd'hui, je pense qu'il vaut mieux que je rentre.

Ne se sentant pas prêt à renoncer si tôt à sa compagnie, Jake réagit immédiatement.

—Je vous raccompagne.

Comme elle paraissait sur le point de refuser, il prit le premier prétexte qui lui vint à l'esprit.

—Je n'ai pas encore eu l'occasion d'explorer la boutique de vos parents. J'y ai aperçu quelques livres proches du sujet que je veux traiter, et que j'aimerais consulter. Je n'ai aucune envie de réécrire ce qui est déjà présent sur le marché.

Se mordant la lèvre inférieure, elle le regarda un long moment avant de hausser une épaule.

—Oui, bien sûr, venez.

Jake la laissa prendre les devants sur l'escalier, en se demandant pourquoi elle était subitement plus distante. Lorsqu'ils s'étaient tous deux assis sur le rocher, il s'était senti à l'aise, avait éprouvé comme une intimité en goûtant les gâteaux qu'elle avait préparés et avait voyagé dans le passé en écoutant son histoire. Il avait peut-être tout imaginé – comme s'il avait vu ce qu'il voulait voir… Mais chaque fois qu'il pensait qu'ils franchissaient une étape qui leur permettrait de mieux se connaître, Laurie changeait d'attitude et tentait de le repousser. L'instinct de Jake lui disait qu'elle le trouvait attirant, mais elle finissait par se fermer et ils retournaient à la case départ. Il fallait qu'il se laisse le temps. De plus, il était venu ici pour travailler, et vivre une histoire sentimentale avec une femme du village n'était probablement pas une bonne idée – même si Laurie était ravissante.

De l'autre côté de la rue, des néons clignotants attirèrent son attention. Lorsqu'il était passé devant la salle d'arcade, celle-ci était plongée dans l'obscurité, mais la vitrine était désormais éclairée de lueurs roses, orange et rouges. Les lettres du mot OUVERT s'affichaient successivement sur la porte d'entrée grâce à une série d'ampoules LED. Jake n'était pas entré dans un tel endroit depuis des années, depuis l'époque où ses grands-parents l'emmenaient visiter l'un des nombreux parcs de loisirs qui se trouvaient sur la côte est. À peine conscient de la circulation, la tête pleine de souvenirs, il se sentit poussé à traverser la rue, tel un papillon de nuit attiré par une flamme. Il était fasciné par le souvenir des pièces étincelantes que ses grands-parents déposaient dans sa main moite et collante, et il se surprit à lever une main vers son visage, comme s'il pouvait percevoir encore la senteur cuivrée sur sa peau, après toutes ces années. Pris de nostalgie et un peu triste, il plongea la main dans sa poche en observant la salle d'arcade à travers la vitrine.

—Je ne suis pas entré dans un tel endroit depuis des années, confessa-t-il à Laurie lorsqu'elle le rejoignit. J'étais un joueur frénétique.

—J'ai toujours adoré jouer à attraper des jouets avec la pince, déclara Laurie en tapotant la vitrine du doigt pour désigner la vaste machine carrée qui se trouvait au centre. Un été, j'ai dépensé presque tout mon argent de poche à essayer de gagner cet ours en peluche rose au coin.

Elle éclata de rire tandis qu'il regardait dans la direction qu'elle lui avait indiquée, son regard se posant sur un ours plutôt ébouriffé, dont la teinte était proche d'une barbe à papa ou d'un marqueur fluorescent. Sa beauté n'existait sans doute que dans le regard de celle qu'il attirait, car la pauvre créature paraissait loucher.

—Je n'arrive pas à croire qu'il soit encore là, reprit Laurie. J'aurais été capable de payer dix fois son prix, mais c'est celui-ci que je voulais.

Il y avait dans sa voix une détermination qui suggérait qu'elle aimerait *encore* l'avoir.

—Vous êtes peut-être la seule personne au monde à lutter éternellement pour un ours en peluche rose, la taquina Jake, s'attirant un nouvel éclat de rire de sa part.

Tandis qu'ils reprenaient le chemin du café, Laurie continua à lui parler de la salle d'arcade.

—Lorsque l'ancien propriétaire a décidé de prendre sa retraite, il a reçu l'offre d'une franchise qui souhaitait racheter la salle et la moderniser – en la remplissant de machines à sous et en bannissant les jeux traditionnels.

Heureusement, il a refusé et Pete Bray, qui possède le pub, a racheté l'endroit. À part la modernisation des éclairages, il a laissé le reste intact.

—La salle marche encore bien ?

Étant donné le succès des Smartphones et la multitude de jeux auxquels les enfants avaient désormais accès, il était plutôt surpris que des jeux manuels tels que les machines de la salle puissent encore attirer des clients.

—Elle est encore très fréquentée, surtout lorsqu'il fait mauvais. Je ne suis pas certaine que Pete fasse beaucoup de bénéfices, je n'y ai même jamais vraiment pensé. Nous étions simplement heureux qu'elle reste ouverte, car une vitrine barricadée de planches à un emplacement tel que celui-ci, en bord de mer, aurait produit une mauvaise impression sur les touristes.

Jake approuva d'un signe de tête. Il ne fallait pas grand-chose pour qu'un endroit commence à paraître décrépit et rebutant – quelques commerces à l'abandon, un peu de peinture écaillée ici et là, et des déchets encombrant des canalisations. Il observa l'enfilade de boutiques. Chacune d'elles était coquette et propre. Certaines étaient abritées par de jolis auvents rayés protégeant les vitrines, d'autres étaient ornées de paniers suspendus ou de pots de plantes décoratifs posés sur les rebords des fenêtres. Même les poubelles qui jalonnaient l'espace semblaient avoir été fraîchement repeintes en un noir lustré. Les habitants et les commerçants de Mermaids Point avaient peut-être traversé des périodes difficiles, mais ils semblaient déterminés à y faire face courageusement.

Il espéra qu'ils en avaient été récompensés, et que les touristes qui avaient été attirés par le phénomène de la sirène reviendraient régulièrement. Un trop grand nombre de petits villages mouraient à petit feu. Il l'avait assez souvent constaté dans sa propre région, en tant que reporter local. Les loyers en augmentation constante, l'attrait des centres commerciaux périphériques avec leurs immenses parkings et la puissance des grandes enseignes de vente en ligne provoquaient de plus en plus fréquemment la faillite des petits commerces de proximité. Comme il y avait de moins en moins d'emplois, les villages se démantelaient et le désarroi était grandissant. Les jeunes qui avaient peu de perspectives d'avenir et encore moins d'espoir étaient des proies faciles pour les réseaux criminels prêts à les exploiter.

Cependant, jusqu'à présent, il avait pu constater que Mermaids Point avait échappé à ce destin, mais le fait que le village tire la majorité de ses revenus du tourisme devait provoquer une certaine précarité. Beaucoup de villages traditionnels situés en bord de mer étaient confrontés à un déséquilibre de leur population – leurs jeunes générations étant contraintes à partir en raison du manque d'emplois et de la hausse de l'immobilier liée au marché des résidences secondaires en bord de mer.

—Si votre famille n'avait pas déjà possédé un commerce ici, auriez-vous réussi à trouver un travail ?

Laurie lui jeta un regard inquisiteur par-dessous sa frange épaisse.

—Vous posez beaucoup de questions, il me semble ?

Elle ne paraissait pas sur la défensive, mais plutôt curieuse.

—C'est ma nature, je suppose, et cela fait partie de mon boulot de jour…

Il s'interrompit avant de laisser échapper le mot de journaliste d'investigation. Bon sang, s'il n'était pas plus prudent, sa couverture allait être percée à jour.

—… du boulot que je fais *journellement* parce que je m'intéresse à tout ce qui m'entoure, ce qui est naturel pour un écrivain ! Tout repose sur les recherches.

—J'imagine, répondit-elle, l'air songeuse, ne semblant pas avoir prêté attention à ce qu'il avait failli dire. Je ne rencontre pas souvent quelqu'un qui tente de voir au-delà des apparences, je suppose. Généralement, les gens ne s'intéressent qu'à ce qu'ils voient en surface… La propreté de la plage, les menus proposés par le pub, la manière dont les serviettes sont pliées dans le café…

Sa dernière remarque était si inattendue que Jake en fut surpris.

—Dont les serviettes sont *quoi* ?

Laurie leva les yeux au ciel.

—Le site internet de Tripadvisor peut être un fléau pour un village balnéaire comme le nôtre. Vous ne pouvez pas imaginer à quel point les gens peuvent chercher la petite bête…

Compte tenu des lettres envoyées au rédacteur en chef qu'il avait vues circuler au fil des ans au sein du journal, il pouvait l'imaginer, mais qui se souciait de *serviettes* ?

—Je ne savais pas qu'il existait une mauvaise manière de plier les serviettes. Honnêtement, jusqu'à présent, je n'ai jamais ressenti le besoin de me faire une opinion sur la question.

Laurie eut un rire cristallin.

—C'est un véritable sujet. J'ai cessé d'utiliser des serviettes en papier parce qu'elles partaient à la vitesse de l'éclair. Les clients sont incapables de se contenter d'une seule serviette. Je posais de petits distributeurs sur les tables, mais je ne comprenais pas pourquoi elles disparaissaient à toute vitesse jusqu'à ce que je surprenne une femme en train de soulever le couvercle, de prendre toutes les serviettes et de les fourrer dans son sac. Elle n'a même pas daigné être discrète… Comme si c'était normal. Et pour les sachets de sauce, c'était pareil. Non seulement les gens en mettaient partout, mais ils les emportaient par poignées. Dès que j'ai opté pour des serviettes en tissu et que je me suis mise à préparer de petites coupelles miniatures de sauce et de mayonnaise, j'ai économisé une petite fortune. Cela me permet de préserver l'environnement et de réduire les déchets. Je conserve quelques serviettes jetables sous le comptoir pour des occasions telles qu'aujourd'hui, lorsque nous proposons des dégustations, mais en général, j'utilise des serviettes en tissu.

Jake hocha la tête. Cela était plus raisonnable sur le plan commercial, et de plus, cela élevait le standing du café. Lorsqu'il le lui dit, Laurie sourit.

—Et pourtant, les plier en carré n'est pas assez classe, d'après la personne qui jugeait indispensable de l'indiquer au monde entier. *Un petit effort fait toute la différence.*

Le ton hautain qu'elle employa lui fit comprendre qu'elle citait intégralement l'avis.

—Mais comment les plier autrement ?

Il avait certes déjà fréquenté des restaurants dans lesquels les serviettes étaient disposées en forme d'éventails ou de cônes bizarres posés au centre de l'assiette, mais était-ce bien utile dans un café qui servait des sandwiches et des salades sur le front de mer ? Certaines personnes devraient réellement songer à s'acheter une existence.

—Vous pourriez être surpris. J'ai trouvé d'innombrables vidéos sur YouTube qui montrent cent et une manières de les plier. Je peux vous envoyer des liens, si vous voulez, plaisanta-t-elle.

—Non merci, sincèrement. Et donc, si l'on oublie les problèmes de serviettes et le vol de consommables, aimez-vous ce que vous faites ?

Le visage de Laurie s'éclaira, et son expression heureuse donna envie à Jake de pouvoir contribuer à son bonheur.

—J'adore ce que je fais ! Lorsque j'en ai parlé à mes parents pour la première fois, il m'a fallu un peu de temps pour les convaincre, mais j'ai réalisé un véritable *business plan* et j'ai fait un emprunt auprès de la banque pour couvrir les frais de rénovation. J'ai voulu leur montrer que ce n'était pas une idée en l'air, et que j'avais véritablement le projet de construire une affaire qui marche. Bien entendu, ils n'ont pas voulu que je finance le réaménagement, et refusent que je paie le moindre loyer pour la boutique, ni même chez eux, expliqua-t-elle d'une voix dans laquelle perçait la frustration. Cependant, j'ai un compte épargne, et j'y dépose quelque chose chaque mois. Comme cela, lorsqu'ils prendront leur retraite, je pourrai leur donner une participation. Nick verse aussi sur ce compte ce qu'il économise en termes de loyer en vivant chez nos parents, même si je pense qu'il va bientôt partir.

—Il a l'intention de déménager ?

Jake avait du mal à concevoir que l'on puisse vivre chez ses parents à leur âge. Lui était parti dès qu'il en avait eu la possibilité, refusant de se conformer à l'avenir tout tracé que son père lui avait concocté. Le journalisme n'était pas un métier qui avait eu grâce aux yeux de ce dernier, et sa mère n'avait jamais prononcé un mot pour le défendre, son seul souhait étant qu'il soit un bon fils et fasse ce qu'on lui dit. Nigel Smith était le seigneur et maître de la petite maison mitoyenne à deux étages dans laquelle Jake avait été élevé. Il s'agissait d'un homme méchant, pas cruel – en tout cas non violent physiquement –, mais méchant, étroit d'esprit et rigide. Il n'admettait qu'un seul avis – le sien. Lorsque Jake avait grandi, Nigel Smith avait exercé un contrôle de plus en plus grand sur son fils jusqu'à ce que les murs de la maison retentissent constamment de cris et de claquements de portes.

Jake n'avait pas claqué la porte le jour où il était parti à l'université. Il avait refermé la porte blanche à double vitrage derrière lui avec un petit « clic », en sachant au fond de lui qu'il ne la repasserait jamais plus. Il envoyait à sa mère des cartes postales pour Noël et pour son anniversaire, mais il avait pris son père au mot lorsque celui-ci lui avait dit que s'il franchissait le seuil, il était inutile de revenir. Si sa mère avait eu une adresse mail, il aurait peut-être fait davantage d'efforts pour rester en contact avec elle, mais elle ne possédait qu'un téléphone portable rudimentaire. Quant à son père, ne souhaitant pas que l'attention de sa femme ne soit pas entièrement tournée vers lui, il avait fait tout ce qui était en son pouvoir pour la garder isolée du monde extérieur. Ses parents ne manquaient pas réellement à Jake. Lorsque ses amis de l'université partaient tout joyeux à la fin d'un semestre rejoindre leur famille pour les vacances ou pour Noël, le fait qu'il soit le seul à rester sur place était douloureux. Mais cette douleur était atténuée par le fait qu'il savait que chez lui, il n'y aurait eu ni cadeaux, ni moments heureux et joyeux – contrairement aux récits que faisaient ses amis lorsqu'ils revenaient le coffre de leurs voitures chargé de cadeaux, de nourriture et de tas de linge fraîchement lavé. Ce à quoi il aspirait au cours de ces heures solitaires ressemblait à un rêve, une fiction du type de celles que l'on pouvait voir au cinéma ou à la télévision.

Tout le monde n'avait pas vécu la même chose que lui, et d'après le peu qu'il avait vu jusqu'ici, le foyer des Morgan était on ne peut plus éloigné de celui dans lequel il avait grandi. Il existait une véritable affection entre Laurie et les siens. C'est pourquoi vivre chez leurs parents ne devait pas être un fardeau pour elle, ni pour son frère.

—Nick a pensé au hangar à bateaux de notre oncle, près des docks. À l'époque, il s'agissait d'un entrepôt, et les bureaux, à l'étage, n'ont pas été utilisés depuis des années. Il envisage d'y emménager après l'été et de rénover l'endroit au fur et à mesure. Les soirs d'hiver, il n'aura pas grand-chose d'autre à faire, expliqua-t-elle avant de pincer les lèvres, une lueur de tristesse passant dans ses yeux. J'espère qu'oncle Tony sera d'accord. Sinon, j'ai peur que Nick ne s'en aille. Il ne tient pas en place, en ce moment, et même si je n'essayais pas de le retenir, je ferais ce que je peux pour le convaincre de rester.

—Vous pourriez peut-être lui proposer de lui reverser sa contribution au compte épargne, suggéra Jake, qui regretta aussitôt ses paroles, songeant que tout cela ne le regardait pas. Désolé, j'aurais mieux fait de me taire.

—Non, ce n'est rien. Je n'y avais pas pensé, mais ce ne serait pas une mauvaise idée. Je suis heureuse de pouvoir discuter avec une personne qui n'est pas mêlée à tout cela, répondit-elle en s'interrompant au moment où ils atteignirent l'entrée du café. Mais il faut vraiment que j'y retourne, j'ai laissé Nerissa seule un long moment.

—Je suis heureux de vous rendre service, répondit Jake, hésitant à lui proposer une invitation. Nous pourrons en reparler plus tard, si vous le souhaitez. Vous pourriez venir dîner au cottage, ce soir. Cela vous changerait, d'avoir quelqu'un qui vous prépare à dîner, ajouta-t-il en haussant les épaules. Si vous en avez envie, bien sûr.

N'en fais pas trop, Jake, pas trop.

—Ah oui, bien sûr, ce serait formidable… Vers 19 heures ?

Retenant un soupir de soulagement, Jake hocha la tête.

—Dix-neuf heures, c'est parfait. À tout à l'heure, alors !

Esquissant un rapide sourire, Laurie tourna les talons et entra dans le café, faisant tinter la petite cloche de la porte dans son sillage.

Souriant bêtement dans le vide, Jake fit quatre pas le long du trottoir avant de réaliser qu'il s'était mis dans le pétrin. Il n'avait aucune idée de ce qu'il allait cuisiner, n'avait rien dans son réfrigérateur hormis quelques parts de pizza et quelques bouteilles de bière. Les légumes qu'il avait commandés n'arriveraient pas avant lundi, et même s'il avait beaucoup de produits d'épicerie dans son placard, il n'avait pas envisagé de recevoir à dîner. Heureusement, Carolyn avait changé les draps le matin même – non qu'il ait envisagé que Laurie puisse dormir sur place, en tout cas pas pour le moment, mais elle voudrait peut-être visiter les lieux, et il voulait faire la meilleure impression possible. Avait-il nettoyé le lavabo, ce matin, après s'être rasé ? Et ramassé la paire de chaussettes dont il s'était débarrassé la veille au soir lorsqu'il avait regardé la télévision dans le salon ? Inquiet au sujet d'éventuels autres signes de son laisser-aller auxquels il faudrait remédier, il renonça à examiner les livres de la boutique des Morgan. Faisant demi-tour, il revint sur ses pas et accéléra dès qu'il eut dépassé le café.

14

Laurie étudia son reflet dans la psyché fixée derrière la porte de sa chambre avant d'enlever brutalement son t-shirt rose à fleurs avec un grognement de frustration, et de le jeter sur le lit, où il atterrit sur le monceau de vêtements qu'elle venait d'essayer. Sa chevelure, qu'elle avait pris le temps de sécher pour qu'elle forme des boucles souples, commençait à frisotter à cause des vêtements qu'elle avait enfilés puis ôtés, et son visage commençait à luire d'une manière déplaisante.

S'effondrant sur le bord de son lit, elle observa son reflet, vêtue de ses seuls sous-vêtements.

—Il ne s'agit que d'un dîner, pourquoi y accordes-tu une telle importance ?

Comme l'image renvoyée par le miroir ne lui offrait aucune réponse, elle lui tira la langue, puis bondit sur ses pieds pour examiner les vêtements étalés sur le lit. Une jupe fluide était posée sur le bord du matelas, et le bas de celle-ci s'évasait sur le sol, en commençant à se froisser. La soulevant, Laurie la remit sur un cintre et la rangea dans son armoire. Un jour, elle la porterait. Même si elle adorait son tissu, elle n'avait jamais été invitée à une occasion qui lui aurait permis de porter une pièce aussi belle. Elle devait trouver un juste milieu – une tenue qui montre qu'elle avait fait un effort, mais sans trop en rajouter. Si Jake avait concocté un repas élaboré, elle n'avait aucune envie de se présenter vêtue d'un jean et d'un simple t-shirt, mais s'il avait envisagé de préparer un dîner plus simple, elle ne voulait pas être trop habillée non plus. Faire un choix était difficile.

Un petit coup fut frappé à sa porte.

—Juste une seconde ! s'exclama-t-elle en passant les bras dans une petite robe fine en coton et en en bouclant la ceinture juste avant d'ouvrir la porte.

Sa mère se tenait devant elle, avec dans les mains deux verres hauts couverts de condensation. Elle tendit l'un des verres à sa fille.

—Hello, ma chérie. Il est presque 18 h 30, tu sais ?

—C'est vrai ? Oh là là, je vais être en retard !

S'apprêtant à farfouiller encore dans les vêtements qui jonchaient son lit, Laurie fut arrêtée par une main douce qui se posa sur son bras.

—Calme-toi, ma chérie. Nick s'apprête à partir dans quelques minutes, et cela ne l'ennuie pas de te déposer en haut de la colline. Assieds-toi et bois tranquillement ton verre.

Sylvia désigna la petite chaise assortie à la jolie coiffeuse en pin.

S'exécutant, Laurie leva son verre pour observer d'un air soupçonneux les brins de menthe flottant parmi les glaçons.

—Qu'est-ce que c'est ?

—Un mojito. Ton père est en train de tester le livre de recettes que ton frère lui a offert pour Noël. Comme Nick et toi sortez tous les deux ce soir, j'ai pensé que nous pourrions préparer une boisson festive, déclara Sylvia en levant son verre et en avalant une grande gorgée de sa boisson. Eh bien, on peut dire que c'est… rafraîchissant.

Laurie s'apprêta à boire une plus petite gorgée de la sienne et faillit s'étrangler.

—Dis donc, maman, il y a assez de rhum là-dedans pour faire tituber un marin !

Elle reposa son verre sur la coiffeuse. Arriver à moitié ivre chez Jake n'était pas nécessairement une bonne idée.

—C'est peut-être un peu fort, concéda sa mère, en avalant de nouveau une grande gorgée de mojito. Mais c'est délicieux…

Elle n'avait pas tort. La saveur de la menthe et du citron vert était agréablement équilibrée par le sucre et le rhum. Une autre petite gorgée ne lui ferait pas de mal. Laurie reprit son verre. *Mmmh.* Effectivement, c'était réellement délicieux.

—Bon, dis-moi, qu'est-ce que tu as fabriqué, ici ? demanda sa mère en désignant le tas froissé de vêtements sur le lit. Tu ne sais pas quoi te mettre ?

Reposant son verre en veillant cette fois à éloigner suffisamment de sa portée ce cocktail trop tentant, Laurie se leva et rejoignit Sylvia près du lit.

—C'est idiot, n'est-ce pas ?

—Pas du tout, répondit sa mère en effleurant doucement son épaule. Cela fait un certain temps que tu n'as pas eu de rendez-vous, et il n'est donc pas étonnant que tu sois un peu nerveuse.

—Il ne s'agit pas vraiment d'un rendez-vous, mais simplement d'une invitation à dîner, répondit Laurie en saisissant un t-shirt à fleurs situé sur la pile de vêtements et en le soulevant. Que penses-tu de ça ?

—Lorsqu'un bel homme t'invite à dîner, il s'agit sans aucun doute d'un rendez-vous, décréta Sylvia en s'emparant du t-shirt et en le reposant sur le lit. Trop décontracté.

Après avoir posé son verre sur la coiffeuse, elle fourragea dans la pile de vêtements pendant un moment.

—Celui-ci te va à ravir, déclara-t-elle en s'emparant d'un chemisier en soie pâle dorée et en le plaçant devant Laurie qu'elle examina en plissant les yeux pour mieux juger de son effet ou parce que le mojito commençait à lui tourner la tête. Et où est le beau jean que tu portais au Nouvel An ? Celui qui a des paillettes sur les poches arrière ?

Elle se pencha pour examiner le tiroir du bas de la commode.

—Celui-ci, dit-elle en le tendant à Laurie et en se glissant entre sa fille et le lit pour se diriger vers l'armoire. Où est ta belle ceinture en métal ?

Les cintres grincèrent le long de la tringle tandis que sa mère poussait une série de vêtements sur le côté pour mieux voir les étagères situées derrière, sur lesquelles Laurie rangeait ses ceintures, ses chaussures et d'autres accessoires.

—Ah, la voilà.

Elle saisit délicatement d'une main la ceinture tressée composée d'une chaîne dorée et de cuir, et de l'autre main une paire de sandales compensées à semelles en paille.

—Et ces chaussures iront très bien avec, ajouta-t-elle en posant la ceinture sur le jean qu'elle avait déjà placé sur le bras de Laurie et en posant les chaussures devant elle. Allez, dépêche-toi, ma chérie ! Je vais dire à ton frère que tu seras en bas dans cinq minutes, et il vaut mieux que je t'aide à finir ça, dit-elle en reprenant son verre presque vide, ainsi que celui de Laurie, encore à moitié plein. Si je bois encore un peu de mojito, ton père pourra peut-être tenter sa chance, ce soir.

—Maman ! Voyons !

Mais la porte se refermait déjà sur Sylvia qui venait d'éclater d'un rire franc.

Se sentant un peu moins anxieuse à l'idée que Jake l'ait invitée de manière impromptue, Laurie passa la tenue que sa mère avait sélectionnée pour elle. Une rapide inspection dans le miroir améliora encore son humeur – ou bien peut-être était-ce l'effet du mojito – mais peu importe. Le chemisier offrait un bon compromis entre une tenue décontractée et une tenue habillée. De plus, il mettait parfaitement en valeur son teint qui commençait à se hâler, et qui continuerait à bronzer si le beau temps persistait. Passant en revue les étagères qui abritaient ses accessoires au fond de son armoire, elle dénicha une paire de peignes dorés et ses fines créoles favorites. Avoir les cheveux détachés après qu'ils avaient été noués toute la journée lui parut agréable, mais les peignes lui permirent de les retenir en arrière et de lui dégager le visage tout en dévoilant ses boucles d'oreille.

—Ça ira, chuchota-t-elle à l'attention de son reflet avant de faire une légère grimace. *Non, bien mieux que ça.* Tu es vraiment magnifique, affirma-t-elle en rejetant les épaules en arrière et en levant le menton pour s'admirer.

Puis, attrapant le petit porte-monnaie qui contenait un billet de vingt livres ainsi que la clé de sa porte, elle le glissa dans un petit sac à main avec son téléphone ainsi que ses lunettes de soleil préférées, puis se précipita vers l'escalier juste au moment où Nick l'appelait depuis le rez-de-chaussée.

***

Nick ne pilotait que d'une main la petite Nissan Micra que la famille utilisait pour se déplacer dans le village. Son autre bras était appuyé sur la fenêtre ouverte, et le vent enchevêtrait ses boucles brunes, une coiffure qu'il avait adoptée depuis que Aidan Turner avait popularisé les chevelures bouclées indisciplinées dans la série *Poldark*. Laurie trouvait que ces boucles lui allaient mieux que la coupe en brosse qu'il avait adoptée autrefois. Celle-ci durcissait ses traits, ce qui n'allait pas avec sa personnalité. Jake, en revanche, possédait un visage auquel une coupe courte devait mieux convenir. Elle éprouva une douce chaleur dans le ventre en se remémorant son image sur la plage un peu plus tôt, lorsqu'il avait abrité ses yeux d'une main, ses sourcils froncés à demi cachés derrière la monture de ses lunettes pendant qu'il l'écoutait évoquer la légende familiale.

—Bon, alors, que fais-tu ce soir ? demanda-t-elle à Nick de manière distraite.

Il sortait souvent et il devait sans aucun doute avoir rendez-vous avec la jeune femme à laquelle il s'intéressait depuis quelque temps.

—Juste un petit boulot pour une cliente, rien de spécial.

Rien de spécial ? Écartant légèrement la ceinture de sécurité de son épaule, elle se tourna vers son frère. Celui-ci garda le regard résolument fixé sur la route, alors qu'il n'y avait que très peu de circulation, et s'il semblait décontracté quelques instants auparavant, il avait désormais les deux mains crispées sur le volant.

—Il n'est pas un peu tard pour une sortie en mer ?

Nick haussa les épaules, évitant de nouveau de regarder dans sa direction.

—Ell... Je vais emmener à bord une personne passionnée de photographie, qui aimerait capter le coucher de soleil aux environs des îles.

Laurie s'interrogea sur la raison pour laquelle Nick s'était interrompu pour rectifier ce qu'il allait dire. Elle était tentée d'insister, mais elle savait par expérience que si son frère ne souhaitait pas évoquer un sujet, elle pourrait tout aussi bien tenter d'interroger une pierre. Elle jeta donc un coup d'œil par la vitre et vit que quelques cumulus duveteux se formaient sur le bleu du ciel. Les couchers de soleil pouvaient être spectaculaires lorsque les conditions météorologiques étaient favorables.

—Tu as choisi le bon soir…

—Oui, cela devrait aller, dit-il en faisant le tour du rond-point situé au sommet de la colline, puis en s'arrêtant peu après le croisement. Cela te convient, ici ?

Il ne lui faudrait que quelques minutes de marche pour atteindre la ferme des Walker, même avec ses chaussures compensées.

—C'est parfait, merci.

—Attends, je ne sais pas à quelle heure je vais revenir. Est-ce que tu te sens capable de rentrer seule à la maison ?

Elle rit.

—Je n'ai plus seize ans, grand frère, ne t'inquiète pas pour moi. Tout ira bien.

Tendant la main vers elle, il lui pinça le nez, un geste d'affection qu'il utilisait depuis toujours entre eux.

—Je m'inquiéterai toujours pour toi, demi-portion, c'est mon job.

Lorsqu'elle sortit de la voiture, il se tourna vers elle.

—Dis à Jake que je peux l'emmener demain, s'il veut. Donne-lui mon numéro de téléphone. Il peut m'envoyer un message et nous nous organiserons.

Bien sûr… Il ne faudrait surtout pas que Jake oublie qu'il était sur le point de dîner avec la petite sœur de Nick. Laurie n'eut pas besoin de dire ce qu'elle pensait. Elle haussa simplement les sourcils et son frère sourit.

—Je fais juste attention à toi !

Il fit alors faire demi-tour à sa Micra et reprit la direction du village et du quai. Souriant en songeant aux pitreries de son frère, Laurie emprunta le chemin qui menait à la ferme, s'efforçant d'ignorer un sentiment de nervosité qu'elle n'avait pas éprouvé depuis longtemps.

***

La porte du cottage était grande ouverte et des effluves d'ail mitonné et d'herbes l'accueillirent, de même que la pulsation du morceau *Pompeii* de Bastille. Il s'agissait de l'une de ses chansons favorites et cela toucha une corde sensible en elle. Elle frappa brièvement pour annoncer son arrivée puis s'avança à l'intérieur.

—Oh, hello ! s'exclama Jake en lui adressant un sourire éblouissant par-dessus son épaule.

Il se tenait devant le four. Elle fut heureuse de constater qu'il portait un jean gris clair assorti au gris acier plus foncé d'une chemise en coton à manches courtes. Voyant que sa tenue était aussi décontractée que la sienne, elle se détendit.

—Le timing est parfait, poursuivit Jake. Laissez-moi simplement terminer, et je suis à vous. J'ai une bouteille de *prosecco* au frais, vous pouvez vous servir.

Il désigna du menton l'emplacement du réfrigérateur avant de retourner à sa tâche.

Laurie hésita. Elle avait si peu de force dans les mains que son père lui avait offert un ustensile spécial pour ouvrir facilement les bouteilles et les bocaux. Il l'avait baptisé « levier pour vieilles dames », mais ici, celui-ci lui devenait inutile car il se trouvait dans le tiroir de la cuisine du café. Cependant, ouvrant le réfrigérateur, elle fut soulagée de constater que la bouteille avait déjà été ouverte puis rebouchée à l'aide d'un bouchon métallique à levier. Le réfrigérateur était bien garni et lui donna un avant-goût de ce qu'était en train de préparer Jake. Une assiette d'*antipasti* recouverte d'un film protecteur était disposée à côté d'un saladier de mesclun et d'une branche de tomates cerises mûres. Sur l'étagère du dessous étaient entreposées une sélection de fromages enveloppés dans le papier ciré utilisé par l'épicerie fine locale située sur Market Street et une demi-douzaine de bouteilles de bière. Deux boîtes Tupperware occupaient l'étagère supérieure. Deux flûtes étaient posées sur le plan de travail à côté du réfrigérateur. Laurie les remplit et en plaça une de façon à ce que Jake puisse l'attraper facilement, sans risquer de la renverser.

—Santé, dit-elle avant d'entrechoquer son verre contre le sien puis de reculer de manière à le regarder cuisiner sans le gêner.

—Santé !

Attentif à la poêle qui grésillait devant lui, Jake lui adressa un rapide sourire avant de se concentrer de nouveau sur sa tâche. Laurie ne s'en formalisa pas. Cela lui permettait d'observer discrètement la pièce.

En face d'elle, une grande table en pin était entourée de quatre chaises aux coussins dépareillés. Un fauteuil de bureau noir, dont elle se dit que Jake devait l'utiliser lorsqu'il écrivait, avait été repoussé contre le mur. Deux assiettes en grès étaient posées d'un côté de la table, avec des couverts assortis. Un ordinateur portable fermé et plusieurs piles de papiers étaient placés de l'autre côté, et elle résista à la tentation d'aller y jeter un coup d'œil. Se tournant de nouveau vers Jake, elle le regarda remuer les ingrédients de la poêle du geste assuré d'une personne habituée à cuisiner. Un torchon était drapé sur son épaule droite et il tendit les doigts pour les essuyer dessus. Il s'agissait d'une habitude de chef cuisinier et elle se demanda où il l'avait acquise. Laurie le vit soulever une soucoupe couverte de petits tas réguliers d'herbes qu'il versa dans la poêle. Il remua rapidement et ajouta un généreux verre de vin rouge dont le fumet se répandit dans la pièce. Il s'écarta pour éviter que la vapeur ne vienne embuer ses lunettes, un geste montrant effectivement qu'il avait l'habitude d'être aux fourneaux.

Le parfum de la sauce parvint aux narines de Laurie, et son estomac gargouilla, anticipant le délicieux repas à venir.

—Mon Dieu, je suis désolée, dit-elle en posant sa main libre sur son ventre pour tenter d'étouffer le bruit embarrassant.

Jake rit, et son rire avait une sonorité aussi riche que la sauce au vin rouge qui mijotait dans la poêle.

—Je suis heureux que vous ayez faim. Encore une minute, et nous pourrons nous mettre à table, je vous le promets.

Il ajouta quelques blancs de poulet à la sauce avant de soulever la poêle en fonte et de la glisser dans le bas du four. D'un mouvement rapide du poignet, il éteignit le brûleur à gaz, essuya ses mains sur le torchon, puis accrocha celui-ci sur la poignée du four.

—Bon, nous pouvons laisser le plat cuire encore un petit moment. Je pensais que nous pourrions nous installer dans le patio avec un verre. Nous pourrons également dîner dehors, si vous le souhaitez, mais il est possible que le temps se rafraîchisse.

Laurie trouva que l'idée était séduisante, mais elle savait à quel point la température pouvait changer rapidement à proximité de la mer.

—Attendons et nous verrons s'il fait encore bon lorsque votre plat sera prêt, qu'en pensez-vous ? suggéra-t-elle. Mettre la table dehors ne prendra qu'une minute, si cela nous tente…

—Bonne idée.

Pendant que Jake sortait l'assiette d'*antipasti* du réfrigérateur, Laurie prit son verre puis elle lui emboîta le pas. Ils traversèrent la cuisine et débouchèrent dans un joli salon équipé d'une grande cheminée ouverte et de deux canapés couleur chocolat qui paraissaient très confortables. Un téléviseur à écran plat était posé sur une table basse dans un angle.

Ils contournèrent le canapé situé près de la porte-fenêtre et sortirent, parvenant sur un joli patio aménagé dans un petit jardin clôturé sur les côtés mais ouvert à l'extrémité. L'endroit offrait un point de vue magnifique sur le cap et la mer. Jake conduisit Laurie jusqu'à une table blanche en fer forgé assortie de deux chaises ornées de coussins beiges et lui indiqua la chaise de droite. Posant les verres, Laurie s'installa pendant que Jake se débattait avec le film alimentaire qui recouvrait l'assiette. Le patio captait merveilleusement la lumière du soleil, et Laurie ne put s'empêcher de fermer les yeux et d'exposer son visage à la chaleur résiduelle du soleil durant quelques instants.

—Je peux ouvrir le parasol, si vous voulez, proposa Jake en tendant le bras vers le parasol replié dont le mât sortait d'un trou au centre de la table.

—Non, tout est parfait. J'ai emporté mes lunettes de soleil.

Elle ouvrit son sac à main, en sortit ses lunettes et les chaussa avant de raccrocher la bandoulière du sac sur la chaise.

—Voilà, c'est mieux.

—J'aurais dû penser à prendre les miennes, je reviens tout de suite.

Jake disparut à l'intérieur du cottage, et revint quelques instants plus tard avec une paire de lunettes de soleil à monture en écaille de tortue. Il avait également emporté son téléphone, qu'il posa sur la table. Le volume de la musique qui en sortait était beaucoup moins élevé que précédemment, dans la cuisine, et même s'il comblerait les moments de silence, il ne couvrirait pas leur conversation. Jake disposa devant elle une petite assiette, sur laquelle il avait posé une serviette en papier à fleurs qu'il n'avait sans doute pas choisie lui-même.

—C'est tout ce que j'ai pu trouver dans le tiroir, commenta-t-il. J'espère que ces serviettes ne vous inciteront pas à émettre un avis trop négatif.

Elle fronça les sourcils avant de se souvenir qu'il faisait référence à leur conversation précédente à propos de l'avis dont elle avait fait l'objet sur Tripadvisor.

—Je n'enlèverai qu'une demi-étoile, je vous le promets.

—Vous êtes dure, mais juste. Je vais devoir faire de gros efforts toute la soirée pour être certain que tout le reste sera parfait…

Il sourit en lui tendant l'assiette d'*antipasti*.

Laurie choisit quelques-unes de ses spécialités préférées, dont des olives farcies, une tranche de parmesan frais et de petites brochettes de *prosciutto* finement coupé, de cœurs d'artichaut et de tomates séchées.

—Magnifique, merci.

Jake se servit également, posa l'assiette puis leva son verre à son intention.

—À la vôtre. Je suis heureux de vous avoir ici !

Dégustant des gorgées de son *prosecco* pétillant et les petites bouchées posées sur son assiette, elle observa le soleil couchant plonger dans la mer en un déploiement de tons dorés chatoyants. Laurie songea que si le reste de la soirée était aussi agréable que la manière dont elle avait commencé, Jake obtiendrait sans doute un excellent avis de sa part.

15

La vue magnifique qu'offrait son petit patio pourrait certes faire des envieux, mais pour le moment, Jake n'avait qu'une envie : contempler la belle femme qui se trouvait à son côté. Même si ses yeux étaient dissimulés derrière des lunettes de soleil, il constata qu'elle était satisfaite au petit soupir ravi qu'elle poussa en grignotant le jambon, l'artichaut et la tomate de sa petite brochette. Il avait eu la chance de découvrir une épicerie fine dont il n'aurait pas soupçonné l'existence dans un petit village côtier comme celui-ci.

—Comment trouvez-vous les *antipasti* ? demanda-t-il, désirant essentiellement attirer l'attention de Laurie.

Elle regarda dans sa direction et leva la main pour se protéger du soleil avant de déplacer sa chaise.

—Je les trouve délicieux. Vous les avez achetés chez Luca, non ?

—Exactement. Il y avait un sacré choix. Je crois qu'ils ont eu pitié de moi, à la fin – ou bien ils en ont eu assez de mes hésitations – et ils m'ont proposé un assortiment. Je dois dire que je ne m'attendais pas à trouver une épicerie d'une telle qualité ici, dit-il avant de réaliser que sa remarque pouvait paraître prétentieuse et de rire avec embarras. Désolé, je dois vous sembler un peu snob… Je voulais dire que le village me paraît un peu reculé pour qu'une famille italienne s'y soit installée.

—Ne vous inquiétez pas, je comprends ce que vous voulez dire. Le grand-père de Luca, Gio, a été fait prisonnier durant la Seconde Guerre mondiale et incarcéré en Angleterre. Je ne savais même pas qu'il y avait eu un camp de prisonniers ici jusqu'à ce que Luca me l'explique lorsque nous étions à l'école. Son grand-père travaillait dans plusieurs fermes du comté. À la fin de la guerre, il était tombé amoureux de la fille de l'un des fermiers pour lequel il travaillait. Et comme ce fermier l'a aidé à obtenir un permis de travail, il a décidé de rester.

Elle s'interrompit pour avaler une autre gorgée de *prosecco*, et il l'observa, fasciné, tourner son regard vers la mer. Si le journaliste qu'il était avait été captivé par cette anecdote remontant à la guerre, l'homme en lui éprouvait un bonheur simple à se trouver à ses côtés. Laurie avait un don pour raconter les histoires, et il aurait été capable d'écouter le son de sa voix et le rythme de ses mots durant des heures. Une image lui vint à l'esprit. Il vit une couverture étendue sur la plage, à l'ombre d'un parasol. Sa tête reposait sur les genoux de la jeune femme qui lisait un livre. Cette vision était si réelle qu'elle lui fit songer à une prémonition ou à la promesse d'un futur possible, un futur qu'il désirait. Surpris par l'émotion qui l'envahit brutalement, il prit son verre et laissa le vin blanc frais apaiser cet élan de passion. *Il ne s'agit pas uniquement d'une attirance*, se dit-il, tout en avalant une autre gorgée de vin. Il aurait été capable de gérer cette attirance, si tel avait été le cas. Il suffisait de laisser s'enflammer l'étincelle qu'il y avait entre eux, de manière à ce qu'elle se consume et s'éteigne aussi rapidement qu'elle était apparue. Il s'agirait d'une solution de facilité, d'une décision raisonnable pour quelqu'un qui ne voulait ou ne pouvait se retrouver dans une situation compliquée. Mais aujourd'hui, Jake n'avait aucune envie de se montrer raisonnable.

—Pourquoi ont-ils choisi ce village en particulier ?

Laurie se tourna vers lui, posa un pied sur sa propre chaise et appuya son menton sur son genou. Elle avait ôté sa sandale, dévoilant son pied nu aux ongles vernis de rose.

—Sa famille venait en vacances à Mermaids Point et aimait cet endroit. Ils se sont donc installés ici dans les années 1950, ont ouvert l'épicerie fine, et celle-ci a été reprise de père en fils. Aujourd'hui, elle est tenue par le petit-fils, expliqua-t-elle, avant de prendre une expression attristée. Lorsque Gio est décédé, tout le village a décidé de lui rendre hommage. C'était un tel personnage !

Jake ne put supporter son brusque accès de tristesse et tendit la main vers elle, effleurant sa jambe en un geste de réconfort.

—Je n'avais pas l'intention de vous faire évoquer un souvenir triste.

L'un des coins de la bouche de Laurie se souleva.

—Ce n'est rien. Gio était le genre de personnes qui semble occuper davantage de place que beaucoup d'autres. Quand il est parti, il a donc laissé un grand vide. Lorsque j'ai ouvert le café, il a passé les six premiers mois à m'expliquer comment préparer un véritable cappuccino.

—Il y est parvenu ?

—Finalement, oui, répondit-elle en riant. J'ai eu raison de m'accrocher, parce qu'il m'a également donné la recette des *biscotti* de sa mère, et depuis, j'en prépare aussi. Je pense qu'il s'agissait d'une excuse de sa part pour venir tous les jours soutenir un commerce local. C'est aussi le cas des femmes du club de tricot. Elles sont venues dès la première semaine d'ouverture et ont toujours animé le groupe à tour de rôle. Je pense qu'elles aiment bien venir ici pour connaître les dernières rumeurs du village, mais je leur serai éternellement reconnaissante de leur gentillesse.

Jake se demanda à quoi pouvait ressembler l'existence dans une communauté si étroitement soudée que chaque naissance était fêtée et chaque disparition pleurée autant que si elle concernait un proche. De son côté, il n'échangeait qu'un « bonjour » avec ses voisins et gardait parfois leurs paquets, mais cela s'arrêtait là. Le couple qui habitait dans l'appartement à côté du sien avait un garçon à l'université auquel il arrivait d'accrocher des voitures sur le parking étroit, et la femme qui habitait à deux portes de chez lui avait un chat qui voulait constamment entrer par sa fenêtre jusqu'à ce qu'il en ait eu assez et investisse dans des moustiquaires magnétiques qui laissaient passer l'air tout en empêchant son visiteur d'entrer. Mac lui avait dit, lorsqu'il avait commencé à travailler pour le *Comet*, que les journalistes ne s'impliquaient pas – qu'ils ne faisaient que transmettre les nouvelles, et n'en étaient pas responsables. Ce conseil avait fini par déteindre sur lui au point qu'il se sentait également détaché de son entourage.

—Est-ce que cela ne vous ennuie pas, que chacun connaisse les détails de votre vie ?

Laurie étira curieusement les lèvres. Il ne s'agissait pas d'un sourire, mais d'une expression triste.

—Autrefois, lorsque j'étais plus jeune, c'était le cas. Je ne pouvais rien faire sans que ma mère ou mon père ne l'apprenne dans la journée.

Son expression s'assombrit de nouveau, et son regard s'attarda sur ses doigts, qui faisaient tournoyer son verre de vin dans un sens puis dans l'autre. Jake songea qu'il n'avait jamais rencontré quelqu'un d'aussi transparent ou expressif que Laurie. La manière dont les émotions s'affichaient sur son visage était à la fois attrayante et déstabilisante. Il n'aurait pu conserver son emploi une seule journée s'il n'avait su masquer ce qu'il ressentait derrière une expression neutre.

—J'ai rencontré Matt l'été de mes dix-sept ans.

Jake se figea en entendant les mots prononcés à voix basse, sur le ton de la confession. Comme elle n'ajouta rien de plus, il dut résister à la tentation de l'encourager à poursuivre. Si Laurie voulait continuer à se confier à lui, elle devait pouvoir le faire au moment où elle l'aurait décidé.

—Vous avez terminé ?

Il désigna son assiette vide, et comme elle hocha la tête, il débarrassa la table en n'y laissant que son verre et regagna la cuisine. Il prit son temps, recouvrit le reste des *antipasti* de film alimentaire, mit les assiettes sales dans le lave-vaisselle et vérifia la cuisson du poulet dans le four. Satisfait par l'aspect de son plat, il baissa le thermostat, sortit la bouteille de *prosecco* du réfrigérateur et revint dans le patio.

Laurie se tenait à l'extrémité du jardin et observait les vagues. Son verre était posé sur la table à côté du sien. Il les remplit de nouveau avant de poser la bouteille dans un endroit ombragé sous sa chaise. Laurie regarda dans sa direction en entendant le verre de la bouteille heurter une pierre, mais ne bougea pas.

—J'ai baissé le four, rien ne presse pour le dîner.

Jake souleva le verre de Laurie pour lui proposer de le lui apporter, mais elle secoua la tête en laissant de nouveau son regard errer sur la mer.

Le téléphone de Jake se mit à diffuser le début d'un autre morceau dont les basses étaient puissantes, qu'il écoutait pour se motiver lorsqu'il courait le matin. C'était un classique, l'un de ses morceaux préférés mais il était trop agité pour un moment comme celui-ci. Jake fit défiler rapidement l'écran de son téléphone et trouva la *playlist* de relaxation qu'il écoutait le soir lorsqu'il avait terminé de travailler. Le son lent et onirique d'un synthé était accompagné d'une ligne de guitare répétitive et hypnotique et du son doux de clochettes. La musique était à la fois relaxante et harmonieuse. Jake avait le pressentiment que Laurie et lui étaient sur le point d'approfondir leur relation. Le besoin urgent que ce désir se réalise résonnait en lui comme les notes de la guitare qui guidaient le morceau vers sa conclusion, mais Laurie avait sans doute une bonne raison pour s'être éloignée. Il ne lui restait qu'à attendre qu'elle revienne vers lui.

Penchant la tête en arrière, il vit une mouette passer au-dessus de lui, s'élever puis plonger de nouveau en planant sur les courants ascendants du soir, et il s'immergea dans la musique. Il aurait pu considérer cela comme un signe, un encouragement à vivre le moment présent, tout comme l'oiseau qui se trouvait dans le ciel, et à se laisser emporter où le vent le conduirait. Mais il était plus vraisemblable que celui-ci soit à la recherche d'un drap blanc immaculé battant au vent sur lequel laisser tomber ses déjections, ou d'un pauvre innocent sortant du snack avec un cornet de frites chaudes qu'il pourrait chiper. Jake se mit à rire tout seul ; apparemment, il ne serait jamais un maître zen.

Les minutes passèrent. Il vida son verre tandis que le contenu de celui de Laurie perdait ses bulles et tiédissait sous le soleil. La jeune femme avait toujours le dos tourné. La patience dont il s'était armé jusque-là s'éroda légèrement. Il prit les verres et retourna dans la cuisine. S'il ne servait pas le repas bientôt, le poulet serait trop cuit. Il venait juste de transférer la poêle du four sur la cuisinière lorsqu'il sentit une main effleurer légèrement son dos. Laurie s'avança.

—Cela sent merveilleusement bon. Voulez-vous que j'emporte les couverts et la salade à l'extérieur ?

Heureux qu'elle se soit rapprochée de lui, Jake accepta son aide et ils s'activèrent durant les quelques minutes qui suivirent. Il jeta des pâtes fraîches dans une casserole d'eau bouillante pendant que Laurie préparait la salade. Lorsqu'il eut égoutté les pâtes, découpé les blancs de poulet en fines tranches et disposé le tout sur deux assiettes, il constata que Laurie avait sorti tout le reste dans le patio et était en train de leur servir un verre de vin blanc. Elle avait également ouvert le parasol et l'avait incliné pour les abriter des rayons du soleil couchant.

—Ça a l'air délicieux, commenta-t-elle en approchant sa chaise de la table.

—Servez-vous, j'espère que cela va vous plaire.

Jake rapprocha les plats brûlants de son assiette et transvasa un peu de salade dans une coupelle à son intention tandis qu'elle se servait.

—Après avoir été aux fourneaux toute la journée, je trouve très agréable que quelqu'un d'autre fasse la cuisine. Tout le monde participe, à la maison. Alors je ne prépare le dîner qu'une ou deux fois par semaine.

Aux yeux de la plupart des gens, le fait d'être entouré de gâteaux, de pâtisseries et d'autres délices de ce type devait sembler idyllique, mais Jake imagina que cela était bien loin de la réalité. Il en était de même pour son travail. Souvent, le journalisme apparaissait comme une chasse aux scoops. Personne ne voyait ce qu'impliquaient les gros titres. Lorsqu'il était jeune reporter, rédiger des articles anecdotiques à propos d'expositions canines locales et de ligues de sport pour enfants était très éloigné d'un véritable travail de journalisme. Lorsqu'il avait de la chance, il pouvait retranscrire un débat virulent à propos de l'installation d'une rampe de skateboard. À l'époque, il était obsédé par ce qu'il considérait comme de véritables informations. Il lisait de fond en comble tous les sites Internet des principaux quotidiens et sa télévision était allumée presque en permanence sur l'une des chaînes d'information diffusées vingt-quatre heures sur vingt-quatre. Il avait même commencé à se documenter sur ses journalistes préférés, se renseignant sur leurs débuts, recherchant des articles datant de l'époque où ils venaient d'entrer dans divers journaux locaux, et tentant de percer le mystère de leur réussite. Cette façon de procéder ne s'était pas révélée très saine, et ce n'est que lorsqu'il avait été capable de privilégier les reportages approfondis auxquels il se consacrait désormais qu'il avait trouvé un moyen de se détourner de l'obstacle permanent qu'était la recherche du scoop.

—Trop, c'est trop, n'est-ce pas ? demanda-t-il d'un ton compatissant.

—Oui, c'est à peu près ça. J'ai de la chance que chacun cuisine à tour de rôle, à la maison. Papa est le meilleur cuisinier de la famille, même si toutes les recettes qu'il expérimente ne sont pas forcément géniales, dit-elle avec un petit sourire. Le bœuf au curry de bananes n'est pas près de figurer sur le menu du café… Et vous, où avez-vous appris à cuisiner ?

Il s'agissait d'une question innocente, mais elle lui fit prendre conscience que leurs éducations avaient été très différentes. Son père n'avait jamais levé le moindre petit doigt dans la cuisine, considérant que les tâches ménagères étaient dévolues aux femmes. Et il s'était efforcé d'inculquer cette idée ridicule et éculée à son fils. Il lui demandait de participer aux tâches ménagères lorsqu'il était puni, et non pour qu'il apprenne à cuisiner, à nettoyer ou à s'occuper d'un intérieur. Soucieux de soulager sa mère, Jake faisait en sorte d'être puni plus souvent qu'il ne l'aurait mérité compte tenu de son caractère, uniquement pour être certain de pouvoir l'aider. Mais sa mère ne confectionnait que les plats simples que son père préférait et se souciait davantage de suivre à la lettre les recettes que d'apprendre à Jake à cuisiner.

—C'était au cours de ma seconde année d'université. J'ai quitté le foyer pour une colocation. L'une de mes colocataires était dans une école de cuisine et m'a pris sous son aile. C'est elle qui m'a enseigné tout ce que je sais.

Jules[1] avait deux ans de plus que lui et possédait une bien plus grande expérience de la vie. Elle l'avait aidé à dépasser les limites que ses parents lui avaient imposées et si leurs chemins s'étaient séparés par la suite, ils étaient restés en contact par l'intermédiaire des réseaux sociaux et avaient suivi leurs carrières respectives avec fierté, en s'encourageant mutuellement. Jules lui avait envoyé une reproduction encadrée de son premier grand article, publié à la une, et qui était toujours accrochée à la place d'honneur au-dessus de son bureau. Jake lui avait offert une bouteille de champagne lorsqu'elle avait été promue sous-chef ; il avait dansé avec elle à son mariage, en n'éprouvant que de légers regrets car il était évident, aux yeux de qui les observait, que Jules et son époux, Zac, étaient faits l'un pour l'autre.

1 En Angleterre, Jules peut aussi être un prénom de fille.

Laurie piqua sa fourchette dans une bouchée de poulet et la goûta.

—Je vous félicite, vous *et* elle également, car c'est délicieux.

Jake accueillit son commentaire avec un sourire.

—N'imaginez pas que je dîne ici de façon aussi élaborée tous les soirs. Cuisiner pour soi uniquement n'est pas très agréable. Heureusement, Mrs Walker m'a proposé de remplir mon congélateur une fois par semaine de plats qu'elle cuisine elle-même. Il ne me restera plus qu'à faire cuire un peu de riz ou de pâtes tout en réchauffant l'un de ses plats au micro-ondes.

—Je suis heureuse que quelqu'un s'occupe de vous.

—Je ne suis pas complètement démuni, Laurie. Je me prends en charge depuis que j'ai dix-huit ans !

—Désolée, je vous taquinais…

Il l'observa pourchasser un morceau de poulet sur son assiette tout en rougissant et s'en voulut un peu. Non seulement parce qu'il l'avait rabrouée, mais parce qu'il n'avait pas réussi à dépasser les blessures infligées par ses parents. Cela faisait près de dix ans, ce qui était bien assez pour cesser de penser à tout cela.

—Non, c'est moi qui devrais m'excuser, dit-il en posant sa main sur celle de Laurie. Ne laissez pas ma maladresse gâcher les choses entre nous, s'il vous plaît.

Elle prit une grande inspiration, puis posa sa fourchette et retourna sa main de façon à ce que sa paume soit en contact avec celle de Jake.

—Ce n'est pas votre faute. Pour ma part, de douloureux souvenirs sont remontés à la surface, tout à l'heure, et je ne suis pas certaine de vouloir en parler.

Il frotta son pouce contre le dos de la main de la jeune femme en un geste apaisant.

—Si vous avez besoin de vous confier, vous pouvez le faire, ou bien nous pouvons rester paisiblement assis sans parler.

—Vous savez bien gérer les silences, n'est-ce pas ?

Le regard qu'elle lui jeta était lourd de sens.

—Plutôt gérer le fait de ne pas aborder les choses qui me pèsent, lui répondit-il avec un faible sourire.

16

Il s'agissait du type de remarques qui, chez la plupart des gens, l'auraient incitée à creuser davantage. Mais elle était en train de réaliser que Jake était différent de la plupart des gens. Dans un dictionnaire illustré, sa photo aurait pu figurer sous le mot « réservé ». Il y avait bien une ou deux fissures dans sa carapace, mais à l'instant même où elle pensait être parvenue à la percer, il prenait ses distances et se refermait. Il le faisait avec une telle douceur, et si habilement, qu'elle ne réalisait pas ce qu'il était en train de faire avant qu'il ne soit trop tard. S'il n'avait pas eu autant de charme, cela l'aurait agacée. Elle lui pressa la main, en y enfonçant légèrement les ongles, et elle lui dit, rompant le silence dans lequel il aimait tant se réfugier, qu'elle était son alliée. Sa seule réponse fut de tendre la main vers son verre de vin, en esquissant ce petit sourire particulier qui était le sien.

Bon sang. S'il refusait de parler, elle le ferait. Elle n'aimait pas laisser les non-dits perdurer, car ses parents l'avaient encouragée à s'exprimer dès son plus jeune âge. Cependant, elle n'abordait plus avec eux le sujet dont elle s'apprêtait à lui parler, car elle ne voulait pas leur causer de la peine. Poussant de côté son assiette, dans lequel son plat refroidissait, elle s'empara de son verre et but une gorgée avant de le reposer. Tenter d'atténuer les souvenirs avec l'alcool serait trop facile, et elle savait par expérience que cela ne fonctionnait pas.

—J'ai rencontre Matt l'été de mes dix-sept ans.

Elle avait répété les mots qu'elle avait impulsivement prononcés plus tôt et qui l'avaient ébranlée. Son estomac se serra au moment où l'image du jeune homme lui revint en mémoire, aussi claire que la première fois qu'elle l'avait aperçu en train de lui sourire de l'autre bout du pub bondé.

—Nous étions trop jeunes pour boire, mais Pete acceptait que nous fréquentions le pub à condition de ne pas ennuyer la clientèle. Si nous avions voulu boire, nous aurions pu le faire lors de soirées sur la plage. Les plus âgés d'entre nous achetaient des bouteilles de cidre bon marché. Mais mes amis et moi étions très contents de pouvoir nous installer au pub avec une eau pétillante en faisant semblant de boire du *gin tonic* ou un Diet Coke aromatisé à la vodka ou au Bacardi. Nous nous en contentions et nous adorions avoir l'impression d'être un peu plus vieux que notre âge…

—Il ne doit pas être facile de faire ce qu'on veut lorsque tout le monde connaît vos parents…

Elle rit car il avait touché une corde sensible.

—Il y avait toujours quelqu'un pour nous dénoncer, c'est vrai. Je me souviens encore de mon père qui avait déboulé sur la plage en robe de chambre et pantoufles lorsqu'il a découvert que mon amie Ivy et moi avions menti en disant que nous dormions l'une chez l'autre.

Elle leva une main devant son visage comme pour repousser un souvenir embarrassant.

—Mince ! s'exclama Jake, fronçant le nez avec une expression d'empathie.

—Mon Dieu, nous n'avions que quinze ans, et nous étions trop stupides et naïves pour comprendre à quel point nous aurions pu nous attirer des ennuis, soupira Laurie en secouant la tête. Deux ans plus tard, j'étais toujours aussi naïve, mais un peu trop vieille pour que l'on me dise ce que j'avais à faire.

Elle eut subitement la gorge nouée et se sentit momentanément incapable de parler. Lorsqu'elle rouvrit la bouche, sa voix était rauque.

—Matt avait vingt et un ans. Ses amis et lui avaient loué un cottage tout l'été pour fêter la fin de leurs examens – un dernier répit avant qu'ils ne prennent chacun une autre voie. Il y avait deux couples et trois célibataires. Je crois que comme il y avait des femmes dans le groupe, il m'a semblé plus facile de lui faire confiance.

Elle ramena ses genoux contre sa poitrine, se renfonçant davantage sur sa chaise.

—Ils étaient tous si intelligents… En tout cas, c'est l'impression qu'ils me donnaient, moi qui ne m'étais jamais éloignée de plus de 80 km de chez moi. Mais ils ne m'ont jamais prise de haut. Nous regardions des films sous-titrés et les commentions jusqu'à une heure avancée de la nuit tout en buvant du mauvais vin. Certains fumaient, et pas uniquement des cigarettes, mais si je ne voulais pas essayer, personne ne m'y obligeait. Je passais de plus en plus de temps avec eux. Ivy et moi nous sommes disputées parce qu'elle s'est montrée cruelle en me disant que Matt flirtait avec d'autres filles quand je n'étais pas là.

Elle appuya son front sur ses genoux, se remémorant la manière dont elle avait accusé avec véhémence sa meilleure amie d'être jalouse. Celle qui *avait été* sa meilleure amie, car après cela, elles n'avaient jamais réussi à se réconcilier.

—Je ne passais presque plus de temps à la maison. Maman et papa voulaient que je les aide à la boutique – c'était la période la plus chargée de l'année. Nick travaillait en mer avec notre oncle, ils n'avaient que moi pour les aider. Matt me disait qu'ils m'exploitaient, que s'ils ne me versaient pas un salaire digne de ce nom, ce n'était pas normal. Pourtant, je vivais gratuitement sous leur toit et je pouvais dépenser comme je l'entendais l'argent qu'ils me versaient, expliqua Laurie en posant une main sur sa gorge, comme pour éviter que le sang ne lui afflue au visage. Lorsque papa m'a dit qu'il ne pouvait plus me payer, mais qu'il verrait s'il pouvait me verser une prime à la fin de l'été si les affaires marchaient bien, je suis sortie en trombe de la maison, pleine d'une indignation qui me semblait légitime.

Elle reprit son verre et avala une grosse gorgée de vin, tentant d'effacer l'image de l'expression blessée de son père.

—Je me suis comportée de manière horrible. Comme une sale gosse trop gâtée. Je lui ai dit des choses affreuses, mais lorsque ces choses sont sorties de ma bouche, j'ai eu l'impression qu'elles ne venaient pas de moi. Je pensais que je faisais preuve de maturité et voulais montrer que j'étais autonome, mais tout ce que je pensais sur le moment ne m'appartenait pas, cela venait de Matt… Entre ses mains, je n'étais qu'une marionnette, un jouet, une expérience qui lui a permis de tromper son ennui. Il s'agit du premier homme auquel j'ai dit « Je t'aime ». Du premier homme dont j'ai partagé le lit. J'ai tellement pleuré le jour où il est parti que je suis tombée malade. La dernière chose qu'il m'a dite était : « Je t'appelle. »

Laurie fixa le fond de son verre presque vide jusqu'à ce que Jake le lui enlève doucement des mains. Il prit les mains de la jeune femme entre les siennes et les massa délicatement. Son geste la réconforta, soulageant le pincement au cœur qu'elle ressentait. En levant le regard, elle vit qu'il l'observait dans la lumière déclinante du soleil couchant. Malgré son air grave, elle ne décela pas de jugement dans son expression, ce qui lui donna le courage de poursuivre son récit.

—Il m'avait promis de nombreuses fois que je pourrais lui rendre visite dès qu'il aurait trouvé un endroit où s'installer, mais il ne m'a laissé aucune adresse en disant que c'était parce qu'il avait visité divers appartements et qu'il n'avait pas encore fait son choix.

Bon Dieu.

—Et ce n'est pas tout, ajouta-t-elle avec un petit rire dénué d'humour, encore choquée sans doute par la détresse de la jeune fille dont l'univers s'était écroulé parce qu'elle avait éprouvé une passion qui l'avait consumée, que seul un premier amour peut réduire en cendres en un instant. J'ai rapidement constaté qu'il avait dû prendre une carte SIM provisoire. Je ne serais pas surprise qu'il l'ait jetée par la vitre de la voiture avant même d'avoir quitté les environs du village. Comme il ne répondait à aucun de mes messages, j'ai voulu le contacter sur les réseaux sociaux et j'ai vu qu'il m'avait supprimée de sa liste d'amis et bloquée. « Ghostée », comme on dit, ce qui est significatif. Il a complètement disparu de ma vie, comme s'il n'avait jamais existé, comme si je l'avais imaginé dans un mauvais rêve. Mais malheureusement, il n'y avait pas de réveil possible. Mon tout petit univers en a été complètement bouleversé, j'ai blessé mon entourage et il ne m'en est rien resté.

—Et tout le monde était au courant.

Encore une fois, il frappait juste. Le fait que Matt lui ait brisé le cœur avant de le piétiner avait été très douloureux, mais la honte qu'elle avait éprouvée parce qu'elle savait que tout le village était au courant de son humiliation avait été presque trop lourde à l'époque.

—Oui.

—Et qu'avez-vous fait ?

—Je me suis réfugiée sous ma couette et j'ai pleuré. Et je serais restée là si papa n'était pas intervenu. Il est entré dans ma chambre le lendemain matin, a posé une tasse de thé sur ma table de chevet et m'a dit qu'il m'attendait à 9 heures derrière le comptoir de la boutique. Lorsque je lui ai répondu que je ne voulais voir personne, il m'a dit que ce serait très difficile, qu'il y aurait des ragots à mon propos et que certaines personnes seraient même assez désagréables pour me faire des remarques. Il m'a également dit que plus je me cacherais, pire ce serait – qu'une blessure sur laquelle on pose un pansement ne guérit jamais, elle ne fait que suppurer.

—Votre père est un homme très intelligent.

—Il l'est. J'aurais préféré ne pas le blesser, ni blesser autant ma mère, à l'époque.

Jake lui prit les mains.

—Je parie que si vous leur posez la question aujourd'hui, vous vous rendrez compte que cela avait pris des proportions bien plus importantes pour vous que pour eux. Les enfants testent les limites, cela fait partie de leur apprentissage. Tout comme commettre des erreurs…

Elle savait qu'il avait raison, du moins en théorie, mais parfois, elle se sentait de nouveau envahie par la culpabilité au moment où elle s'y attendait le moins.

—Vous êtes doué.

Il fronça les sourcils, visiblement étonné, mais elle rit.

—Vous savez écouter. Je pensais que j'aurais beaucoup de mal à vous raconter tout cela, à parler de cette histoire dont j'ai honte, mais vous ne m'avez jamais donné l'impression de me juger.

Il lui lâcha les mains et se leva si brusquement qu'elle en fut surprise.

—Je ne suis pas du genre à juger qui que ce soit pour quoi que ce soit !

Elle le regarda en silence vider leurs assiettes sales, se demandant ce qu'elle avait bien pu dire pour gâcher l'ambiance. Le sentiment d'intimité qu'elle avait ressenti auprès de lui avait été ébranlé par son changement d'attitude.

—Attendez, je vais vous donner un coup de main.

Elle fit mine de se lever, mais il lui fit signe que c'était inutile.

—Asseyez-vous. Je vais me débrouiller. Je vais poser les assiettes dans la cuisine, préparer un café et je reviens.

—Bon. D'accord.

Il lui était difficile d'en dire plus, sauf si elle désirait l'interroger à propos de son changement d'humeur, mais elle était encore un peu contrariée d'avoir parlé de Matt. Le fait d'être assise ainsi, dans la lumière déclinante, et d'entendre Jake s'activer dans la cuisine ne fit qu'accroître son malaise. Il vaudrait peut-être mieux qu'elle rentre. Elle avait passé la dernière demi-heure à expliquer pourquoi elle ne sortait pas avec des vacanciers, alors qu'elle avait rendez-vous avec l'un d'eux ! Même si elle pensait que Jake ne la traiterait pas de la même manière que Matt, elle se connaissait suffisamment désormais pour savoir qu'elle couperait aussitôt les ponts si c'était le cas, alors quel était le problème ? Ils passeraient quelques semaines agréables, mais avait-elle envie de se contenter de cela à son âge ? Et même si elle se disait qu'elle devrait s'en contenter, elle risquait de souffrir car Jake lui plaisait. Beaucoup. Elle se rendait compte qu'elle était en train de tomber amoureuse de lui, et même plus rapidement qu'elle ne le pensait, si elle faisait preuve d'honnêteté envers elle-même. Lorsque l'été serait terminé, serait-elle capable de le laisser partir après l'avoir embrassé, et de retourner à son existence ? Nul besoin d'être un génie pour répondre à cette question.

Lorsqu'elle entra dans la cuisine, il avait le dos tourné, et le tissu de sa chemise était tendu sur les muscles de ses épaules car il levait les bras pour attraper deux mugs en terre vernissée sur une étagère placée au-dessus de la machine à café qui gargouillait. Se dirigeant vers la porte, elle jeta avec regret un regard vers la planche de fromages qu'il avait préparée, à côté de laquelle une baguette fraîche n'attendait plus que d'être tranchée. Elle avait à peine goûté le délicieux poulet qu'il avait préparé, et s'apprêtait à partir en lui laissant sur les bras une montagne de fromages.

—Je ne prendrai pas de café, dit-elle avec un sourire contrit lorsqu'il se tourna vers elle, les mugs appuyés contre sa poitrine. Je commence tôt demain matin.

Rien. Il ne bougea pas un cil, seuls ses yeux étaient rivés sur les siens comme s'il était capable de lire les pensées stupides qui lui traversaient la tête. Elle s'éclaircit la voix.

—Je vous remercie pour le dîner… C'était très agréable.

Elle chercha à tâtons la poignée de la porte derrière elle, la manqua et avant qu'elle ne parvienne à la trouver, il avait traversé la pièce et se tenait devant elle. Elle était dos à la porte, il tenait toujours les mugs à la main, et ils n'étaient plus séparés que par les deux ustensiles.

—Non !

17

Il ne savait pas s'il était en train de lui demander de ne pas partir, ou de se dire à lui-même qu'il ne devait pas l'y inciter. Peut-être était-ce tout cela à la fois. Mais il savait que s'il la laissait passer la porte, il chasserait le premier rayon de soleil entré dans sa vie depuis très longtemps. Il était seul responsable du fait qu'elle s'apprêtait à partir, parce qu'il s'était montré incapable d'abandonner sa carapace, ou de faire preuve d'un peu d'honnêteté et de sincérité, tout comme elle. Il avait également craint d'utiliser par inadvertance ses compétences journalistiques, de la sonder à son insu pendant qu'ils discutaient, en utilisant les ficelles du métier pour qu'elle révèle des choses intimes. Que cela ait été conscient ou non, il avait eu le sentiment de l'avoir manipulée, en la poussant à révéler ce dont elle n'aurait pas parlé en d'autres circonstances.

Se tenir aussi près d'elle lui fit prendre conscience de leur différence de taille et du fait qu'il envahissait son espace, mais il se sentait incapable de reculer. Il n'avait qu'une seule envie : se rapprocher encore, lâcher les mugs et les laisser se briser sur le sol pour la prendre dans ses bras et la serrer contre lui. Mais au lieu d'obéir à son élan, il serra les mugs encore plus fort, faisant blanchir les jointures de ses doigts pour ne pas céder à la part la plus viscérale et impulsive de lui-même. Les yeux de Laurie étaient grands ouverts, ses joues étaient en feu et elle respirait de manière saccadée, comme s'il avait déjà cédé à la tentation de l'embrasser longuement.

Quelques instants s'écoulèrent, et le silence ne fut interrompu que par le dernier sifflement et gargouillement de la machine à café. *Le café*. Il pourrait la convaincre de rester boire un café. Mais au lieu de formuler cette simple invitation, il prononça quelques mots qui les surprirent autant l'un que l'autre.

—J'ai fini par détester mes parents, en grandissant.

Il aurait pu regretter d'avoir dit cela sans réfléchir, mais elle pencha la tête en arrière et l'attira à elle jusqu'à ce que leurs lèvres se touchent presque.

—Racontez-moi, chuchota-t-elle, tandis que leurs bouches s'effleuraient sans qu'ils s'embrassent réellement. S'il vous plaît.

Le moment était venu. Soit il revenait sur sa décision de se livrer, soit il s'ouvrait à elle. Deux options s'offraient à lui, comme dans l'un de ces livres d'aventure dont le lecteur est le héros qu'il lisait lorsqu'il était petit. Vous passez sur le pont en lianes qui peut s'écrouler à tout instant, ou bien vous faites un long détour. L'option sécurisante et raisonnable consisterait à ne pas ouvrir le livre, à le reléguer sur l'étagère qui abritait déjà tous les passages de sa vie laissés en suspens. Mais il en avait assez d'être raisonnable.

—D'accord.

Baissant les bras, Laurie s'empara en douceur des mugs qu'il tenait encore serrés dans ses mains et il recula pour qu'elle puisse se glisser derrière lui. Il la regarda disposer en quelques instants les mugs, la cafetière et un petit pot de lait sur un plateau.

—Vous m'aidez ?

Le sourire doux qu'elle lui adressa en tournant la tête vers lui l'invita à s'approcher d'elle. Il découpa des tranches de baguette et disposa celles-ci dans un panier.

—Allons nous installer à côté, la pièce est plus confortable.

—Bonne idée.

Éprouvant encore une certaine appréhension quant à la manière dont la soirée allait se dérouler, Jake prit le pain et le fromage, et suivit Laurie dans le salon. La brise qui s'engouffrait depuis le jardin était désormais plus fraîche car le soleil s'était couché, mais il avait envie de laisser la porte ouverte pour continuer à entendre le bruit des vagues venues se briser sur les rochers du cap. Il posa le pain et le fromage, puis attrapa un jeté de lit molletonné drapé sur le dos du canapé. Le secouant pour le déplier, il le plaça autour des épaules de Laurie puis s'installa à côté d'elle.

Elle sourit, ramena la douce couverture autour d'elle puis se rapprocha de lui jusqu'à ce que son genou replié repose sur la cuisse de Jake, comme si elle revendiquait le droit d'occuper légèrement son espace pour qu'il tienne son engagement, pour qu'il lui parle, au lieu de se contenter d'écouter.

—Mon père était un homme dur.

Il s'interrompit, la bouche sèche. Était-il réellement prêt à ouvrir la boîte de Pandore ?

Laurie leur versa du café, rajouta la dose appropriée de lait dans celui de Jake et plaça le mug entre ses mains avant de couper divers morceaux de fromage en petites bouchées et de les répartir sur deux assiettes. S'adossant de nouveau, elle saisit un morceau de brie et se mit à observer son hôte.

—Violent ?

La question de Laurie apaisa la sensation douloureuse qu'il éprouvait dans la poitrine, lui faisant comprendre qu'elle était prête à l'écouter, même si son récit était difficile. Il secoua la tête en signe de dénégation.

—Non. Il n'était pas violent physiquement. Mais c'était un homme méchant. Dominateur, en particulier à l'égard de ma mère. Elle ne s'est jamais montrée forte. Je ne me souviens pas d'une seule occasion où elle se soit opposée à lui, expliqua Jake qui passa une main sur son visage d'un geste las. C'était épuisant de la voir tous les jours accomplir autant d'efforts qui n'étaient jamais récompensés parce que cet homme n'avait jamais un mot gentil pour elle.

Cet homme. Il ne l'avait jamais réalisé, mais c'était l'expression qu'il employait lorsqu'il pensait à lui, lorsqu'il avait de temps à autre une pensée pour lui.

Laurie posa sur ses genoux l'assiette à laquelle il n'avait pas encore touché et y déposa un morceau de pain avant de se servir également.

—Et comment se comportait-il avec vous ?

Jake haussa les épaules.

—Je n'étais à ses yeux qu'une source d'ennuis. Une chose inutile à laquelle ma mère consacrait trop de temps. Ce temps aurait dû lui être entièrement dévolu, parce qu'il travaillait pour nous nourrir, nous habiller, et pour que les êtres ingrats que nous étions aient un toit.

Jake réalisa qu'il était en train d'adopter le même ton acerbe que son père, cette voix tranchante et accusatrice qui l'avait privé de sa confiance en lui lorsqu'il était enfant, et de l'amour dont il avait besoin. Contrairement à sa mère, Jake avait fini par comprendre que quoi qu'il fît, il ne parviendrait jamais à satisfaire cet homme. Il avait donc arrêté d'essayer.

—Je ne peux imaginer à quel point cela a dû être dur pour vous.

—Lorsque j'ai décidé de me tenir le plus à l'écart possible de lui, la vie est devenue plus facile. Je restais dans la cuisine et dans ma chambre. Il avait de grosses journées et, le matin, partait généralement avant que je ne sois levé, et ma mère faisait en sorte que j'aie bu mon thé et que je ne sois pas dans ses jambes au moment où il rentrait. J'avais appris à distinguer le bruit de sa camionnette de celui des autres voitures et je réglais de nouveau la télé sur sa chaîne d'information préférée. La première fois qu'il est rentré à la maison et que la télé était allumée, il a fait une scène à ma mère, mais elle lui a dit que c'était elle qui l'avait allumée en prévision de son arrivée. Il était suffisamment arrogant et égoïste pour le croire, alors cela est resté notre petit secret.

Un secret parmi de nombreux autres. Il aurait peut-être dû faire davantage d'efforts en vieillissant pour s'opposer à cet homme, car il avait compris que sa mère ne le voulait pas ou en était incapable, mais cela lui semblait sans importance à l'époque.

—Ne fais pas de vagues, prononça-t-il avec un petit rire amer. C'était ce qu'elle me disait sans cesse. Et nous complotions ensemble. Cela nous a permis de supporter ces années d'abus, parce que cela nous semblait plus simple que de nous battre. Cela a continué ainsi et je l'ai vue diminuer jusqu'à ce qu'elle ne soit plus qu'une ombre, puis j'ai quitté la maison.

La culpabilité qu'il avait tenté d'étouffer jusque-là ressurgit en lui avec la force d'un raz-de-marée, menaçant de le submerger. Il ne réalisa même pas que Laurie avait déplacé leurs assiettes sur le côté et lui avait pris la main, tant il était plongé dans cette période tourmentée qu'il n'aurait jamais dû évoquer. C'était pour cette raison qu'il n'en reparlait jamais, parce que cela était trop douloureux, et il s'était juré, en refermant la porte de la maison de ses parents, qu'il ne laisserait plus jamais l'un d'eux le blesser à nouveau. Elle lui tapota la main, le faisant émerger du passé et revenir dans le moment présent.

—Je suis là, tout va bien.

—Laurie ?

Il n'était pas certain de ce qu'il voulait lui demander, mais lorsqu'elle se redressa, il se pencha vers elle. Durant de longues et délicieuses minutes, il ne songea plus qu'à la forme de sa bouche, au goût de sa peau, à ses mouvements doux lorsqu'elle se blottit contre lui. Mais cela ne lui suffisait pas, il avait besoin d'être plus proche d'elle, de sentir son rayonnement dissiper les ténèbres dans lesquelles il vivait depuis longtemps. Il eut un geste un peu trop brusque et se maudit silencieusement lorsqu'il fit sauter un bouton de son beau chemisier. À la fois amusée et émue, elle se redressa légèrement et poursuivit ce qu'il avait commencé, chaque mouvement de ses doigts habiles révélant la dentelle qui enveloppait ses courbes parfaites, ainsi que la rondeur de ses hanches. Ôtant son chemisier, elle souleva une jambe pour s'installer à califourchon sur les genoux de Jake. Elle resta immobile lorsqu'il tendit les mains vers elle pour qu'elle reste en place afin qu'il la contemple.

Mon Dieu, qu'elle était belle. Sensuelle et sexy, avec un soupçon de réserve dans la manière dont elle baissait les paupières. Il serait si facile de passer du canapé à la chambre, et d'oublier tout à l'exception de la superbe femme qu'il tenait dans ses bras. *Non, pas de cette manière.*

—P… pardon ?

Son désarroi chassa partiellement l'expression de désir qui s'était affichée sur le visage de Laurie, et Jake réalisa qu'il s'était exprimé à voix haute. *Flûte.* Il lui prit les mains lorsqu'elle les souleva pour masquer le haut de son corps et les écarta, laissant son regard exprimer à quel point il était admiratif.

—Tu es la plus belle femme que j'aie jamais vue.

Lorsqu'elle détourna son regard du sien, il posa une main sur sa joue pour qu'elle se tourne de nouveau vers lui.

—Et je désire vraiment que les choses aillent plus loin entre nous.

Comme il s'était tu, elle mordit sa lèvre inférieure toute gonflée de l'avoir embrassé auparavant, et une ombre de tristesse passa dans son regard. Jake effleura ses lèvres du pouce avant de lui caresser le menton, pour qu'elle le regarde à nouveau.

—Ne précipitons pas les choses pour de mauvaises raisons alors que nous avons tout l'été pour apprendre à nous connaître…

Il caressa un instant sa peau, incapable de résister à la douceur du creux situé entre son épaule et sa clavicule, avant de se forcer à tendre le bras pour attraper le chemisier en soie de Laurie, roulé en boule sur le coussin à côté d'eux. Avec la plus grande douceur, il l'aida à l'enfiler en formulant des excuses à propos du bouton qui était tombé.

Avec un soupir teinté de nostalgie, Laurie libéra une mèche de cheveux prise dans le col de son chemisier et s'efforça de se recoiffer. Jake pensa durant un terrible instant qu'elle allait s'éloigner de lui, mais elle s'allongea sur le côté, les jambes mêlées aux siennes, sa joue reposant sur sa poitrine.

—Quel gentleman !

Laurie avait presque parlé d'un ton de reproche et Jake ne put s'empêcher de rire. Soulevant légèrement la tête, il déposa un baiser sur celle de la jeune femme avant de glisser un bras autour de sa taille et de la serrer contre lui.

—Je suis désolé. Je te promets que la prochaine fois, je retirerai ton haut pour me conduire vraiment très mal.

—Tu as intérêt !

18

Le lendemain matin, Laurie se réveilla sans certitude à propos de ce qui se passait entre Jake et elle. Il était minuit passé lorsqu'il l'avait raccompagnée et l'avait laissée sur le seuil de la porte en lui promettant de l'appeler et en l'embrassant avec délicatesse, mais beaucoup moins passionnément que précédemment. Elle s'était tournée et retournée dans son lit jusqu'au réveil, en se repassant mentalement les événements de la soirée et en se demandant si elle n'avait pas commis d'erreur. Pourquoi avait-elle évoqué cette histoire avec Matt ?

Traînant son corps fatigué jusqu'à la douche, elle apprécia de laisser l'eau chaude ruisseler sur elle. En voyant les bulles de savon disparaître dans la bonde, elle se dit qu'elle apprécierait que ses doutes s'évanouissent aussi facilement.

Elle fit de son mieux pour se consacrer à sa routine matinale, en répondant aux questions de sa mère par des platitudes, affirmant que Jake avait préparé un repas réellement délicieux, même s'ils n'avaient pas mangé beaucoup. Elle s'éclipsa avant le petit déjeuner, prétextant qu'elle devait faire de la pâtisserie et mangerait au café, car elle avait besoin d'un peu de temps pour remettre de l'ordre dans ses idées.

La première fournée de muffins était en train de cuire et elle beurrait des tranches de cake aux fruits lorsqu'elle entendit un coup frappé à la porte d'entrée. Les stores de la vitrine étaient encore baissés. Elle en écarta un pour regarder à l'extérieur et découvrit Jake qui lui souriait. Elle lui rendit naturellement son sourire, ayant soudain l'impression d'avoir des papillons dans le ventre, souleva le loquet et le fit entrer en verrouillant la porte derrière lui.

—Tu es bien matinal !

—Je me suis réveillé un peu avant 7 heures, et je suis allé me promener sur la plage. C'est si beau à cette heure de la matinée, quand il n'y a personne ! Je t'ai vue en train de te diriger par ici lorsque je me trouvais sur les rochers, tout au bout, et je me suis dit que j'allais te laisser le temps de préparer du café puis venir voir si je pouvais t'en chiper une tasse.

Il jeta un regard par-dessus l'épaule de Laurie, et fit la grimace lorsqu'il vit que le torchon qu'elle avait posé sur la machine après l'avoir nettoyée la veille n'avait pas bougé.

—J'ouvre un peu plus tard, le samedi, je n'ai pas fini de tout préparer. Il y a une bouilloire dans la cuisine, si boire du café instantané ne te gêne pas.

Éprouvant le besoin d'être rassurée sur la nature de leur relation, elle effleura avec hésitation le dos de sa main.

Les doigts de Jake se refermèrent sur les siens et il l'attira à lui, si bien qu'elle dut incliner la tête pour le regarder dans les yeux. Elle ne s'était jamais considérée comme une femme ayant besoin d'être protégée, mais elle aimait la façon dont elle pouvait se blottir contre lui. Elle aimait glisser les bras autour de sa taille et enfouir sa tête sous son menton. C'est ce qu'elle fit, en poussant malgré elle un petit soupir de satisfaction lorsqu'il passa les bras autour d'elle et la serra contre lui.

—J'adore, dit-elle en se pelotonnant contre Jake, le nez posé contre la peau de son cou, humant les senteurs boisées de son après-rasage.

—Je pourrais en prendre l'habitude, avoua-t-il en la serrant encore davantage avant de relâcher son étreinte et de reculer pour la regarder. C'est ce que j'avais envie de te dire, en réalité, ajouta-t-il en plongeant la main dans une poche dont il sortit quelques jolis galets. Et je voulais te donner ça.

Plaçant ses mains en coupe, elle le laissa déposer les pierres à l'intérieur de ses paumes. L'un des galets était d'un gris uniforme et aurait pu paraître ordinaire s'il n'avait pas été parfaitement lisse. L'autre était parfaitement à l'opposé, un méli-mélo de bosses et de reliefs zébrés de rayures orange et marron. Parmi les autres galets, il y avait des morceaux de verre coloré, issus de bouteilles abandonnées puis polis par le vent et l'eau. Jake avait aussi ajouté quelques coquillages, dont les courbes sinueuses rappelaient celles des vagues sur la côte. Le dernier galet était moucheté de rose pâle et Laurie poussa un cri d'émerveillement lorsque Jake passa son pouce dessus pour lui montrer l'empreinte d'une étoile de mer fossilisée.

—Ils sont splendides, merci.

Le jeune homme repoussa derrière l'oreille de Laurie une mèche de cheveux qui s'était détachée de sa queue-de-cheval ébouriffée, et acheva son geste par une caresse dans son cou qui la fit frissonner agréablement.

—Je me suis dit que tu pourrais les poser sur l'une de tes étagères.

Il montra les planches de bois hétéroclites que Nick l'avait aidée à fixer au mur derrière le comptoir, et sur lesquelles elle avait posé diverses plantes, de petits morceaux de bois flotté ainsi qu'une pelle et un seau rouge d'enfant.

Le petit ensemble de galets compléterait le décor à merveille, et elle serait la seule à en connaître la signification.

—J'ai un endroit parfait pour eux.

Se dirigeant vers le comptoir, elle les déposa à l'angle de l'étagère la plus proche de la porte qui conduisait à la cuisine. Ainsi, elle les verrait chaque fois qu'elle passerait devant. Elle entraîna Jake à l'arrière, et se passa les mains sous l'eau.

—Assieds-toi.

Elle désigna l'une des chaises placées autour de la table en bois située au centre de la pièce.

—J'avais pensé à des fleurs, mais je me suis dit qu'elles seraient un peu moins discrètes et je n'avais pas envie qu'elles suscitent des questions.

Laurie s'immobilisa, la bouilloire dans la main, et le regarda, s'interrogeant sur ce qu'il voulait dire.

—Après ce que tu m'as raconté à propos de ce crétin de Matt, je voulais te laisser la possibilité de ne pas étaler notre relation. Si c'est ce que tu souhaites, bien sûr…

Parce qu'il la quitterait à un moment ou à un autre. Mais il était trop tard pour s'en soucier, désormais. Elle avait fait le choix, le soir précédent, de passer le plus bel été possible. Et Jake était un homme bien élevé, honnête, qui n'essayait pas de lui faire de fausses promesses. Ils étaient deux adultes ayant choisi de profiter ensemble de la courte période dont ils disposaient. Elle ne voyait pas pourquoi elle en aurait honte.

—Et si j'ai envie de le crier sur tous les toits ?

Jake renversa la tête en arrière et rit, d'un rire qui remplit la pièce.

—Alors je tiendrai l'échelle. Viens par ici.

Il se tourna de côté et tapota ses genoux. Laurie posa la bouilloire, s'assit sur ses genoux et rit également lorsqu'il la tourna vers lui avec autorité.

—Nous ne nous sommes pas vraiment dit bonjour, ce matin, dit-il, d'une voix plus rauque.

—Effectivement, répondit Laurie en passant les bras autour de son cou et en inclinant la tête pour l'embrasser longuement et langoureusement.

Les mains de Jake n'étaient jamais au repos. Il caressait sa queue-de-cheval en inclinant le cou de la jeune femme pour trouver l'angle approprié. Ses gestes étaient doux et tendres. Elle posa les mains sur son dos, l'attirant à elle.

Biiiiip !

La minuterie qu'elle avait mise en route pour la cuisson des muffins la fit sursauter si fort qu'elle aurait glissé des genoux de Jake si ce dernier n'avait pas eu le réflexe de la retenir.

—J'ai failli oublier mes muffins, à cause de toi, avoua-t-elle en riant, et en lui administrant un nouveau baiser au coin de la bouche avant de se tortiller pour échapper à ses bras.

—Dépêche-toi et reviens vite. Comme cela, je pourrai encore détourner ton attention, dit-il avec un sourire impénitent.

Pendant qu'elle sortait les muffins du four pour les laisser refroidir, il fit bouillir l'eau et termina de beurrer le cake aux fruits, en s'autorisant à déguster l'une des tranches. Cette fois, ils s'étaient assis l'un en face de l'autre. Laurie avait besoin de rester concentrée si elle voulait ouvrir le café à temps. Jake lui avait adressé un sourire entendu, mais n'avait pas protesté. Lorsqu'ils eurent terminé leur petit déjeuner, il débarrassa les assiettes et les mugs, les posa dans l'évier et les lava, ce qui permit à la jeune femme de préparer une autre fournée de gâteaux.

Elle était en train de transvaser dans deux moules la pâte de futurs cakes glacés au citron quand Jake souleva brusquement sa queue-de-cheval et l'embrassa dans le cou, la faisant sursauter.

—Je vais te laisser, dit-il en déposant un second baiser sur sa joue lorsqu'elle se tourna vers lui. Je dois effectuer quelques recherches ce matin, mais je reviens tout à l'heure…

—D'accord. Au fait, j'ai failli oublier… Nick a demandé que tu l'appelles à propos du tour des îles en bateau. Tu trouveras son numéro dans mon téléphone, précisa-t-elle en désignant du coude l'endroit où elle avait posé l'appareil, près de son sac à main. Il est dans la liste de mes contacts.

—Je peux ?

Elle hocha la tête tout en levant ses mains pleines de pâte.

—Cela va m'éviter de me laver les mains tout de suite. Je ne crois pas qu'il soit verrouillé.

Elle avait modifié les réglages pour éviter que son écran ne se verrouille systématiquement au bout de quelques secondes. Après tout, elle n'avait rien à cacher.

—Je vais également entrer mon numéro, tant que j'y suis, si tu permets ?

—Oui, bien sûr. Et prends le mien.

Elle se concentra de nouveau sur sa tâche pendant qu'il s'affairait sur le téléphone.

—Voilà, c'est fait, déclara-t-il, quelques instants plus tard. Il vaut mieux que j'y aille, maintenant. Ne prévois rien ce soir.

Il s'éloigna avant d'entendre sa réponse, et la sonnette de l'entrée retentit, signalant qu'il était sorti.

Ne prévois rien ce soir. Elle était certaine qu'il allait imaginer mille et une manières de lui faire passer une soirée agréable…

—Quel homme génial, murmura-t-elle tout en plaçant les moules dans le four avec un sourire aussi radieux que celui du chat du Cheshire.

19

La journée du mardi s'annonçait ensoleillée et claire. Il lui avait fallu quelques jours pour trouver un moment propice dans son emploi du temps, mais Jake avait finalement réussi à s'organiser avec Nick pour faire le tour des îles. Il s'était brièvement arrêté chez Laurie en prenant la direction du ponton d'embarquement, et était reparti avec des cafés, un sachet de pâtisseries et un baiser suffisamment doux pour patienter toute la journée en attendant de la retrouver le soir. Il arriva près du bateau de Nick à l'heure convenue, mais ne le vit nulle part. Ne sachant s'il avait le droit de monter à bord sans autorisation, il resta sur le quai et l'appela.

—Hello ? Nick ? Tu es là, mon gars ?

—Une petite seconde !

Nick sortit la tête d'une petite ouverture carrée du pont à peine plus large que ses épaules, et s'essuya les mains sur un vieux chiffon.

—Un problème ? demanda Jake en désignant du menton les mains tachées de Nick.

—Non, non, tout va bien. J'ai simplement graissé le treuil de l'ancre.

Lançant le chiffon dans l'espace obscur derrière lui, Nick gravit l'échelle et referma la trappe. Il sourit en voyant le plateau contenant les cafés.

—Y en a-t-il un pour moi ?

—Un cappuccino avec double expresso et un trait de sirop de noisette ! Ton préféré, je crois, répondit Jake qui sourit en tendant le plateau vers Nick au moment où celui-ci s'avançait sur la passerelle. Ai-je la permission d'embarquer, capitaine ?

—Permission accordée ! s'exclama Nick qui prit le plateau puis recula pour le laisser monter. Mais je vois que tu as soutiré des informations à mon propos, non ?

La question déstabilisa Jake jusqu'à ce qu'il réalise que Nick plaisantait.

—Je me suis simplement renseigné auprès de Laurie pour connaître ta boisson préférée…

Mais il se sentit légèrement mal à l'aise en songeant que Nick n'était pas loin de la vérité. Le fait qu'il n'ait pas révélé à Laurie les véritables raisons de sa présence à Mermaids Point finissait par lui peser. Il allait devoir trouver le moyen de lui parler, et cela, le plus rapidement possible.

—Il y a des casiers dans le cockpit si tu veux poser ton sac. Je vais te montrer.

Nick traversa le pont, entraînant Jake à sa suite, et baissa légèrement la tête en entrant dans la cabine à l'avant du bateau. Des rangées de casiers étaient aménagées dans la cloison de part et d'autre. Des écrans sophistiqués disposés autour du gouvernail attirèrent l'attention de Jake, qui poussa un petit sifflement admiratif. Il ne connaissait rien à la navigation, mais savait identifier un matériel de qualité.

—Magnifique !

—Tu as des connaissances en matière de navigation ?

Comme Jake secouait la tête, Nick lui donna un cours accéléré. Il lui décrivit le rôle de chaque écran. L'assurance dont il faisait preuve prouva à Jake qu'il était entre de bonnes mains, et c'était tout ce qui importait.

Se délestant de son sac à dos, il l'ouvrit pour en sortir son appareil photo et laissa à l'intérieur sa veste imperméable, son carnet et le sandwich qu'il avait emporté, puis le rangea dans l'un des casiers. Se relevant après s'être accroupi, il vacilla légèrement et sentit que le sol n'était pas droit.

—Le bateau bouge plus que je ne l'aurais pensé, avoua-t-il en s'agrippant au bastingage.

Nick eut un petit rire.

—Un effet des marées, sans doute. Tiens, mets ça.

Il lança un gilet de sauvetage orange en direction de Jake puis passa un gilet identique et lui montra comment ajuster les cordelettes à la taille.

—Voilà une carte des îles, expliqua-t-il en déroulant le document et en le fixant sur un support à l'aide de pinces à dessin disposées à chaque angle. Nous pourrions effectuer un grand circuit autour puis nous approcher des îles les plus intéressantes.

—Cela me semble être une bonne idée. Est-ce que nous pourrions jeter l'ancre près des Seven Sisters ? J'aimerais prendre quelques photos.

Jake désigna les rochers s'étirant à l'extrémité du chapelet d'îles.

—Oui, bien sûr. Si nous avons de la chance, il y aura peut-être des phoques en train de prendre un bain de soleil sur les rochers. Mais je ne pense pas que nous verrons des sirènes, plaisanta-t-il en adressant un clin d'œil à Jake. Viens, retirons la passerelle et nous pourrons partir.

Jake souleva la passerelle et Nick la fit rouler entièrement sur le quai. Jake constata alors à quel point le bateau était proche du quai. Seuls quelques flotteurs rembourrés accrochés sur sa paroi évitaient que celui-ci ne vienne heurter le quai. Nick sauta à bord avec aisance. S'il ne pensait pas être aussi à l'aise que lui, Jake était néanmoins sûr qu'il aurait pu franchir la même distance sans trop d'effort.

—Tu n'étais pas obligé d'installer la passerelle.

Nick lui tapota légèrement le bras.

—La fierté ne compte pas sur mon bateau. J'installe la passerelle pour tout le monde, sans exception. La sécurité prime toujours.

Comprenant ses arguments, Jake s'excusa.

—Tu as raison, je suis désolé. Il serait peut-être utile que tu m'expliques exactement ce que je dois et ne dois pas faire.

Nick lui fit faire le tour du bateau.

—Tu peux t'asseoir ou rester debout partout sur le pont, mais évite de grimper quelque part pour avoir un point de vue plus élevé. Si tu veux profiter d'une vue dégagée, mets-toi là, lui expliqua Nick en le guidant vers une échelle solide en métal qui menait à une petite plateforme d'observation surmontant le cockpit. Mais si tu grimpes ici, n'oublie pas de me prévenir. Tiens-toi au bastingage quand tu te lèves de ton siège ou lorsque tu reviens t'asseoir, et reste assis quand nous nous déplaçons, ajouta-t-il en inclinant la tête en arrière et en observant le ciel. Il fera chaud tout à l'heure, mais il y a un auvent facile à installer si besoin. Est-ce que tu as mis de la crème solaire ?

Jake secoua la tête.

—Non, mais j'en ai dans mon sac.

—Il vaut mieux que tu en mettes maintenant, et que tu en remettes régulièrement. La réverbération sur l'eau accroît le risque de coups de soleil, et lorsqu'il y a du vent, il est difficile de s'en rendre compte. Un chapeau ne serait pas inutile non plus.

Il tapota son chapeau de pêcheur à larges bords, dont la couleur d'origine devait se situer entre le vert et le brun, mais s'était éclaircie. Le couvre-chef était désormais d'un gris pâle constellé de taches d'eau salée.

—J'en ai pris un aussi, répondit Jake en souriant. Je le récupérerai en même temps que la crème solaire, lorsque nous descendrons.

Il n'avait pas voulu prendre le risque que son fédora tout neuf s'envole, et avait donc acheté une casquette bon marché sur un présentoir devant la boutique du marchand de journaux.

Il regagna le poste de pilotage et se tartina de crème solaire, avant de mettre sa casquette et ses lunettes de soleil. Il s'installa ensuite à l'angle du cockpit, à l'endroit où Nick lui avait dit qu'il pouvait se tenir debout sans le gêner. Ayant détaché les amarres qui les rattachaient au quai, son guide procéda aux dernières vérifications avant le départ. Il jeta un coup d'œil vers Jake et approuva d'un signe de tête la position que le jeune homme avait prise, les deux mains posées sur le bastingage, puis fixa son attention devant lui. Il tourna la clé de contact, le moteur du bateau se mit à ronronner et ils s'éloignèrent du quai. L'embarcation n'était pas aussi bruyante que Jake l'avait imaginé, mais ils durent élever la voix pour pouvoir continuer à communiquer.

—Tiens-toi bien, lui conseilla Nick, nous allons dépasser le brise-lames et la houle sera plus forte.

Jake s'adossa davantage et écarta les pieds de façon à avoir une position plus stable. Les premières vagues heurtèrent la proue, et il en ressentit l'impact à travers ses semelles.

—Tout va bien ? lui demanda Nick sans se retourner.

—Oui !

—Parfait. Je vais bientôt pouvoir changer d'allure.

Il se mit à accélérer en douceur et régulièrement, et Jake se sentit plaqué vers l'arrière. Ils tanguèrent et roulèrent durant une minute ou deux avant de dépasser les plus grosses vagues, puis les mouvements du bateau s'apaisèrent. Nick changea de cap et se dirigea à droite vers la première île. Il ralentit jusqu'à atteindre un régime de croisière.

—Tu peux venir ici, maintenant, si tu veux, proposa-t-il à Jake en désignant l'avant du bastingage à côté de lui.

Jake desserra les doigts et les étira pour les soulager. Ceux-ci étaient douloureux parce qu'il s'était agrippé un peu trop fortement. Il se dirigea vers Nick en laissant glisser sa main gauche le long du bastingage.

Lorsqu'ils s'approchèrent de la première île, un éperon rocheux déchiqueté suffisamment haut pour projeter son ombre sur eux, ils entendirent un concert de cris aigus. Décélérant, Nick éteignit le moteur.

—Nous sommes suffisamment loin de l'île, et même si nous dérivons, il n'y a pas de risque. Suis-moi, cela vaut le coup d'œil.

S'emparant d'une paire de jumelles posée sur le tableau de bord, il conduisit Jake jusqu'à la plateforme d'observation. En levant le regard, Jake constata que le sommet des rochers était blanc. Outre les cris incessants des oiseaux marins qui tournoyaient au-dessus, d'autres cris provenaient de la paroi.

Nick observa l'île avec les jumelles, en les déplaçant pendant quelques instants, puis les tendit à Jake.

—Regarde.

Le jeune homme ôta ses lunettes de soleil, souleva les jumelles et regarda à travers. Au début, il n'aperçut qu'une masse blanche indistincte, jusqu'à ce que Nick lui dise de regarder plus haut. Des oiseaux gris et blanc couvraient presque intégralement les rochers, leurs becs jaunes dépassant de fissures ou d'anfractuosités, et certains téméraires se tenant sur des perchoirs presque inexistants. La masse blanche qu'il avait aperçue était constituée de guano s'écoulant des rochers noirs en une immonde cascade.

—En voilà une quantité d'excréments !

Nick éclata de rire.

—Estime-toi heureux que nous nous trouvions sous le vent, car tu constaterais que tu n'as jamais rien senti d'aussi horrible, je te le promets. Il m'arrive d'amener ici des bénévoles de l'association locale de protection de la faune, et je les ai même parfois accompagnés sur certaines îles pour leur donner un coup de main lorsqu'ils ne sont pas assez nombreux, et je peux t'assurer que l'odeur suffit à te donner les larmes aux yeux.

À cet instant, le vent tourna brièvement et une odeur âcre d'ammoniac et de poisson vint frapper les narines de Jake. Plaquant une main sur sa bouche, il se détourna et eut un haut-le-cœur. S'éloignant de l'autre côté du bateau, il inspira quelques bouffées d'air frais jusqu'à se sentir mieux.

—Je t'avais prévenu.

Nick posa une main sur son épaule, mais son regard goguenard ne recelait aucune sympathie.

—Bon, je vais nous emmener un peu plus loin, et nous ferons le tour, je voulais juste te donner un aperçu…

Jake resta à l'extérieur, cette fois, et s'assit sur l'une des longues banquettes bordant le pont. Tournant la tête vers la mer, il ferma les yeux pour se protéger des embruns salés soulevés par le déplacement du bateau. Il appréciait d'être en mer, et lorsque Nick les guida hors de la zone d'ombre projetée par l'île, les rayons chauds du soleil l'enveloppèrent d'une lumière dorée perceptible à travers ses paupières fermées. Il ne s'était jamais considéré comme une personne capable d'apprécier la nature, mais les quelques semaines passées sur place lui avaient fait réaliser qu'il passait à côté de beaucoup de choses en vivant dans un environnement urbain.

Le simple fait de sortir dans le patio du petit cottage pour boire sa première tasse de café de la journée et d'observer le paysage au-delà du cap lui avait permis de se découvrir une passion pour la mer. Il avait toujours aimé aller à la plage pendant ses vacances, mais à l'époque, il le faisait pour paresser et faire la sieste afin de récupérer d'une gueule de bois avant que ses amis et lui ne prennent la direction des bars et des clubs, et il adorait rester allongé sur un transat au bord de la piscine de l'hôtel dans lequel ils séjournaient.

Désormais, la plage *était* la destination en soi. Elle était synonyme de microcosme à explorer, de découvertes au fond des flaques d'eau stagnant sur les rochers, de sourires, d'échanges avec les personnes croisées lors de sa promenade matinale. Et désormais, il imaginait très bien prendre goût à la multitude de sensations que lui procurait la navigation.

Mais qu'éprouverait-il s'il se trouvait en mer lorsque le temps changerait ? Serait-il malade ? Effrayé ? Ou vivifié par les éléments qui se déchaîneraient autour de lui ? Prenant conscience qu'il ne séjournerait plus assez longtemps sur place pour répondre à cette question, il se sentit envahi par la tristesse. Apprécierait-il toujours de se promener sur la plage par temps pluvieux ou lorsqu'il y avait du vent ? Pourquoi pas, s'il pouvait ensuite trouver refuge dans son confortable et chaleureux cottage, devant la cheminée ? Mieux encore, s'il était récompensé par le doux sourire de Laurie lorsqu'elle frottait ses cheveux avec une épaisse serviette pour en éliminer le sel… Il pouvait presque sentir son corps pelotonné sur le canapé à côté de lui pendant que la pluie venait frapper les vitres à l'extérieur. Ils seraient confortablement installés devant un film et dégusteraient une soupe qu'il aurait servie dans des bols épais, accompagnée de tranches de pain frais provenant de l'épicerie fine. Il posa une main sur son front comme pour chasser ces images de son esprit. Il était inutile d'imaginer ce genre de choses. Il était venu ici pour accomplir une tâche et profiter de l'été avant de retrouver le cours de sa vie après avoir fait le plein de souvenirs heureux et, l'espérait-il, avec une histoire relativement intéressante à raconter. Il était supposé travailler, et non se contenter de faire du tourisme.

20

Regagnant le cockpit, Jake désigna l'île qui se trouvait à leur droite.

—Porte-t-elle un nom ?

Nick hocha la tête.

—C'est le cas de la plupart des îles, à l'exception des gros rochers. Celle-ci s'appelle Little Gowston, expliqua-t-il avant de désigner une plus grande île située à quelque distance derrière la première. Ce n'est pas très original, mais l'autre s'appelle Great Gowston[1], ajouta-t-il en souriant. Elle mesure moins de 800 mètres d'un bout à l'autre. Nous la verrons mieux lorsque nous serons sur le chemin du retour. Il y a des ruines à son extrémité. Selon une légende locale, il s'agissait de la demeure d'un moine ou d'un ermite. Des fouilles archéologiques ont eu lieu à cet endroit dans les années 1980. Elles ont permis de découvrir que l'endroit a été occupé dès le début du haut Moyen Âge et au cours des quatre cents années suivantes. Un livre que propose mon père dans sa boutique décrit à l'aide de photos et d'illustrations l'évolution de l'architecture sur l'île. Quant à moi,

1 Littéralement, « Petite Gostown » et « Grande Gostown ». *Gostown* peut être traduit par « terre » ou « domaine ».

je n'ai pas vu beaucoup de différences entre un tas de pierres et un autre, honnêtement.

Ils rirent.

—J'imagine qu'il faut bien donner du grain à moudre aux touristes, déclara Jake, impatient à l'idée de jeter un coup d'œil sur l'île.

Les raisons pour lesquelles quelqu'un décidait de vivre au milieu de nulle part lui échappaient. Surtout à une époque antérieure au confort moderne…

—La première île, celle des oiseaux, s'appelle Tarwick, poursuivit Nick. Tout comme Dunstone et Ninforth, les deux dernières îles les plus proches des Seven Sisters, elle constitue un sanctuaire pour la faune. La plupart des oiseaux qui nichent ici viennent régulièrement, mais il arrive que nous ayons un couple d'une espèce plus rare, et dans ce cas, nous avons la visite de nombreux ornithologues amateurs.

—Sur combien d'îles est-il possible d'accoster en bateau ?

Nick haussa une épaule.

—Avec un bateau suffisamment petit et assez d'expérience, il est possible de se rendre sur toutes les îles. Mais la plupart d'entre elles n'ont guère d'intérêt, même si elles comportent beaucoup de criques et de grottes où s'installaient, à l'époque, de nombreux contrebandiers. Ils apportaient leur butin sur les îles puis le transféraient dans les grottes situées sous le cap.

—Il y a des grottes sous le cap ? s'étonna Jake. Où cela ?

—Toute la côte en est truffée. Il y en a même sous ton cottage. Nous ne les signalons pas, car elles peuvent constituer un piège lorsque la marée monte. Après plusieurs incidents et accidents, la mairie a installé une barrière et des panneaux de mise en garde. Heureusement, la plupart des touristes qui se dirigent de ce côté ne vont pas plus loin. Depuis, il n'y a plus de problème, précisa Nick. Je touche du bois, dit-il en tapotant son front.

Jake songea au trajet qu'il accomplissait quotidiennement le long de la falaise depuis son cottage. Lorsqu'il parvenait en bas, il tournait toujours à gauche vers le village et la partie la plus longue de la plage. Pour rentrer, il empruntait le même itinéraire, l'escalier qui menait hors de la plage permettant d'accéder au sentier de la falaise. À son souvenir, la zone de la plage qui s'étendait au-delà de l'escalier était couverte de buissons rabougris et de rochers et n'était pas très engageante.

—Je ne me souviens pas avoir vu de barrière…

—C'est assez normal. La mairie avait décidé de laisser l'extrémité de la plage devenir sauvage. Il faut continuer un peu au-delà des escaliers pour atteindre la barrière. Certaines personnes y promènent leur chien, mais ce n'est pas l'endroit idéal pour prendre un bain de soleil. Nous nous sommes beaucoup amusés à explorer l'endroit lorsque nous étions enfants, mais nous connaissions et respections les horaires des marées. Lorsqu'on grandit près de la mer, il est impossible de ne pas être conscient de ses dangers. Mais ce n'est pas le cas des vacanciers, et il nous arrive souvent de secourir un imprudent qui se promène sur un canot pneumatique et est entraîné au large par le courant, ou bien des kayakistes épuisés qui n'arrivent pas à regagner la côte.

L'expression de Nick s'assombrit.

—Une fois, plusieurs membres d'une même famille sont partis randonner et n'ont pas pu continuer parce que le père est tombé et s'est blessé à la jambe. Ils se sont réfugiés dans une grotte, mais n'ont pas réalisé que l'eau pouvait l'envahir entièrement à marée haute. Nous n'étions pas certains que le canot de sauvetage arriverait à temps, et les enfants étaient déjà en hypothermie parce qu'ils avaient séjourné longtemps dans l'eau froide, expliqua-t-il en levant les yeux vers Jake, tandis qu'un éclat de tristesse inhabituel passait dans son regard. Nous avons frôlé la catastrophe, et pas uniquement en ce qui les concerne. Une histoire comme celle-ci peut détruire la réputation d'une station balnéaire telle que la nôtre. C'est pourquoi nous avons installé une barrière quelques semaines après l'incident.

Le regard brusquement empreint de gravité, Nick apparut bien différent du jeune homme plein d'humour dont Jake avait fait la connaissance récemment. Il comprit que celui-ci éprouvait un profond attachement pour son lieu de vie et son village. Il avait conscience de sa propre identité, connaissait sa région et ses habitants, et était fier de son héritage.

Jake se sentit envahi par une sensation désagréable, qu'il identifia quelques instants plus tard comme de la jalousie. Quant à lui, il n'avait rien : ni racines, ni histoire familiale à laquelle se raccrocher. Il avait tout abandonné en quittant son foyer. Contrairement à l'homme qui était devant lui, il n'était pas issu de plusieurs générations dont il pouvait être fier, car il ne connaissait pas les siens. Il n'avait jamais rencontré la famille de son père, et les vacances d'été brèves et joyeuses qu'il passait chez ses grands-parents maternels avaient pris fin avant qu'il ne soit suffisamment vieux pour apprendre à mieux les connaître et à s'intéresser à leur histoire.

À une ou deux reprises, il avait envisagé d'effectuer des recherches généalogiques, mais se demandait ce que cela lui aurait apporté. Il n'aurait obtenu que des noms. Personne n'avait jamais évoqué de souvenirs devant lui, ni aucune anecdote ou histoire susceptible de donner vie à ces noms. Submergé par le vide de son existence, Jake s'agrippa au bastingage, alors que le pont du bateau était presque immobile.

Il n'avait pour ainsi dire pas de famille. Il était seul, et l'avait toujours été. La seule personne à laquelle il avait le sentiment d'être lié était Laurie, mais que savait-elle à son propos ? Elle pensait qu'il était écrivain et vivait de sa plume. Cependant, les seules histoires qu'il avait imaginées étaient celles qu'il lui avait racontées pour justifier sa présence ici.

Que penserait-elle de lui s'il lui révélait la vérité ? L'accepterait-elle, ou lui claquerait-elle la porte au nez ? Il ne pourrait pas lui en vouloir si c'était le cas. Dissimuler la vérité lorsque l'on enquêtait sur une histoire était une chose, mais c'en était une autre de mentir délibérément à une personne à laquelle on tenait. Une vague fit tanguer le bateau et le cockpit lui parut soudain un peu trop étroit. Tout en se tenant, Jake sortit sur le pont et inspira profondément à plusieurs reprises.

—Ça va, mon gars ?

Nick posa avec douceur une main sur son épaule, et Jake se sentit contraint de lui répondre, même s'il n'en avait pas la moindre envie.

—J'avais juste besoin d'un peu d'air, dit-il, alors qu'il doutait du fait que les soubresauts de son estomac soient liés au déplacement du bateau. Ça ira mieux dans une minute.

Nick lui tendit une canette de Coca-Cola avant de lui donner une tape amicale sur l'épaule.

—Bois, tu te sentiras mieux. Regarde l'horizon. Nous pouvons faire demi-tour si tu veux…

Ils n'étaient pas encore parvenus près des rochers sur lesquels la sirène avait été aperçue, mais cela lui était égal. Il éprouvait le besoin de descendre du bateau et de rentrer… Mais où ? Il souleva la languette de la canette et avala plusieurs gorgées de la boisson. Les bulles glacées lui piquèrent presque la gorge, puis une sensation de fraîcheur se répandit dans son estomac. La sensation nauséeuse qu'il éprouvait s'apaisa. Il était peut-être temps qu'il cesse de se protéger de son passé et qu'il aille de l'avant. Il avait rendez-vous avec Laurie un peu plus tard, et pourrait lui révéler les véritables raisons de sa présence à Mermaids Point. La suite dépendrait de la réaction de la jeune femme. Et ensuite ? Il poussa un long soupir. Il aurait de nombreuses décisions à prendre, mais procéderait par étapes.

***

Tandis qu'ils approchaient du port, Jake se sentit davantage maître de lui-même, et n'éprouva pas la moindre honte. Quant à Nick, il semblait prendre tout cela avec philosophie, étant manifestement habitué aux passagers qui avaient le mal de mer. Jake s'était senti incapable de fournir une autre explication, ce qui l'avait conduit à mentir une fois de plus, mais il ne s'était pas résolu à avouer à Nick une vérité qu'il devait d'abord à Laurie, et que celle-ci devait entendre de sa bouche. Il avait récupéré son sac à dos dans le casier et s'était de nouveau installé dans l'angle du cockpit pour être certain de ne pas gêner Nick dans ses manœuvres pour regagner le petit port.

—Bon Dieu, que se passe-t-il ?

Nick ralentit le bateau au moment où ils entraient dans le port et désigna du doigt un bloc-notes suspendu à un crochet sur le mur de la cabine.

—Je suis sûr que nous n'avons pas d'autre réservation pour aujourd'hui, mais pourrais-tu vérifier ?

Jake s'empara du bloc-notes. Il comportait une sorte de calendrier sur lequel chaque journée était divisée en deux colonnes, une pour chacun des deux bateaux gérés par Nick et son oncle.

—Tony est de sortie toute la journée pour une partie de pêche, et mon nom est inscrit sur ton emploi du temps de la matinée. Tu n'as rien de prévu pour l'après-midi.

Nick hocha la tête.

—Je ne savais pas combien de temps prendrait notre visite des îles, dit-il tout en observant un groupe de personnes rassemblées sur le quai à côté de la petite cabane blanche qui servait de guichet de réservation. Je me demande ce que ces gens veulent, alors…

Jake jeta un nouveau coup d'œil au bloc-notes.

—Tu as un groupe d'observateurs de la faune demain. Il y a peut-être eu une erreur de date ?

—Peut-être, répondit Nick, que cette hypothèse ne semblait pas enchanter.

Le téléphone de Jake se mit à vibrer, et la vibration se répéta quelques instants plus tard. Le téléphone de Nick vibra également peu de temps après. Jake posa le bloc-notes sur le panneau incliné devant lui et sortit son téléphone de sa poche. Incrédule, il vit que l'écran verrouillé débordait d'alertes et de messages. Une seconde vidéo de la sirène avait été postée sur les réseaux sociaux et était en train de devenir virale, ce qui expliquait pourquoi toutes les alertes qu'il avait mises en place lors de ses recherches avaient été activées. Alors qu'il se trouvait tout près du site, il s'était laissé perturber par son passé familial au lieu de se concentrer sur sa tâche.

Furieux contre lui-même, il tourna son téléphone vers Nick.

—Quelqu'un a de nouveau filmé cette maudite sirène, et nous l'avons ratée !

—Attends, tu plaisantes ?

Nick éteignit le moteur, laissa le bateau tanguer librement à une bonne centaine de mètres du dock et sortit son propre téléphone dont il fit défiler l'écran.

—Je ne peux pas le croire…, marmonna-t-il, l'air presque aussi abattu que Jake.

—Tu penses que nous devrions retourner sur place ?

Il n'espérait plus voir la sirène, mais ils auraient peut-être l'occasion de découvrir qui était derrière tout cela, ou d'apercevoir le bateau utilisé pour se rendre sur le site.

—Pas la peine. La vidéo n'a pas été tournée sur l'une des îles.

L'assurance avec laquelle Nick avait prononcé cette phrase alerta Jake, qui se mit à réfléchir à toute vitesse. Selon lui, quelqu'un du coin devait avoir élaboré cette mise en scène, et en discutant avec Nick lors de leur excursion interrompue près des îles, il avait compris que ce dernier en connaissait chaque coin et recoin. Parfois, tout concorde.

—Comment le sais-tu ?

Jake s'était efforcé d'adopter un ton désinvolte, pour ne pas avoir l'air de le soupçonner.

Nick tourna l'écran de son téléphone vers Jake. Il avait affiché la dernière vidéo de la sirène, qu'il avait mise sur pause. La créature était assise sur une saillie rocheuse au bord d'une vaste grotte, les bras levés au-dessus de la tête.

—Tu vois la grotte derrière elle ? demanda-t-il en tapotant la zone plus sombre en arrière-plan de l'image. Il s'agit de l'une des grottes situées sous le cap dont je te parlais tout à l'heure.

Il remit la vidéo en route. Lorsque celle-ci recommença à défiler, Jake fit de son mieux pour se concentrer, non sur cette sirène factice, mais sur l'arrière-plan. La vidéo n'était pas de très bonne qualité, comme si elle avait été réalisée avec un téléphone portable, avec le zoom maximal. D'après l'angle de vue, la personne qui filmait la scène devait se tenir en hauteur par rapport à la sirène. Vers la fin de la vidéo, la caméra s'inclina vers le haut, montrant un vaste pan de rocher au-dessus de la grotte et un bref aperçu du ciel avant que l'écran ne devienne noir. Jake releva la tête et croisa le regard irrité de Nick.

—Tu es certain que l'endroit est situé sous le cap ?

—Je ne connais aucun autre endroit où il y a une grotte de cette dimension. Ces crétins ont de la chance que personne n'ait glissé et ne soit tombé ! aboya Nick.

Il y avait une telle colère dans son ton que Jake se mit finalement à douter qu'il soit impliqué.

—Attends, tu ne m'as pas dit que l'accès à cette partie de la plage était fermé ?

Nick se frotta l'arrière de la nuque d'une main.

—Pas totalement. Il a fallu faire un compromis entre la préservation du paysage et le fait de décourager les gens de se rendre à cet endroit. Il y a quelques panneaux de mise en garde, expliqua-t-il, tandis qu'un sillon se creusait entre ses sourcils. C'est peut-être pour cela qu'ils ont choisi cet endroit. Ils ont dû penser que personne ne risquait de les surprendre…

—Tu n'as donc pas avalé l'histoire de la sirène ? demanda Jake sur le ton de la plaisanterie pour dérider le jeune homme.

Nick eut un petit rire.

—Pas vraiment ! répondit-il en poussant un soupir. Comme tout le monde ici, j'ai été content du coup de pouce que cette histoire nous a donné, mais si ces imbéciles prennent des risques, cela pourrait se révéler pire que mieux.

—Qu'est-ce que tu vas faire, à propos des gens qui attendent ? demanda Jake en désignant d'un signe de tête le groupe qui se trouvait sur le dock.

—Je vais les emmener faire un tour, leur raconter quelques histoires et les laisser prendre une tonne de *selfies*. La plupart ne feront pas la différence entre une grotte et une autre.

À ces mots, il saisit la radio placée juste au-dessus de sa tête et fit un compte rendu laconique de la situation à son oncle. Puis redémarrant le moteur, il tendit la main vers l'accélérateur avant de se tourner vers Jake et de le regarder dans les yeux.

—Je compte sur toi pour ne pas répéter ce que je viens de te dire !

Jake déglutit, car il n'était pas certain de pouvoir tenir cette promesse, et hésita quant à la réponse à donner à Nick.

—Je ne soufflerai pas un mot à propos de l'endroit de la dernière vidéo !

Il se dit que cette réponse pourrait fonctionner ; il avait encore beaucoup de recherches à effectuer pour découvrir ce qui se tramait. De plus, il n'avait en aucun cas promis de ne rien révéler par écrit, ni d'éviter d'aller lui-même farfouiller dans les rochers. Faisant abstraction du goût amer qu'il avait dans l'arrière-gorge, il remit son sac à dos sur ses épaules et se renfonça dans l'angle, laissant Nick les mener adroitement vers le dock.

21

Le vendredi soir, lorsque Laurie eut refermé la porte derrière le dernier de ses clients, elle était si épuisée qu'elle décida de prendre un bain chaud avant de s'écrouler la tête la première sur son lit. Les journées précédentes avaient été bien remplies, car la vidéo de la dernière sirène avait attiré des hordes de visiteurs. Et en plus des curieux, plusieurs équipes de tournage de la télévision s'étaient installées dans le village, investissant les trottoirs. Elles représentaient une véritable nuisance en soi. Et le week-end allait sans doute être encore pire…

Elle n'avait presque pas vu Jake depuis le mardi précédent, au cours duquel il avait embarqué avec Nick pour une excursion dans les îles. Le café était si fréquenté qu'il n'aurait pu disposer d'un coin tranquille pour travailler, et il n'avait pas voulu occuper une table susceptible d'être occupée par des clients qui auraient consommé davantage. Elle avait apprécié sa prévenance, mais le fait de ne pas croiser son regard chaque fois qu'elle levait les yeux lui manquait.

Il était passé la veille pour prendre un café à emporter, et l'avait embrassée à une ou deux reprises, mais il semblait ailleurs, comme préoccupé. Lorsqu'elle lui avait demandé si tout allait bien, il avait repoussé la question d'un geste de la main, en lui disant qu'il était occupé par son livre et qu'il avait du mal à se concentrer sur autre chose. Il paraissait sincère, mais son comportement lui avait paru étrange, sans qu'elle ne comprenne pourquoi. Elle avait espéré que l'intimité qu'ils avaient ressentie au cours de cette soirée dans le cottage se renforcerait, mais pour l'instant, leur relation stagnait. Elle se dit qu'elle devait faire l'effort de lui consacrer plus de temps pour consolider les choses. Elle attendrait d'être un peu moins fatiguée.

Un coup frappé à la porte lui tira un juron. Elle avait déjà fermé une heure plus tard qu'à l'accoutumée, mais cela n'empêchait pas certains clients d'ignorer le panneau « FERMÉ » et de tenter leur chance. Elle fut tentée de ne pas répondre, mais les lumières étaient encore allumées et sans doute visibles au bas des stores.

—Désolée, nous sommes fermés, s'écria-t-elle. Vous pouvez dîner au pub, et il y a une boutique de *fish and chips* à emporter dans la rue principale.

Cela suffirait sans doute à convaincre la personne qui avait frappé de tenter sa chance ailleurs.

—Si tu en as envie, nous pouvons y aller ! s'exclama une voix familière qui lui procura un frisson de bonheur. Mais j'ai pensé que tu préférerais peut-être des plats maison !

Laurie tourna le verrou et ouvrit la porte à toute volée, si bien que la cloche qui la surmontait oscilla comme si elle allait tomber de son support. Jake se tenait sur le seuil, une main enfoncée dans la poche avant de son jean gris foncé, qu'il avait assorti à un t-shirt kaki. De l'autre main, il tenait un petit sac de voyage rouge qui sembla curieusement familier à Laurie.

— Qu'est-ce que tu as là ?

Il haussa une épaule avec nonchalance, une lueur espiègle dans les yeux.

— Quelques petites choses que ta mère m'a passées. Je viens de les récupérer juste à côté…

—Ma *mère* ?

Elle se serait plutôt attendue à ce qu'il se confie à Nick, quels que soient ses projets, mais qu'il ait contacté sa mère lui sembla prématuré. Elle rougit, se demandant ce que cela pouvait bien impliquer. Elle avait une relation très ouverte et très honnête avec ses parents, qui la traitaient en adulte, ce qu'elle était, mais ils n'étaient pas obligés de tout savoir en ce qui concernait sa vie privée…

Jake lui adressa un sourire enjôleur.

—J'ai pensé qu'elle était la mieux placée pour connaître tes tenues préférées. Il y a quelques objets de toilette et des vêtements confortables pour que tu puisses te changer ce soir, expliqua-t-il avant de prendre une expression plus sérieuse et de passer les doigts dans la frange en désordre de la jeune femme. Tu as l'air épuisée, mon cœur. Je voulais simplement t'offrir un moment de détente et te dorloter un peu avant que tu n'affrontes les nuées de touristes du week-end.

Elle le fixa, tentant de deviner ses intentions, mais elle ne décela rien d'autre sur son visage qu'une expression de sincérité.

—J'espère que ce n'est pas un plan infâme pour me mettre dans ton lit ?

Il écarquilla les yeux et prit avec exagération un air innocent en posant une main sur son cœur.

—C'est vraiment ce que tu penses de moi ?

Croisant les bras, elle souleva un sourcil, réprimant un sourire. Il était trop irrésistible pour être honnête.

—L'unique projet que j'avais pour ce soir était de te faire couler un bain chaud avec ton huile à la rose préférée, de te laisser en profiter un moment, puis de venir te laver et te sécher les cheveux…

Il se rapprocha, passa ses bras autour de sa taille et l'attira vers lui. L'idée que ses doigts vigoureux, qui pour l'instant étaient posés sur son dos, puissent remonter en direction de son cuir chevelu douloureux pour le masser ravit la jeune femme.

Il se pencha davantage vers elle et baissa la voix pour murmurer à son oreille.

—Puis je te servirai des lasagnes aux épinards, aux pignons de pin et au fromage de chèvre.

Ses lèvres caressèrent sa peau et elle sentit qu'il esquissait un sourire en évoquant l'un de ses plats préférés. Le fait de savoir qu'il s'était plié en quatre pour organiser la soirée en fonction de ses goûts la fit fondre.

—Et ensuite, je te laisserai regarder le programme télévisé de ton choix pendant que je te masserai les pieds avec un baume à la menthe.

Elle étouffa un soupir ravi avant de répondre.

—Et c'est tout ?

Elle tenta de feindre l'indifférence, mais sa respiration était un peu trop précipitée à son goût. Au lieu de lui répondre, Jake se mit à embrasser délicatement son oreille, sa tempe, puis sa joue, jusqu'à ce que ses lèvres atteignent le coin des siennes.

—Ensuite, je te ramènerai chez toi…

Il pressa la lèvre inférieure de Laurie entre les siennes et l'embrassa doucement. Elle tremblait presque.

Manifestement conscient de l'effet qu'il avait sur elle, il leva la tête pour croiser son regard. Son air fiévreux fit comprendre à Laurie qu'elle n'était pas la seule à éprouver du désir.

—… Ou pas, comme tu préfères.

Elle savait très bien ce dont elle avait envie, et si elle n'avait pas été en nage et sale parce qu'elle avait travaillé comme une forcenée toute la journée, elle l'aurait peut-être entraîné à l'intérieur et aurait purement et simplement brûlé les étapes en oubliant tout ce qu'il avait prévu. Mais se rouler sur le carrelage froid du café ne correspondait pas vraiment à la manière dont elle envisageait leur première fois. Et d'ailleurs…

—Attends, je dois d'abord remettre de l'ordre dans tout ça.

Elle devait s'occuper du café.

—Laisse tomber, lui conseilla-t-il avant de lui voler un autre baiser enfiévré et plein d'ardeur. Nous reviendrons de bonne heure et nous rangerons avant l'ouverture.

Elle parcourut la salle des yeux. En dehors de deux tasses et de deux assiettes, tout avait déjà été entreposé dans le lave-vaisselle. Un peu plus tôt, elle avait rangé l'arrière-cuisine et nettoyé le comptoir et les tables inoccupées en espérant que ses derniers clients comprendraient qu'elle allait bientôt fermer. Le sol aurait eu besoin d'un coup de serpillière, et il y avait deux ou trois petites choses qu'elle aurait aimé faire pour prendre de l'avance, mais cela pouvait attendre.

—Marché conclu !

Saisissant la vaisselle sale, elle se précipita dans l'arrière-cuisine, déposa assiettes et tasses dans le lave-vaisselle et mit l'appareil en route, avant de rejoindre Jake en un éclair, son sac à main sur l'épaule.

***

Quarante minutes plus tard, Laurie était plongée dans un bain parfumé aux huiles essentielles et enfouie sous une mousse qui la recouvrait des orteils au menton. Jake avait replié une serviette pour qu'elle y appuie sa tête et avait allumé plusieurs bougies qui projetaient des lueurs dorées et vacillantes dans la pièce à l'éclairage tamisé. Il avait posé à proximité son téléphone dont s'échappaient les sons d'une *playlist* de relaxation. Jake avait créé une ambiance douce et féminine, à laquelle elle ne se serait pas attendue de la part d'un homme tel que lui. La chaleur de l'eau se répandait dans ses membres et soulageait ses douleurs physiques, et les senteurs de rose et de lavande associées à l'éclairage doux et à la musique apaisante dissipaient le stress de sa journée. Ses paupières se refermèrent. Si Jake Smith voulait la séduire, il s'y prenait de la bonne manière.

Un léger coup frappé à la porte la fit émerger ; elle n'avait pas complètement sombré dans le sommeil, mais il s'en était fallu de peu. Jake ouvrit la porte et sourit en la voyant enfouie dans la mousse jusqu'aux oreilles, arborant une mine détendue.

—Tout va bien ?

—Tout est parfait. Tu vas peut-être devoir me servir à dîner ici, car je crois que je ne vais plus réussir à bouger.

Il rit, visiblement heureux qu'elle apprécie autant le fait qu'il prenne soin d'elle.

—Tu vas être ridée comme un pruneau, si tu restes trop longtemps dans l'eau.

—Ça ne fait rien, murmura-t-elle, tout en levant les doigts de l'une de ses mains pour les inspecter, et constatant que sa peau commençait à être fripée. Tu m'accordes encore cinq minutes ?

—Prends ton temps. Veux-tu que je te lave les cheveux ?

Il fit un pas dans la pièce, puis s'arrêta.

Il s'agirait d'une nouvelle étape dans leur intimité. Le fait qu'elle soit allongée dans la baignoire modifiait le point de vue qu'elle avait sur lui, et il paraissait beaucoup plus grand, beaucoup plus masculin, dans cette pièce empreinte de douceur. Il était habillé, et elle était nue sous les bulles iridescentes qui masquaient son corps. Elle était sur le point de refuser, par pudeur, puis changea d'avis.

—Je veux bien.

En s'efforçant de ne pas déranger la mousse, Laurie s'assit et se pencha en avant pour s'approcher du pommeau de douche accroché sur un support entre les robinets. Elle leva la main pour ôter l'élastique qui retenait ses cheveux, mais Jake l'avait devancée, et elle laissa son bras retomber dans l'eau, s'abandonnant à ses soins.

Il parlait peu ; il murmurait une question de temps à autre à propos de la température de l'eau, ou lui demandait d'incliner la tête un peu plus, entièrement concentré sur sa tâche. Il exerçait une pression plus forte avec ses doigts que lorsqu'elle se lavait elle-même les cheveux, mais cela lui sembla très agréable, en particulier lorsqu'il glissa ses mains enduites de shampoing pour pétrir les muscles tendus de sa nuque.

Elle laissa échapper un soupir de satisfaction et il rit doucement avant d'appliquer un long baiser humide sur son épaule.

—Tu aimes ?

—Ouiiiii, répondit-elle, incapable de penser à autre chose qu'aux sensations agréables que ses lèvres chaudes avaient provoquées en elle.

Son rire heureux résonna agréablement à son oreille.

—Maintenant, rinçons tes cheveux.

—D'accord, dit-elle, se préparant à ce que ce moment agréable prenne fin.

Non parce qu'elle n'avait plus envie qu'il lui touche les cheveux, mais parce qu'elle avait envie que ses mains parcourent d'autres endroits de son corps.

Comme s'il avait senti son désir, ou peut-être parce qu'il en éprouvait lui aussi, Jake rinça rapidement les cheveux de Laurie, abandonnant les gestes mesurés qu'il avait eus précédemment. Sans faire preuve de brusquerie, il s'empressa de terminer, et elle sentit que son cœur se mettait à battre la chamade. Au moment où il éteignit les robinets, elle souleva la bonde et se leva, prête à se blottir dans ses bras tandis qu'il attrapait un drap de bain sur une étagère. Une serviette chaude l'enveloppa et il la souleva hors de la baignoire.

—Sèche-toi, dit-il laconiquement, comme s'il se sentait incapable de le faire lui-même. Je vais aller éteindre le four.

Elle passa la serviette sur son corps, sans se soucier des endroits qu'elle oubliait. La serviette à mains qui lui avait servi d'oreiller avait glissé au sol et elle s'en servit pour éponger ses cheveux.

—Suis-moi.

Jake était de retour dans la salle de bains. Il lui prit la main, l'entraîna hors de la pièce puis dans le couloir jusqu'à sa chambre. Sur la table de chevet, une petite lampe projetait un demi-cercle de lumière sur le lit, ce qui leur permit de s'orienter. Le reste de la chambre était dans l'obscurité. Lorsque Jake s'arrêta et se tourna vers elle, Laurie posa ses mains sur lui et éprouva le besoin impérieux de sortir le bas du t-shirt de Jake de son jean. Il fit passer le vêtement par-dessus sa tête et le jeta derrière lui, dans un coin sombre, avant de se pencher vers Laurie pour l'embrasser.

Il y avait de la sauvagerie dans ce baiser, un désir pressant. Ses lèvres vinrent à la rencontre de la bouche de Laurie au moment où il inversa leur position pour qu'elle s'allonge sur le lit. La serviette se glissa entre eux, formant une boule inconfortable. Jake marmonna un juron tout en embrassant Laurie, ce qui la fit rire et accrut son désir. Il décolla son corps du sien et projeta la serviette au loin avec force, ce qui fit légèrement rebondir Laurie sur le matelas. Jake était allongé sur elle, et son visage était dans l'ombre, alors que le corps nu de Laurie était éclairé par la lampe.

—Tu es si belle…

La passion qu'il y avait dans la voix du jeune homme était à la hauteur du désir qu'elle ressentait.

—Je te veux, confessa-t-elle. Maintenant, tout de suite. Je te veux en moi, Jake.

Il commença à baisser son jean et son caleçon, marmonna de nouveau parce qu'il avait oublié d'enlever ses chaussures et se retrouva nu – *enfin !*... Laurie ouvrit les bras pour l'accueillir lorsqu'il revint sur le lit.

—Laurie…

Il avait prononcé son prénom d'un ton impatient, faisant écho à ses propres sentiments.

—Je suis là, Jake.

Et soudain, il n'y eut plus de mots entre eux, et ils exprimèrent par des gestes lents et tendres la passion dévorante qu'ils ressentaient jusqu'à ce que le monde disparaisse et qu'il n'y ait plus qu'elle et lui.

***

Ils auraient pu rester au lit toute la nuit si l'estomac de Laurie n'avait commencé à émettre des grognements. Ignorant ses protestations, Jake l'avait entraînée jusqu'à la douche. Ayant passé la tenue confortable que sa mère avait rangée dans son sac, un pantalon de yoga et un t-shirt, Laurie s'efforça de démêler ses cheveux avec un peigne.

—Je t'ai mise dans un état…

Jake s'éloigna du four où il venait de vérifier le degré de cuisson des lasagnes et s'approcha d'elle avant de saisir le peigne.

—Je peux le faire moi-même, protesta-t-elle sans conviction, car elle commençait à prendre goût au contact de ses mains.

—Chuuut, cela faisait partie de ma liste, souviens-toi.

Laurie s'immobilisa sur sa chaise et se raidit, s'attendant à sentir une tension sur son cuir chevelu, mais ce ne fut pas le cas. Jake avait commencé par l'extrémité de ses mèches, démêlant les nœuds qui s'y étaient formés pendant leur étreinte. Tout comme il l'avait fait précédemment lorsqu'elle était dans son bain, il se concentra entièrement sur sa tâche jusqu'à ce que, enfin satisfait, il lui tende le peigne. Même si elle ne pouvait rien faire contre les ondulations indisciplinées que sa chevelure avait formées en séchant, elle sentit que celle-ci était lisse et soyeuse lorsqu'elle passa sa main dessus avant de l'enrouler en un chignon lâche sur le sommet de sa tête.

—Merci.

—Je t'en prie, répondit Jake en déposant un baiser sur sa nuque, éveillant de nouveau chez Laurie les sensations qu'elle avait eues lorsqu'il l'avait embrassée de cette manière, au moment où ils avaient dansé ensemble sur un rythme lent et paisible. Mais cela n'égalait pas l'intensité du moment où ils avaient passionnément fait l'amour. Lorsqu'elle poussa un soupir, il rit et détacha en douceur son chignon.

—Mangeons d'abord.

Elle aurait pu protester, mais l'odeur des lasagnes en train de réchauffer dans le four était divine. Penchant la tête en arrière, elle le regarda dans les yeux.

—D'accord.

Jake se pencha et embrassa le bout de son nez.

—Est-ce que tu as envie d'un verre de vin ?

Elle fut tentée, mais une longue journée l'attendait le lendemain.

—Un verre d'eau sera très bien.

Il lui pressa légèrement les épaules puis se dirigea vers le réfrigérateur et en sortit une grande bouteille d'eau pétillante.

—Cela ira ?

—C'est parfait.

Vingt minutes plus tard, elle avait le ventre plein à craquer. Elle n'avait pas réellement éprouvé le besoin de reprendre des lasagnes, mais celles-ci étaient si délicieuses qu'elle n'avait pu refuser, car elle avait fonctionné « à vide » la semaine passée, avalant des repas plus succincts que réellement nourrissants. La soirée avait été merveilleuse, et pas uniquement parce qu'elle avait vécu le plus beau moment de sexe de sa vie, mais celui-ci resterait à jamais gravé dans ses souvenirs.

De la vaisselle et des verres sales encombraient la table, et son ventre plein l'incitait à la paresse, mais elle eut mauvaise conscience et se leva.

—Tu n'es pas obligée de débarrasser, protesta Jake en se levant de sa chaise. C'est moi qui m'occupe de toi, ce soir.

—Chut ! lui ordonna-t-elle en posant une main sur son épaule pour l'obliger à se rasseoir avant de l'enlacer. Tu en as déjà fait assez, et c'est ma manière de te remercier.

Jake enserra les mains de Laurie dans l'une des siennes et les appliqua contre sa poitrine.

—Tu ne m'en veux pas de t'avoir kidnappée, alors ?

Laurie sourit.

—Pas du tout. Et d'ailleurs, je t'invite à recommencer dès que tu en as envie.

Débarrasser et remplir le lave-vaisselle ne lui prit pas beaucoup de temps. Mais même si elle lui avait dit de rester assis, rester inoccupé ne faisait apparemment pas partie des habitudes de Jake. Il se leva pour préparer un thé. Laurie essuya la partie de la table sur laquelle ils avaient dîné avec un chiffon humide. Puis, remarquant qu'il y avait un peu de poussière de l'autre côté, elle nettoya également le reste, empila quelques papiers disséminés et souleva l'ordinateur portable de Jake pour nettoyer au-dessous.

—Est-ce que l'écriture de ton livre se passe bien ?

Comme il n'avait pas fréquenté le café récemment, elle ne lui avait pas posé la question depuis un certain temps.

—Ça va.

—*Ça va ?* demanda-t-elle en levant un sourcil lorsqu'elle passa devant lui pour revenir vers l'évier et rincer son chiffon à l'eau bouillante. C'est tout ?

Lorsqu'elle se retourna vers lui, il avait le dos tourné et inspectait les tasses dans lesquelles il avait plongé des sachets de thé moins de deux minutes auparavant.

—Que veux-tu que je te dise ?

Ouh là, il était sur la défensive. Ayant l'impression qu'elle avait commis une erreur sans savoir pourquoi,

Laurie se mit à essuyer l'évier et le plan de travail. Elle l'avait déjà fait, mais il restait quelques éclaboussures. Elle se mit à réfléchir. Ils n'avaient pas réellement parlé de la manière dont son travail avançait. Peut-être souffrait-il du syndrome de la page blanche ? C'était peut-être la véritable raison pour laquelle il ne venait plus travailler au café, en prétextant qu'il y avait trop de monde.

Elle resta immobile devant l'évier et replia le chiffon tout en retournant le problème dans sa tête. Serait-il utile d'en parler avec lui, pour trouver éventuellement une solution, quel que soit son problème ? Ou bien cela empirerait-il les choses ? Elle avait compris qu'il ne se confiait pas facilement. La conversation qu'ils avaient eue à propos de ses parents avait été difficile, et pas uniquement parce qu'apprendre la manière dont il avait été traité l'avait horrifiée. Jake avait eu beaucoup de mal à se confier et s'était interrompu à plusieurs reprises. Elle avait, quant à elle, grandi dans une famille soudée, mais lui avait été négligé et ignoré. Comme personne ne lui avait manifesté d'intérêt pendant son enfance, sa difficulté à se confier était devenue une seconde nature. Et comme il n'avait toujours pu compter que sur lui-même, il ne lui venait pas à l'idée de demander de l'aide.

Elle se plaça derrière lui, passa les bras autour de sa taille et l'embrassa doucement entre ses épaules, qui étaient contractées.

—Je ne veux pas être indiscrète. Si tu ne veux pas me parler de ton livre, cela ne me gêne pas.

Jake se retourna vers elle et l'enlaça à son tour pour l'attirer contre lui.

—Il ne s'agit pas d'une situation dans laquelle tu pourrais m'aider, il faut que je règle cela moi-même.

Penchant la tête en arrière de façon à croiser son regard, elle lui sourit.

—Je n'insisterai pas, mais si tu as besoin d'en parler, je suis là.

Il appuya son front contre le sien.

—Je sais. Donne-moi encore quelques jours pour mettre de l'ordre dans tout ça, puis je te dirai tout, je te le promets.

Il se redressa et relâcha son étreinte, et elle fit de même. Lorsqu'il se retourna pour finir de s'occuper du thé, elle vit une ombre passer dans ses yeux, et brièvement, elle eut l'impression qu'il devenait plus distant.

Mais quand il lui tendit un mug quelques instants plus tard, elle eut le sentiment de revoir *son* Jake, arborant son sourire coquin habituel, annonciateur de toutes sortes d'interdits délicieux. Elle se dit que la lumière avait dû lui jouer des tours, et elle prit la main qu'il lui tendait puis le suivit de nouveau vers la chambre. Quoi de plus naturel ?

22

Le lundi matin suivant, Jake faillit empaqueter ses affaires et rentrer chez lui. Malade à l'idée de fixer l'écran vide de son ordinateur portable, il le rabattit et se dirigea d'un pas lourd vers le jardin. Un peu d'air frais l'aiderait à avoir les idées plus claires. À cet instant, la sonnerie de son téléphone portable retentit. Mac. Encore lui. Jake rejeta l'appel. Cela faisait quelques jours qu'il ne répondait plus aux appels de son rédacteur en chef, se contentant de lui envoyer de brefs messages disant qu'il lui donnerait des nouvelles bientôt. Le vieil homme, s'ils se parlaient, devinerait aussitôt qu'il lui cachait quelque chose. Il savait en outre ce que Mac penserait de sa liaison avec une femme susceptible de jouer un rôle dans cette histoire. Nick avait eu l'air déconcerté en découvrant la dernière vidéo, mais Jake ne l'avait pas pour autant rayé de la liste des auteurs potentiels du canular. Quel imbroglio !

Il alla jusqu'à l'extrémité du jardin, enjamba la barrière en bois et marcha jusqu'à ce qu'il parvienne à quelques mètres du cap, puis s'allongea dans l'herbe, les jambes étendues devant lui, s'appuyant sur les coudes pour admirer la vue. Il n'était pas encore 10 heures, et le soleil brûlait déjà sa peau à travers le fin tissu de son t-shirt. À l'heure la plus chaude de la journée, la plage serait couverte de corps rouge écrevisse.

Il n'avait pas envie de penser à la plage, ni à la raison pour laquelle elle serait plus fréquentée que d'habitude. Il n'avait pas fait de progrès dans son enquête, et la seconde fois que la sirène avait été aperçue, l'histoire ne s'était pas propagée uniquement sur les réseaux sociaux, mais avait été citée dans la presse. Jake avait été arrêté dans la rue par une équipe de la chaîne de télévision Sky News qui réalisait de brèves interviews pour les diffuser entre deux séries de nouvelles sordides. Il avait secoué la tête et s'était éloigné sans répondre et sans que le reporter n'insiste.

Lorsqu'il avait regardé la chaîne plus tard dans la soirée, il avait compris pourquoi l'homme n'avait pas insisté : tout le monde, à Mermaids Point, avait donné son avis sur l'étrange apparition, et même les habitants qui ne savaient quoi en penser avaient accepté de répondre, désireux d'avoir leur trente secondes de gloire. Il n'avait pas aperçu Laurie ni aucun membre de sa famille parmi les personnes interviewées, mais Pete Bray avait joyeusement mentionné que la sirène portait chance au village et il avait fait en sorte que l'on puisse voir le nom de son pub derrière lui sur les prises de vue.

Que Pete ait pu obtenir un peu de publicité gratuite était une bonne chose, mais si les médias restaient dans le coin, Jake n'aurait plus rien à raconter. Avec un peu de chance, leur attention serait détournée par un acteur ou un chanteur qui commettrait une bourde sur Twitter ou Instagram et les charognards en feraient leurs choux gras pendant quelques jours.

Mieux encore, l'un des reporters présents dans le coin découvrirait le pot aux roses et Jake n'aurait plus à s'en soucier.

S'il n'y avait plus rien à raconter, il pourrait peut-être changer d'optique et réellement écrire un livre. D'ailleurs, il s'agirait peut-être d'une bonne idée, quoi qu'il advienne. Ainsi, le prétexte qu'il avait fourni ne serait plus un mensonge, et il ne serait pas obligé de se demander comment avouer la vérité à Laurie.

Il avait songé à tout lui révéler à plusieurs reprises, mais n'avait pas trouvé le bon moment. Elle travaillait si dur, il lui aurait presque semblé cruel de gâcher le peu de temps libre dont elle disposait pour avoir avec elle une longue conversation sur les véritables raisons de sa présence à Mermaids Point. Une conversation ? Il ne s'agirait pas d'une simple conversation ! Si les rôles avaient été inversés, il aurait été furieux que Laurie lui ait dissimulé autant de choses. Il aurait pu saisir l'occasion de tout lui expliquer au moment où ils avaient commencé à s'intéresser l'un à l'autre, et aurait alors pu lui parler sans trop la perturber, mais ils avaient dépassé ce stade, désormais. Lorsqu'elle avait évoqué son ex-petit ami qui s'était si mal conduit, il était déjà probablement trop tard. Et pour l'heure, il avait mal agi lui aussi et il se demandait comment rattraper les choses.

Il s'allongea sur le dos et contempla les nuages blancs ouatés au-dessus de lui. Il n'avait aucun moyen de se rattraper, aucun moyen de pouvoir garder Laurie dans sa vie. Il soupira. Même si, par miracle, elle lui pardonnait de ne pas lui avoir révélé la vérité, il poursuivait une chimère. Rester à Mermaids Point et écrire un livre ? De quoi vivrait-il ? Mac s'attendait à ce qu'il rentre dans quelques semaines, non seulement avec une bonne histoire à publier, mais également à vendre aux journaux nationaux. Le fait que la télévision s'y intéresse augmentait les chances de vendre son enquête, et la pression était d'autant plus grande pour lui. D'après les intitulés des e-mails qu'il avait reçus, son article sur les femmes qui avaient fait l'objet d'un trafic sexuel avait suscité un intérêt majeur. S'il parvenait à écrire un nouvel article d'envergure nationale, il obtiendrait son ticket d'entrée pour Fleet Street.

Son téléphone sonna de nouveau. *Laurie*. Il pouvait peut-être saisir cette occasion pour s'ouvrir à elle. Il expira lentement pour chasser les tensions qui lui avaient noué l'estomac à l'idée de lui répondre.

—Je pensais justement à toi.

—Oh, vraiment ? demanda-t-elle.

Son rire rauque provoqua une cascade de sensations agréables en lui.

—Mais pour le moment, réponds simplement à ma question…, reprit Laurie. Est-ce que tu es toujours libre ce soir ?

—Laisse-moi consulter mon emploi du temps, j'ai été submergé de demandes en ce qui concerne ma merveilleuse présence, ces derniers temps…

—Eh bien, tu devrais peut-être profiter d'une des occasions qui s'offrent à toi, parce que de mon côté, il n'y a que ton corps qui m'intéresse.

Cette réponse osée le ravit. S'allongeant de nouveau sur l'herbe, il laissa se propager dans tout son corps le sentiment de bien-être que lui avaient procuré ses paroles, et il sourit spontanément.

—Je ne suis pas homme à me contenter de paroles, tu le sais bien, et je serai heureux que tu puisses user et abuser de moi à ta guise, Lorelai Morgan. J'aime beaucoup ce qui s'est passé dans la douche samedi matin, par exemple.

—Arrête, tu vas me faire rougir ! murmura-t-elle en riant. Dis donc, Jake ! Comment vais-je pouvoir servir mes clients alors que je suis rouge comme une tomate ? Espèce de coquin !

Il l'imagina, les joues rouges, avec une expression à la fois amusée et intimidée, comme lorsqu'elle levait un regard empreint de désir vers lui en le regardant à travers ses cils.

—Tu pourrais fermer pour la matinée, et je pourrais venir t'aider à faire ton inventaire d'urgence.

—Impossible, répondit-elle d'un ton suffisamment attristé pour qu'il comprenne qu'elle était tentée par sa proposition. Et puis, ma réserve est dans la même pièce que celle de mes parents.

L'idée qu'Andrew Morgan surgisse et le surprenne en train d'étreindre sa fille refroidit Jake aussi efficacement que s'il avait reçu un seau d'eau froide.

—Bon, alors évitons.

Laurie eut un petit rire.

—J'étais sûre que tu changerais d'avis. Bon, je suis désolée, mais je dois vraiment aller travailler.

—N'oublie pas que c'est toi qui m'as appelé… Tu voulais me demander quelque chose en particulier ?

—Ah, oui, c'est vrai… Maman aimerait savoir si tu veux venir dîner dimanche. Mon père va préparer un superbe rôti avec sa garniture, et en principe, nous regarderons un film. Mais tu ne seras pas obligé de rester… Sauf si tu en as envie.

Jake songea à l'ambiance médiocre des dîners du dimanche soir dans sa propre famille. Son père avait un plateau sur les genoux, et hurlait en regardant le football à la télévision, tandis que Jake et sa mère restaient généralement assis en silence à la table de la cuisine. Il était inutile d'engager la conversation avec elle, car elle était toujours trop nerveuse pour y être attentive. Elle tendait l'oreille pour percevoir les bruits de l'autre pièce, attendant les ordres aboyés par son époux lorsque celui-ci voulait avoir plus de pommes de terre, une autre bière, ou qu'elle ajuste le rideau lorsque le soleil créait un reflet sur l'écran.

—Jake ?

Il se concentra de nouveau sur le moment présent.

—Je suis désolé… Je veux dire : oui, ce serait génial, merci !

—Tu en es sûr ? Ce n'est pas très important, mais mon père aime bien commander sa viande auprès du boucher en début de semaine. Je dois donc lui dire combien nous serons. Nerissa sera là également, je pense.

Elle parut hésiter, et il comprit qu'il l'avait mise mal à l'aise en ne lui répondant pas tout de suite.

—Je viendrai avec plaisir, évidemment ! Remercie tes parents pour l'invitation.

Elle poussa un léger soupir de soulagement dans le téléphone.

—D'accord, super ! Il est possible qu'ils te bombardent d'un million de questions à propos de ton livre, mais si c'est le cas, n'hésite pas à leur dire qu'ils sont indiscrets au cas où ils iraient trop loin.

Et voilà. Cette invitation lui offrirait l'occasion de clarifier les choses.

—À ce propos…

—Attends une seconde.

Elle devait avoir posé la main sur le haut-parleur du téléphone car ses paroles lui parvinrent étouffées.

—J'arrive tout de suite.

Lorsqu'elle se remit à lui parler quelques instants plus tard, elle chuchotait.

—Désolée, est-ce que nous pouvons reparler de tout cela plus tard ? J'ai des clients. Viens me retrouver après le travail, et nous pourrons aller boire un verre au pub, si tu veux ?

—Volontiers.

Il ne put rien ajouter de plus car elle avait déjà raccroché. Il se fit la promesse de lui avouer la vérité. Après un petit verre rapide au pub, il lui proposerait une promenade sur la plage et ferait de son mieux pour lui expliquer les choses.

***

La semaine passa, et Jake n'eut pas l'occasion de se confier à Laurie. Tout d'abord, Nick et un couple d'amis s'étaient incrustés à leur table lorsqu'ils étaient au pub, et ils étaient finalement restés jusqu'à la fermeture. Le lendemain, un mardi, avait été marqué par une série d'incidents – un évier bouché dans le café avait compliqué la tâche de Laurie, qui avait dû appeler un plombier en urgence, et une mise à jour logicielle s'était déclenchée sur l'ordinateur portable de Jake. Celle-ci avait échoué deux fois de suite et n'avait abouti qu'au bout de cinq heures. Lorsqu'ils s'étaient enfin retrouvés pour la balade sur la plage prévue la veille au soir, ils s'étaient contentés de se promener en silence pour profiter pleinement du spectacle paisible du soleil couchant. Le mercredi soir, ils n'avaient rien prévu, mais Laurie lui avait fait la surprise d'apporter une bouteille de vin, des plats chinois et il n'avait pu refuser ce dîner impromptu. Et cela avait continué ainsi… Aucun moment propice ne s'était présenté avant qu'il ne gravisse la colline qui menait à la maison de ses parents le dimanche soir suivant avec dans les mains deux bouteilles de vin qu'il avait achetées à l'épicerie fine et une brassée de fleurs.

Lorsqu'il arriva devant la porte d'entrée, celle-ci s'ouvrit à la volée et Jake faillit lâcher ce qu'il portait, car Nick manqua de le heurter.

—Ah, salut ! s'exclama le jeune homme en tendant les mains pour prendre les bouteilles qui venaient de s'entrechoquer. Honnêtement, mon gars, les beaux esprits se rencontrent, car j'allais justement acheter à boire. Mon père était persuadé qu'il n'y avait pas ce qu'il faut, et pourtant, je crois que nous pourrions approvisionner un navire de guerre avec le contenu de notre cave à vin. Allez, viens… et ne t'embête pas à enlever tes chaussures.

Jake entra dans la maison et se retrouva face à Mrs Morgan qui lui adressa un grand sourire. Laurie lui avait dit qu'ils ne faisaient pas d'effort vestimentaire particulier pour le dîner, mais il fut heureux d'avoir enfilé une jolie chemise et un pantalon de coton plutôt qu'un jean, car Sylvia portait une élégante robe à pois bleu marine.

—Bonsoir, Mrs Morgan, c'est pour vous.

Jake avait trois bouquets dans les mains et lui tendit celui qu'il lui dédiait, un mélange de tournesols, de roses pâles et de feuillage vert foncé.

—Oh, tu es un amour ! Et appelle-moi Sylvia, s'il te plaît, dit-elle en se dressant sur la pointe des pieds et en lui appliquant un baiser sur la joue. Tu as également apporté du vin ? demanda-t-elle lorsque Nick leva les bouteilles qu'il avait dans les mains. Eh bien… Tu pourras revenir !

Elle rit et le conduisit vers la cuisine d'où provenaient à la fois des accords de musique, des voix et le fumet inimitable du bœuf rôti.

—Regardez qui est là ! s'exclama-t-elle.

Laurie, son père et Nerissa se tournèrent vers eux. Ils se tenaient devant le four, souriants.

—Le timing est parfait.

Laurie se dirigea vers Jake, une fine lanière de bœuf dans la main. Elle la tendit vers ses lèvres, et il ouvrit la bouche, fermant brièvement les yeux en sentant l'appétissante odeur de viande.

—Qu'en penses-tu ? demanda-t-elle.

—C'est délicieux.

Jake baissa le regard pour admirer la robe rouge courte et vaporeuse qu'elle portait avec un legging noir.

Les joues de Laurie rosirent.

—Est-ce qu'il y en a un pour moi ?

Elle désigna les bouquets qu'il tenait à la main.

—Bien sûr !

Il lui tendit un bouquet composé d'une douzaine de roses veloutées d'un rouge si foncé que les bords des pétales semblaient avoir été trempés dans l'encre noire. Le choix de roses rouges était peut-être un cliché, mais compte tenu de l'expression radieuse de Laurie, la jeune femme semblait s'en moquer éperdument.

—Et celles-ci sont pour vous.

Il contourna Laurie pour tendre le dernier bouquet, un mélange de tulipes de couleur, à Nerissa.

—Eh bien, est-ce que ce n'est pas une magnifique surprise ? commenta Nerissa qui se pinça le bras avant de s'emparer du bouquet. Je ne me souviens plus de la dernière fois où l'on m'a offert des fleurs, ajouta-t-elle, tandis qu'une ombre de tristesse passait sur son visage avant qu'elle n'adresse à Jake un grand sourire. Je te remercie, je vais les mettre avec mes affaires dans l'entrée pour ne pas les oublier, tout à l'heure.

Jake fronça les sourcils en la regardant s'éloigner.

—Aurais-je commis une bourde ? demanda-t-il en chuchotant à Laurie.

—Pas du tout, répondit Laurie en passant un bras autour de lui et en le serrant contre elle. Elle a perdu quelqu'un, mais c'était il y a longtemps. Donne-lui une minute, et elle se sentira mieux.

Avant que Jake ne puisse remettre en question le fait d'avoir apporté des fleurs, le père de Laurie se tourna vers lui.

—Rien pour moi ? demanda-t-il en faisant mine d'être déçu.

Tous sourirent. Nick leva les bouteilles qu'il avait encore dans les mains.

—Rien que deux bouteilles de ton cabernet préféré, papa. Il faut croire qu'il y a une taupe parmi nous, plaisanta-t-il en adressant un clin d'œil à Jake.

—J'aurais pu demander conseil à Luca en allant à l'épicerie fine, avoua le jeune homme en haussant les épaules. Mais j'avais une longueur d'avance, j'en ai profité.

—Tu as raison, fils ! Tout à fait raison ! s'exclama Andrew Morgan en se concentrant de nouveau sur la cuisson de son rôti. Bon, je vais surveiller la viande encore quelques minutes. Allez dans le salon, je vous rejoins dans un petit moment.

Fils. Même s'il avait dit cela le plus naturellement du monde, le mot avait touché profondément Jake. Il regarda Nick poser le vin sur la table puis attraper un petit morceau de viande coupé à l'extrémité du rôti et l'introduire dans sa bouche.

—Hey, je voulais garder ce morceau ! protesta Andrew en tentant de lui donner un petit coup avec le torchon qu'il avait utilisé pour mettre le plat dans le four.

—Tu le gardais pour moi, non ? demanda Nick en lui jetant un regard innocent.

—Tu n'es qu'un sale gamin, répliqua Andrew qui secoua la tête en riant et passa un bras amical autour des épaules de son fils.

—Les deux font la paire, commenta Sylvia en leur jetant un regard exaspéré avant de se tourner vers Jake. Suis-moi, il y a du Bucks Fizz et de quoi grignoter à côté.

***

En regardant Nick et Laurie débarrasser la table deux heures plus tard, Jake se dit qu'il n'avait pas autant ri – et ne s'était pas senti aussi détendu – depuis longtemps. Il n'aurait pas dû être inquiet à l'idée de dîner avec la famille Morgan. Ce n'était pas un test ; personne n'attendait qu'il commette une erreur ; personne n'avait tenté non plus de le prendre en défaut, même lorsqu'il avait accidentellement commis une maladresse en offrant des fleurs à Nerissa. Il savait que c'était le cas, malgré ce que Laurie avait dit. Si Nerissa avait participé à la conversation de temps à autre, elle paraissait triste lorsqu'elle était venue s'asseoir. Comme Andrew et Sylvia étaient en train d'argumenter du bien-fondé de servir du fromage avant le dessert, Jake en profita pour se pencher vers Nerissa.

—Quant à vous, je ne sais pas, mais moi, je me sens incapable d'avaler autre chose, lui confia-t-il lorsqu'elle parut émerger de sa rêverie et lui sourit.

—Je suis certaine que dans cinq minutes, vous aurez changé d'avis, dit-elle en jetant un regard affectueux vers son frère et son épouse. Tout le monde a toujours eu le ventre plein en sortant de table, c'est certain.

Jake posa une main sur son estomac.

—Il me faudra au moins une demi-heure avant de pouvoir avaler autre chose. Mais au fait, je ne vous ai pas vue ces derniers jours, dit-il, en évoquant le fait qu'ils se croisaient généralement lorsqu'il allait se promener le matin.

—Le doc a eu une semaine difficile, et je suis restée au cabinet, expliqua-t-elle, les sourcils froncés. Il avait une infection pulmonaire, et j'avais peur que cela s'aggrave, compte tenu de son âge. Il semble aller mieux maintenant, mais j'aimerais bien qu'il fasse un check-up, ajouta-t-elle en levant les mains dans un geste de frustration. Pourtant, je suis persuadée qu'il n'écoutera pas un traître mot de ce que je vais lui dire, parce que je n'ai pas de formation médicale.

—Les médecins sont de mauvais patients, à ce que l'on dit.

Elle leva les yeux au ciel.

—C'est certain.

Ayant fini de débattre avec Andrew à propos du fromage, Sylvia se joignit à la conversation.

—Est-ce qu'il a pris une décision, à propos de sa retraite ?

—Je crois bien, répondit Nerissa en croisant les bras sur la table devant elle. Même s'il ne veut pas l'admettre, le fait d'avoir été malade l'a fatigué. Il s'est documenté sur les résidences pour retraités qui se trouvent sur Crown Road. Et comme Michael insiste régulièrement, je suis sûre qu'il ne va pas tarder à vendre.

—Il était temps, grommela Andrew en se levant. Temps qu'il prenne sa retraite !

—Mais s'il part, je ne sais pas ce que je vais bien pouvoir devenir…, soupira Nerissa. Je ne suis pas sûre que la personne qui le remplacera voudra d'une réceptionniste, et encore moins d'une intendante. Et puis de deux maux, il faut choisir le moindre.

Andrew se posta derrière la chaise de sa sœur et posa une main sur son épaule.

—Tout ira bien, ma chérie. Il y a toujours une solution.

—J'espère que tu as raison.

***

Comme l'avait prédit Nerissa, Jake parvint à trouver encore un peu de place pour du fromage et un dessert. Légèrement indisposé, il fut cependant heureux de pouvoir se lever lorsque Nick lui proposa de vider puis de charger le lave-vaisselle pendant qu'il préparerait le café.

—Est-ce que ton livre avance bien ? lui demanda le jeune homme tout en lui tendant une assiette en porcelaine et en désignant un placard derrière lui. L'assiette va dans l'étagère du bas.

Jake éprouva une légère nausée, qui n'était pas liée au fait d'avoir trop mangé. Durant quelques heures, il avait réussi à oublier son mensonge.

—Oui, pas mal. J'en suis encore au stade des recherches, essentiellement. J'ai besoin de bien connaître un endroit, avant de me lancer dans l'écriture, tu comprends ?

Nick hocha la tête tout en lui tendant une pile d'assiettes.

—Je comprends. J'espère que notre tour des îles t'a aidé. Si tu veux, nous pourrons y retourner. Quand tu veux, il suffit de demander.

Cette proposition amicale accrut encore son malaise, mais Jake se força à sourire.

—Merci. Dommage que je ne puisse pas jeter un coup d'œil aux grottes qui sont en dessous du cap. D'après ce que Laurie et toi m'avez raconté, elles ont une importance dans l'histoire du village.

—Je peux t'y emmener, si tu veux. Nous devrons passer par la mer, mais si cela ne te dérange pas de nager un peu, je peux jeter l'ancre à marée basse. Tu sais nager, non ? Ce n'est pas loin, mais j'éviterai de t'y emmener si cela risque d'être compliqué pour toi.

—Je suis bon nageur, le rassura Jake. Mais je ne veux pas t'ennuyer.

Nick haussa les épaules.

—Cela ne me dérange pas. J'aimerais bien jeter un coup d'œil aussi, pour m'assurer que ces imbéciles n'ont rien laissé dans les grottes après avoir tourné leur vidéo. Nous pouvons y aller demain, sauf si tu as d'autres projets ?

Jake fut pris de court par cette proposition soudaine.

—Tu n'as pas de réservation pour demain ?

—J'ai un groupe qui veut faire un tour au coucher du soleil, mais je n'ai rien le matin. Retrouve-moi sur le quai vers 9 heures.

—Tu en es sûr ?

Jeter un coup d'œil aux grottes lui permettrait d'avancer dans son enquête, et plus tôt il pourrait les explorer, mieux cela vaudrait. Mais une fois que Nick aurait découvert la véritable raison de sa présence dans le village, ni lui ni sa famille n'auraient envie de garder le contact avec lui, sans doute. Et il ne s'attendait pas non plus à ce que Laurie lui pardonne d'avoir menti, même s'il lui révélait enfin la vérité.

—Bon, je vais préparer du café, maintenant, déclara Nick en se dirigeant vers la bouilloire. Je pense que ma mère a une boîte de chocolats à la menthe cachée quelque part dans le buffet. Je suis sûr que nous pouvons la convaincre de la sortir.

Jake se sentit dépassé à l'idée de revenir dans le salon, de prendre une place qu'il n'avait pas méritée à la table de cette famille.

—Je ne prendrai pas de café, pour ma part.

—Tu es sûr ?

Jake hocha la tête.

—Je ne vais pas dormir, avec la caféine. Je ne vais pas tarder à aller me coucher.

—Cela fera plus de chocolats pour moi, alors ! s'exclama Nick en lui tendant la main. Je te vois demain matin.

Ils échangèrent une poignée de main.

—Tu ne t'en vas pas, n'est-ce pas ? demanda Laurie qui venait d'entrer dans la cuisine en tenant quelques verres de vin vides, qu'elle posa sur le plan de travail au-dessus du lave-vaisselle. Il n'est pas si tard que cela.

Jake se dirigea vers elle, lui prit la main et l'entraîna dans l'entrée.

—J'ai déjà bien arrosé mon repas, et ton père a parlé d'un porto… Je ne suis pas sûr de pouvoir tenir le coup.

Laurie se renfrogna.

—Lorsqu'il s'emballe, il est difficile de l'arrêter. Tu as passé une bonne soirée, au moins ?

Il l'attira contre lui, appréciant la manière dont elle passa les mains autour de sa taille tout en enfouissant son visage dans son cou. Leurs deux corps s'épousaient si harmonieusement qu'il pensa qu'il aimerait la tenir enlacée pour l'éternité.

—J'ai passé une soirée extraordinaire. Ta famille est merveilleuse.

Elle leva la tête pour le regarder dans les yeux, un sourire moqueur aux lèvres.

—Tout dépend des moments. On se voit très vite ?

Même s'il avait salué tous les membres de la famille de Laurie dans l'entrée, tous sortirent sur le seuil, les empêchant d'avoir un moment d'intimité. Mais c'était probablement aussi bien, pensa-t-il, en se retournant pour adresser aux Morgan un dernier salut de la main. Le besoin qu'il éprouvait de dire la vérité était plus important. *Plus d'excuses.* Il lui parlerait le lendemain soir – *et advienne que pourra.*

23

Après une nuit d'insomnie au cours de laquelle sa mauvaise conscience avait refait surface, Jake s'était levé tôt et était parti en direction de la plage avant même que le soleil ne soit levé. Alors que l'intérêt des médias pour Mermaids Point s'était tari une fois de plus, le village regorgeait de curieux et de vacanciers. Même s'il avait envie d'en savoir plus à propos des grottes qui se trouvaient sous le cap, il se sentait coupable de solliciter Nick alors que celui-ci aurait pu profiter de cette affluence pour transporter des touristes. Mais le jeune homme s'était montré catégorique la veille au soir en disant qu'il l'emmènerait visiter les grottes, et Jake n'aurait pu refuser sans paraître impoli. Il avait passé une partie de la nuit à se demander si, en tant que petit ami de Laurie, il n'était pas sur la sellette. Comme il était enfant unique, il n'avait pas eu de frère ou de sœur pour veiller sur lui – ni personne d'autre que sa mère. Mais il savait d'après ses amis de l'université que les grands frères aiment avoir le dernier mot sur le choix du petit ami de leur petite sœur. Nick ne savait rien de lui, mais il avait toutes les raisons de faire preuve de vigilance.

Comme il était encore bien trop tôt pour rejoindre Nick, Jake décida d'explorer les lieux. Au lieu d'emprunter le chemin habituel, il se dirigea vers la droite au bas des escaliers et s'aventura sur la partie de la plage recouverte d'arbustes. Ses promenades matinales étaient devenues rituelles. Il aimait ces instants paisibles, la promesse d'une nouvelle journée, lorsque les premiers rayons du soleil perçaient au-dessus de l'horizon. Il ne s'était jamais considéré comme un romantique, mais sa relation avec Laurie le rendait plus serein. Cependant, à cet instant, il ne se sentait pas en paix et appréhendait la journée à venir. Si les choses tournaient mal avec Laurie, ce qu'il redoutait, cela serait peut-être la dernière fois qu'il verrait le soleil se lever sur le cap.

Extrêmement abattu à cette idée, il avança péniblement sur le sol rocailleux. Ici et là, il découvrit les vestiges des fêtes secrètes dont lui avait parlé la jeune femme – un cercle noirci de bois brûlé et de cendres, quelques canettes de bière vides et des bouteilles en plastique de cidre bon marché. S'il avait eu un sac avec lui, il aurait ramassé les déchets, mais il ne pouvait tout emporter à la main. Il n'avait pas non plus envie de sentir l'alcool éventé, et résolut de repasser plus tard pour nettoyer l'endroit. Secouant la tête, il poursuivit son chemin en se demandant ce qui pouvait pousser les gens à salir l'environnement préservé qui les avait attirés à Mermaids Point.

Cinq minutes plus tard, il atteignit la clôture dont Nick lui avait parlé. Ses planches en bois épais lui rappelèrent la barrière qui entourait le jardin du cottage, mais celle-ci était encore plus haute. Un grillage fin avait été cloué sur les montants en bois et était assez épais pour être infranchissable, mais ne dissimulait pas la vue des vagues qui s'écrasaient au-dessous sur les rochers. Des panneaux jaune et noir disposés à intervalles réguliers mettaient en garde contre les chutes de pierre et la hauteur des vagues au bas de la falaise.

Déçu de ne pouvoir disposer d'un meilleur point de vue, Jake longea la clôture tout en prenant des photos avec son téléphone. À l'extrémité, il remarqua que le grillage était légèrement distendu. En s'accroupissant, il constata que quelques clous manquaient. Cela ne prouvait pas nécessairement que quelqu'un avait franchi la clôture, mais pouvait constituer un indice. S'il parvenait à obtenir des clichés prouvant que l'une des grottes situées sous le cap correspondait aux images de la vidéo, il pourrait suggérer que quelqu'un était passé par là pour y accéder. Il avait le sentiment d'être sur la bonne piste. Les mains enfoncées dans les poches, il prit le chemin du retour. Peu après, son attention fut attirée par l'éclat d'une chevelure noire près du rivage, et par un aboiement familier. Levant la main en guise de salut, il modifia sa trajectoire pour aller à la rencontre de la tante de Laurie, Nerissa, qui était elle aussi une lève-tôt, visiblement.

Il l'avait souvent croisée depuis leur première rencontre. Même si elle n'avait jamais parlé directement de Laurie, elle lui jetait parfois des regards éloquents depuis que les jeunes gens ne faisaient plus mystère de leur relation. Il avait senti le poids de son regard, l'espoir silencieux qu'il se comporterait bien à l'égard de Laurie. Ne souhaitant pas alimenter les rumeurs dans le village, il se comportait discrètement lorsqu'il venait au café pendant ses heures de travail, mais ils étaient allés boire un verre ensemble au pub et se promenaient généralement main dans la main sur la plage après la fermeture du café. Il éprouva des regrets. S'ils avaient été plus discrets, Laurie n'aurait pas à fournir d'explications après son départ. Le fait d'avoir été l'objet de conversations lorsqu'elle était plus jeune l'avait blessée. Il aurait dû s'efforcer d'éviter que cette situation ne se reproduise, mais il avait été si heureux de vivre cette idylle qu'il n'avait pas pris en compte la réalité.

Bondissant, Toby, le golden retriever, déposa une balle de tennis à ses pieds, puis recula de quelques pas, agitant joyeusement la queue en attendant que Jake lui relance la balle. Il était difficile de se sentir découragé lorsque l'on assistait à une telle démonstration d'enthousiasme et de joie.

—Bonjour, Toby, le salua Jake avant de ramasser la balle et de la lancer plus loin sur le sable.

Aboyant avec ravissement, le chien fila à toute allure vers le jouet, propulsant une fine giclée d'eau de mer dans son sillage.

—Voilà ce qui arrive lorsque l'on marche trop près de l'eau, commenta Nerissa en souriant lorsqu'elle vit Jake brosser une tache d'eau salée sur son jean.

—On aurait pu penser que j'avais appris la leçon, depuis, admit Jake, qui renonça à nettoyer son pantalon, sachant qu'il monterait bientôt à bord du bateau de Nick, sur lequel il risquait d'être encore plus éclaboussé. Comment allez-vous, Nerissa ?

Son sourire paraissait plutôt sincère, mais elle avait des cernes noirs bien visibles sous les yeux.

—Je vais bien, répondit-elle en fronçant légèrement les sourcils. Plus ou moins.

Il éprouva un élan de sympathie envers elle, se remémorant la conversation que la famille avait eue le soir précédent à propos du projet du médecin du village de prendre sa retraite et du dilemme auquel Nerissa était confrontée.

—Rien de nouveau à propos du remplacement du doc ?

Elle secoua la tête.

—Non, rien. Et je suis dans l'expectative jusqu'à ce qu'il parvienne à vendre le cabinet. Je croise les doigts pour que la personne qui reprendra le local ait besoin d'une réceptionniste, mais quant à mon poste d'intendante à domicile ? soupira-t-elle en secouant la tête. Si cela continue, je vais finir par vivre dans le grenier d'Andrew et Sylvia. Comme une vieille fille…

À son ton, il comprit qu'elle plaisantait, mais aucun d'eux ne rit. Jake, ne sachant que dire, choisit de rester silencieux, espérant que sa présence suffirait à la réconforter. Le soleil s'éleva sur l'horizon, et l'eau prit un éclat doré. Cet effet ne dura que quelques secondes, une image parfaite résultant de l'alignement scientifique d'une lointaine boule de gaz et d'une planète en rotation. Jake songea qu'il s'agissait en quelque sorte d'un miracle.

Toby courut dans leur direction en projetant des éclaboussures, la balle dans la gueule, et agita de nouveau la queue pour manifester sa présence. Il lâcha la balle devant Jake, mais au lieu de l'inciter à la lui lancer, il posa son museau sur la main de Nerissa et gémit.

—Je vais bien, mon garçon, le rassura Nerissa, qui s'accroupit et passa les bras autour du cou du chien tout en grattant son pelage plein de sel. Je t'ai, toi, et tu es tout ce dont j'ai besoin ! Bon, il vaut mieux que j'y aille…, ajouta-t-elle en se relevant et en tapotant le bras de Jake. Sinon, le doc va râler à propos de son petit déjeuner. Passe une bonne journée, mon cher Jake. Merci pour ta compagnie et pour les belles fleurs que tu m'as offertes hier.

—Je vous en prie, Nerissa. Et tâchez de ne pas trop vous faire de souci. Je suis sûr que les choses vont s'arranger.

Elle leva l'index et le pointa vers le ciel.

—Puisse l'Univers t'écouter !

Jake regarda Nerissa se diriger vers les marches qui donnaient accès à la rue. Éclairée par le soleil, sa silhouette paraissait floue, et ses longs cheveux ondulaient librement sous l'effet du vent, si bien qu'elle lui apparut un instant comme une créature d'un autre monde – comme si elle allait se retourner à tout instant et plonger dans les vagues, à l'image de cette ancêtre dont Laurie lui avait parlé. Jake chassa cette pensée et poursuivit sa promenade. Depuis qu'il était à Mermaids Point, son imagination lui jouait des tours.

Lorsqu'il atteignit le haut des marches à l'autre bout de la plage, son téléphone émit un bip et en regardant l'écran, il découvrit un message de Laurie.

Ton petit déjeuner t'attend xx

Le message était suivi de deux émojis montrant une tasse de café et un croissant. Il éprouva un sentiment doux-amer. Elle était la dernière personne qu'il avait envie de voir à cet instant précis, parce qu'il était en train de se demander de quelle manière il allait tout lui avouer. Cependant, il ressentait aussi le besoin de passer un précieux moment en sa compagnie avant qu'ils n'atteignent un point de non-retour. Tout en se dirigeant vers le café, il tapa une réponse rapide :

Tu lis dans mes pensées,
je suis à dix pas de ta porte.

Elle l'attendait sur le seuil, ses cheveux enroulés en un chignon au sommet de sa tête, comme à son habitude, et il éprouva l'envie de les dénouer. Il y avait de la farine sur le tablier bleu marine qu'elle portait au-dessus de son t-shirt et de son jean. Elle n'était pas encore maquillée. Elle ne se maquillait pas beaucoup durant la journée, mais il appréciait le fait qu'elle ne ressente pas le besoin d'utiliser des artifices en sa présence. Il avait remarqué la petite trousse qu'elle avait posée sur une étagère dans les toilettes du personnel situées près de la réserve, qu'elle lui avait indiquées l'autre jour. Un eye-liner dépassait de la fermeture ouverte, et un rouge à lèvres était posé sur l'étagère à côté.

—Bonjour beauté !

—Bonjour à toi aussi !

S'approchant de lui, elle agrippa le pull que Nick avait conseillé à Jake de porter pour se protéger du vent froid lorsqu'ils seraient en mer, puis elle l'attira dans le café et l'embrassa. Son baiser avait une saveur de pâtisserie au beurre agrémentée d'un soupçon de chocolat noir, et il eut un murmure appréciateur. Elle était tellement sexy et douce… Elle était tout ce dont il avait toujours rêvé sans le savoir, avant de tout gâcher.

La faisant pivoter dans ses bras, il repoussa la porte d'entrée et y appuya le dos de la jeune femme, lovant son corps contre le sien pour en épouser parfaitement les muscles et les arrondis, et l'embrassa de nouveau.

—Voici le genre d'accueil auquel je pourrais très bien m'habituer, dit celle-ci en reprenant son souffle lorsqu'ils se séparèrent enfin…

Elle était si belle, avec ses joues roses et ses yeux brillants, qu'il émit le souhait de pouvoir l'enlever quelques heures, pour lui montrer à quel point elle comptait pour lui, à quel point il était tombé amoureux d'elle au cours des semaines passées. Il ne le lui avait pas encore dit et n'en aurait plus l'occasion, désormais.

En son for intérieur, les regrets le disputèrent à la tendresse. Refoulant la passion qu'il ressentait, il modéra ses gestes. Après avoir déposé un baiser tendre sur ses lèvres, il l'embrassa tout le long de sa joue, jusqu'à atteindre le dessous de son oreille, un endroit qui déclenchait toujours chez elle à la fois un éclat de rire et un soupir.

Lorsqu'il tendit le bras pour écarter une mèche retombée sur son front, le cadran de sa montre capta brusquement la lumière et il marmonna un juron. Il était censé retrouver Nick une demi-heure plus tard et Laurie avait besoin de temps pour préparer l'ouverture du café. Lorsqu'elle se dressa sur la pointe des pieds pour l'embrasser à nouveau, il posa un doigt sur les lèvres de la jeune femme.

—Nous n'avons plus le temps, ma chérie.

Cette phrase éveilla plusieurs échos en lui. Mais Laurie recula avec une moue amusée avant de lui adresser un sourire à lui fendre le cœur.

—Tout à l'heure, alors ? demanda-t-elle en posant une main sur la nuque de Jake. Je ferme après le déjeuner, parce que je dois faire un inventaire et préparer des gâteaux pour la semaine, ce qui est impossible lorsqu'il y a des clients. En fermant cet après-midi, je fais en quelque sorte un pari, mais je pense que les personnes qui sont venues pour le week-end ont dû repartir hier soir, alors il devrait y avoir moins de monde… Je tâcherai de terminer de bonne heure et je passerai prendre une pizza à l'épicerie fine avant de venir chez toi.

L'impatience qu'il lut dans ses yeux le bouleversa. Le besoin de tout lui révéler, de se confier et de laisser tout cela derrière lui le submergea brutalement, mais il le réprima. Il serait bien assez tôt, ce soir, pour saccager leurs existences.

***

Il avait quelques minutes de retard lorsqu'il quitta Laurie, car il l'avait aidée à descendre les chaises, à essuyer les tables et à y disposer les petits vases de fleurs et les menus avant de partir. Il lui semblait que c'était le moins qu'il puisse faire, et pourtant, cela était loin d'être suffisant, mais il ne pouvait en faire davantage pour le moment.

Muni d'un sachet en papier garni de pains au chocolat et de croissants aux amandes ainsi que d'un plateau supportant deux énormes cappuccinos que Laurie lui avait proposé d'emporter, Jake gravit le monticule situé au bord du parking et regarda en direction du dock. Il repéra Nick sur le quai. Le jeune homme avait posé le pied sur un large bollard en métal autour duquel étaient enroulées les lignes d'amarrage du bateau. Il était en pleine conversation avec une personne à la silhouette menue. Jake ne put l'identifier, car celle-ci était vêtue d'un immense sweat-shirt dont la capuche dissimulait son visage.

Jake recula intuitivement de quelques pas pour ne pas être aperçu. Nick secoua la tête, les bras croisés sur la poitrine, comme s'il était en désaccord avec l'autre personne. Celle-ci gesticula avec animation avant de tourner les talons et de s'éloigner. Elle ne fit que quelques pas avant que Nick ne lui crie quelque chose que Jake ne put entendre. La silhouette revint sur ses pas et sortit un objet de sa poche qu'elle plaça dans la main de Nick avant de s'éloigner à grands pas comme si elle craignait qu'il ne puisse changer d'avis.

Nick la regarda partir, eut un geste d'agacement et plaça l'objet qu'elle lui avait remis dans la poche arrière de son jean. Il se dépêcha de traverser la passerelle pour regagner le bateau et se dirigea aussitôt vers le cockpit. Un instant plus tard, le téléphone de Jake se mit à vibrer. S'accroupissant, le jeune homme posa par terre le plateau contenant les boissons et sortit son téléphone. Il lut les premiers mots du message sur l'écran.

Désolé, Jake, j'ai un imprévu et je dois annuler la sortie. Je t'appelle ASAP pour fixer un autre moment. À plus tard, N.

Jake jeta un coup d'œil vers le dock en contrebas, qui était désormais désert, et s'efforça d'analyser la scène à laquelle il venait d'assister. Il y avait plusieurs explications possibles – un enfant venait de livrer un message à Nick, car compte tenu de la silhouette et de la taille de son interlocuteur, Jake avait eu le sentiment qu'il s'agissait d'un adolescent. Il pouvait également s'agir d'un client qui négociait à propos d'une future excursion. Cette dernière hypothèse était plus vraisemblable, car l'objet que la silhouette avait remis à Nick lui avait semblé familier. Il lui avait rappelé le type d'échange qu'il avait pu observer des dizaines de fois auparavant, habituellement dans des ruelles sombres ou sur le seuil de boutiques qui servaient à blanchir des activités illégales. Même s'il ne pouvait en être certain à cette distance, il lui avait semblé qu'il s'agissait d'une liasse de billets.

Il éprouva comme un haut-le-cœur. Lorsqu'il avait participé à une enquête sur le trafic de drogues en zone rurale l'année précédente, il avait constaté que les itinéraires d'approvisionnement du pays passaient fréquemment par les innombrables baies et anses parsemant la côte de Grande-Bretagne. Il y avait là de petits ports dans lesquels la douane était rarement présente. Des bateaux de plaisance tels que ceux de Nick et de son oncle pouvaient donc gagner facilement le large pour approcher de gros bateaux dans l'obscurité et leur livrer une cargaison illicite.

Il lui était arrivé d'interviewer un homme sous couvert d'anonymat, quelqu'un de plutôt convenable si l'on fait abstraction du poison qu'il contribuait à écouler dans les rues. Cet ancien pêcheur avait traversé des moments difficiles et en était arrivé à cette extrémité pour éviter que les huissiers ne passent sa porte. Au début, il s'était vu proposer uniquement quelques livraisons, puis de fil en aiguille s'était retrouvé pris dans l'engrenage. Il avait fait l'objet d'un chantage, et des menaces avaient été proférées à l'encontre de ses enfants et de sa femme. Il avait éprouvé un certain soulagement lorsque les gardes-côtes l'avaient arrêté et qu'il avait pu négocier une courte peine de prison en échange de sa coopération. Il avait malgré tout perdu tout ce qu'il avait tenté de préserver – sa maison, sa famille, sa fierté. Et même si son arrestation avait permis de démanteler quelques maillons du trafic local, les gros poissons étaient passés entre les mailles du filet et avaient dû déplacer leur activité à quelques kilomètres de distance sur la côte, où ils trouveraient sans doute un autre homme désespéré prêt à tout risquer pour de l'argent facile.

—Tu as une sacrée imagination, marmonna-t-il à son intention.

Rien n'indiquait que Nick soit impliqué dans une activité illicite, bien au contraire. Aspirait-il si désespérément à trouver une raison autre que son propre égoïsme pour que sa relation avec Laurie se détériore ? À quel point sa profession déformait-elle sa vision des choses pour qu'il entrevoie aussitôt le pire chez une personne aussi honnête et généreuse que Nick ? Ennuyé d'avoir tiré des conclusions trop hâtives, il rangea son téléphone et se pencha pour ramasser le plateau qui contenait les cappuccinos et le sachet de pâtisseries légèrement écrasées qu'il avait involontairement lâché. Lorsqu'il se redressa, il se figea en entendant le ronronnement d'un moteur au-dessous de lui.

Un quatre-quatre noir franchissait la route qui conduisait à l'autre extrémité du dock et s'arrêta sur le quai à côté du bateau. Il s'agissait d'un modèle de Range Rover haut de gamme, le dernier modèle compte tenu de sa plaque minéralogique. Retrouvant instantanément ses réflexes de reporter, Jake vérifia s'il n'y avait personne sur le chemin derrière lui puis s'allongea sur la droite entre les herbes hautes.

Il continuerait ainsi d'avoir un bon point de vue sur le dock, mais resterait invisible aux yeux de ceux qui s'y trouvaient. Il éprouvait des scrupules à jouer les espions, mais il y avait quelque chose d'inhabituel dans la présence de cette voiture, et ses soupçons ressurgirent. Les vitres étaient teintées et dissimulaient ses occupants, et le véhicule stationnait avec le moteur allumé. Personne n'en sortit. Se tassant davantage sur le sol, Jake sortit son téléphone et prit rapidement quelques photos du Range Rover en attendant de voir ce qui allait se passer.

Nick réapparut à l'entrée du cockpit et regarda la voiture un long moment avant de franchir le pont du bateau et la passerelle pour revenir sur le quai. Au lieu de s'approcher de la vitre du conducteur, il se dirigea vers l'arrière du véhicule. Les deux portières s'ouvrirent.

La silhouette portant une capuche que Jake avait aperçue un peu plus tôt et un homme grand et large d'épaules dont le visage était dissimulé par une casquette de baseball sortirent de la voiture. Manifestement, quelque chose clochait.

La culpabilité que Jake avait ressentie un peu plus tôt disparut tandis que ses réflexes reprenaient le dessus. Son rythme cardiaque s'accéléra sous l'effet de la montée d'adrénaline provoquée par l'impression de tenir une histoire. Il s'agissait de sa raison de vivre, de ce qui lui avait manqué au cours des dernières semaines. Levant son téléphone, il prit une série d'autres clichés, et zooma pour capter des détails qu'il pourrait étudier plus tard si nécessaire.

Pendant que Nick et l'autre homme ouvraient le coffre et commençaient à sortir des caisses, la silhouette encapuchonnée monta à bord du bateau et entra rapidement dans le cockpit. Après avoir refermé le coffre d'un coup sec, l'homme à la casquette donna une tape sur la vitre arrière comme pour indiquer que leur tâche était terminée. Le Range Rover s'éloigna et fit lentement demi-tour sur le dock. Il reprit le chemin par lequel il était arrivé avant que les deux hommes ne terminent de hisser quelques caisses sur la plateforme d'observation du bateau.

Jake les vit ensuite détacher la passerelle, et il continua de prendre des photos avec son téléphone. En quelques gestes habiles, Nick détacha les amarres du bateau. Lorsqu'il s'approcha du cockpit, la petite silhouette en sortit. Même si Jake n'avait aucune idée de ce qui se tramait entre eux, il se dit que les deux protagonistes ne devaient pas être en bons termes, compte tenu de la manière dont Nick entra précipitamment dans le cockpit tandis que l'autre mystérieuse silhouette reculait à l'arrière du bateau, les bras croisés sur la poitrine.

L'homme à la casquette s'assit lourdement sur l'une des banquettes et commença à farfouiller dans la caisse qui était à côté de lui. Espérant pouvoir photographier son contenu, Jake se redressa sur ses coudes et leva légèrement son téléphone, mais le bateau s'éloignait déjà du dock.

Comme si elle avait perçu sa présence, la silhouette à l'arrière leva la tête et regarda dans sa direction. Espérant qu'il se trouvait assez loin pour ne pas être découvert, Jake s'aplatit dans l'herbe. Il resta là un long moment, veillant à ce que le bateau se soit éloigné avant de se retourner sur le dos et de contempler le ciel. Il n'avait pu observer le visage de la silhouette qu'une fraction de seconde, mais quelque chose dans la forme de son visage lui avait semblé familier – et il était désormais certain qu'il s'agissait d'une femme, et non d'un adolescent.

Il se leva et épousseta ses vêtements avant de ramasser les boissons et le sachet de pâtisseries. Il ne savait pas ce que signifiait la scène à laquelle il venait d'assister, mais son instinct, qui faisait de lui un excellent reporter, lui disait qu'il y avait là quelque chose de louche. Peut-être rien d'illégal, mais quelque chose *d'étrange*. Il jeta les boissons et les pâtisseries dans une poubelle à côté du parking, se demandant ce qu'il allait faire ensuite.

En descendant la colline, il fit un détour par la plage pour ne pas emprunter la rue principale. Il préférait éviter de passer devant le café, car Laurie aurait pu l'apercevoir. Il avait trop de questions à résoudre avant de la retrouver plus tard.

Se frayant un chemin entre les familles et les groupes qui s'apprêtaient à passer une journée à lézarder au soleil, il prit conscience qu'il n'avait pas beaucoup progressé dans son enquête sur la sirène. La raison en était qu'il n'y accordait guère d'importance. Il était évident qu'il s'agissait d'un canular, probablement concocté par quelques habitants du village qui espéraient trouver une solution à leurs difficultés en attirant de nouveaux visiteurs. Eh bien, en tout cas, ils y étaient parvenus, songea Jake en constatant à quel point la plage était bondée.

Il repéra un emplacement calme à l'ombre du mur et s'y installa pour consulter son téléphone. Dans cette histoire de sirène, rien n'avait déclenché le moindre enthousiasme en lui, en tout cas rien de semblable à la montée d'adrénaline qu'il ressentait à cet instant. L'instinct qu'il avait développé au fil des ans lui disait que la scène à laquelle il venait d'assister et dont Nick était un protagoniste le mènerait à une piste intéressante.

Et si Mac lui avait dit de prendre quelques congés, il attendait cependant qu'il lui livre une histoire, mais pour l'instant, Jake n'avait aucune idée du sujet qu'il allait aborder. Il attrapa son téléphone, car il ressentait le besoin urgent d'examiner les photos qu'il avait prises. L'histoire de la sirène était un échec, mais la piste qu'il tenait à présent était susceptible de le conduire à une affaire bien plus vaste. Or il avait déjà trahi la confiance de Laurie en lui cachant la vérité le concernant.

Qu'adviendrait-il si en révélant la raison de sa présence, il causait des problèmes à Nick, mais également au reste de la famille Morgan ?

Il valait mieux qu'il vérifie de quoi il retournait exactement, simplement pour se rassurer. Comme il l'avait pensé un peu plus tôt, il avait peut-être tiré des conclusions trop hâtives alors qu'il y avait une explication à ce qu'il venait de voir. Mais parfaitement conscient qu'il se mentait à lui-même pour préserver le peu de bonne conscience qui lui restait, il se mit à examiner les clichés. Une grande partie de ces derniers étaient flous, car il était concentré sur ce qui était en train de se dérouler sous ses yeux, mais quelques photos étaient nettes, notamment celles où l'on voyait Nick et l'autre homme charger des caisses dans le bateau.

Il continua de les faire défiler en se concentrant sur celles qu'il avait prises lorsqu'ils avaient sorti les caisses du coffre. Sur la plupart des clichés, l'homme à la casquette de base-ball était de profil, mais sur l'un d'eux, son visage était net et de face.

L'homme regardait devant lui. Jake fut incapable d'identifier le logo de sa casquette. Il agrandit la photo pour mieux en voir les détails, mais en vain. Se relevant, il rangea son téléphone dans sa poche et se dirigea vers l'escalier situé à l'autre extrémité de la plage pour revenir au cottage. Il disposait sur son ordinateur portable d'un logiciel qui permettait d'améliorer la netteté des photos. Il avait le sentiment qu'il était sur le point de découvrir un détail intéressant…

24

Laurie se dirigeait vers le cottage en marchant d'un pas rapide. Plus elle s'en approchait, et plus elle se sentait heureuse. Elle avait emporté une pizza au jambon et aux champignons, du pain à l'ail et une sauce maison qu'elle avait achetée à l'épicerie fine de Luca, et qui serait sans doute délicieuse avec le pain. Jake ne lui avait pas explicitement proposé de rester, mais Laurie était passée chez elle et avait placé des affaires de toilette et des vêtements de rechange dans un sac à dos. Même s'ils n'avaient passé qu'une nuit ensemble depuis qu'ils se connaissaient, se réveiller dans ses bras lui manquait, de même que la chaleur de son corps lorsqu'il se pelotonnait contre elle parce qu'elle prenait toute la place dans le lit.

Elle lui envoya un message pour lui dire qu'elle était en route et lorsqu'elle entra dans le jardin, elle vit que Jake avait laissé la porte de la cuisine ouverte à son intention. Elle sourit. Il était peut-être aussi pressé de la voir qu'elle l'était ! À en juger par le baiser brûlant qu'il lui avait donné le matin même, une nuit enfiévrée les attendait. Son baiser lui avait fait un tel effet qu'il lui avait fallu deux fois plus de temps que d'habitude pour réaliser son inventaire, parce qu'elle n'avait cessé de penser à lui.

—Je suis là ! s'écria-t-elle en entrant dans la cuisine, étonnée de constater que la pièce était vide.

Ouvrant le réfrigérateur, elle déposa les provisions qu'elle avait achetées sur une étagère puis se retourna et balaya la pièce du regard. Des papiers étaient disséminés d'un bout à l'autre de la table. Au centre de ce désordre trônait l'ordinateur portable de Jake dont l'écran affichait la photo d'une femme à la beauté envoûtante.

Elle la reconnut aussitôt et s'approcha de la table. Aurora Storm avait été une grande star quelques années auparavant, et avait figuré en tête du hit-parade après avoir sorti deux albums à succès. Puis elle avait disparu des projecteurs. Sa musique était entêtante, si bien que tout le monde entonnait ses chansons en les entendant à la radio, parce que leurs paroles restaient facilement en mémoire. Sa beauté et son talent de chanteuse l'avaient rendue immensément populaire jusqu'à ce qu'il n'y ait plus un jour où elle n'apparaisse sur des clichés de paparazzis dans les premières pages des tabloïds ou en couverture d'un magazine de la presse people.

Elle était également l'invitée de toutes les émissions télévisées. Elle avait mangé des insectes écœurants dans la jungle et pris une douche sous la chute d'eau factice de l'émission *I'm a Celebrity* la première année ; l'année suivante, elle avait également participé à *Strictly Come Dancing*, une émission mettant en scène une compétition de danse. Laurie se souvint qu'il s'agissait de la dernière apparition d'Aurora. La chanteuse avait participé à l'émission jusqu'aux quarts de finale, ou peut-être jusqu'en demi-finale, avant de disparaître sans fournir d'explication. Laurie ne s'était jamais intéressée à elle au point de s'en inquiéter, et avait été surprise de voir sa photo apparaître sur l'économiseur d'écran de Jake. Elle contempla l'image d'un air ironique. Elle n'aurait peut-être pas dû être étonnée de voir le jeune homme choisir cette photo, sur laquelle la jeune chanteuse affichait un décolleté généreux et éternellement bronzé.

Haussant les épaules, elle traversa la pièce pour poser son sac à dos dans la chambre et appela de nouveau Jake. Comme il ne répondait toujours pas, elle se dirigea vers la baie vitrée ouverte sur le patio, par laquelle la brise s'engouffrait. Elle vit qu'il se trouvait à l'extrémité du jardin. Il tenait du bout des doigts une bouteille de bière et regardait fixement l'horizon.

—Ah, tu es là, dit-elle en s'avançant vers lui.

Il se tourna dans sa direction. Il n'arborait pas son sourire habituel.

—Salut, Laurie.

Son ton était triste, son expression encore davantage, et sa bouche formait un pli amer.

—Tout va bien ? demanda-t-elle, même si elle connaissait déjà la réponse à sa question.

—Non, répondit-il en portant la bouteille à sa bouche pour en avaler une gorgée. Ça ne va pas du tout.

Le ton sec qu'il avait employé ne lui ressemblait absolument pas. Elle se souvint qu'il avait déjà eu la même expression lorsqu'il avait préparé du thé lors de la première soirée qu'ils avaient passée ensemble. Elle avait alors eu le sentiment d'avoir affaire à un étranger, et cela l'avait effrayée, même si elle n'avait alors pas prêté attention à ce qu'elle avait ressenti. Elle croisa les bras sur la poitrine parce qu'elle venait de frissonner, mais cela n'était pas lié au coucher du soleil ni au rafraîchissement de l'atmosphère. Elle s'avança dans le patio. Comme il ne faisait pas mine de s'approcher d'elle, elle ralentit avant d'arriver à l'extrémité de la pelouse.

—Dis-moi ce qui ne va pas.

Il eut un rire amer.

—Il s'agit de moi, Laurie. Il y a quelque chose qui cloche, chez moi.

Elle contempla la bouteille qu'il tenait à la main et se demanda s'il en avait vidé d'autres.

—Est-ce que tu as trop bu ?

Il souleva la bouteille et la contempla un long moment.

—Je préférerais, mais ce n'est pas le cas.

—Tu sais que tu peux te confier à moi, n'est-ce pas ?

Elle se rapprocha de lui et lui prit la main. Il n'eut pas de réaction et ses doigts restèrent inertes. Elle les pressa doucement, s'efforçant de lutter contre la légère appréhension qui s'emparait d'elle.

—Quel que soit le problème, nous pouvons le régler. Ensemble.

Un long moment s'écoula, et même si cela lui était difficile, Laurie s'imposa le silence. Ils observèrent le cap côte à côte, mais à mille lieues l'un de l'autre. Les rayons du soleil couchant illuminèrent la mer, mais pour la première fois, ce spectacle n'eut pas un effet apaisant sur la jeune femme.

Elle commençait à perdre espoir lorsque les doigts de Jake s'enroulèrent autour des siens. Une minute après, il l'attira contre lui, la prit dans ses bras et l'étreignit.

Heureuse de le sentir plus proche, elle posa les mains au bas de son dos et le serra contre elle également.

—Je suis là.

—Je suis désolé, murmura Jake. Tu es en train de subir mes états d'âme, alors que toi, tu n'as absolument rien fait de mal…

Même si elle ne comprenait toujours pas où il voulait en venir, la sensation de son corps tiède contre le sien et le doux contact de sa main enfouie dans ses cheveux lui firent comprendre qu'elle ne l'avait pas perdu.

—Parle-moi, chuchota-t-elle contre sa poitrine. Laisse-moi t'aider.

Posant une main sur sa joue, il souleva son visage pour y déposer un bref et doux baiser.

—Viens, suis-moi dans la cuisine.

Encore troublée, elle fut pourtant rassurée de constater que Jake était presque redevenu lui-même. Elle le suivit à l'intérieur. Il lui servit un verre de vin sans le lui avoir demandé et ouvrit une autre bière pour lui-même. Elle but une gorgée de vin et la boisson l'apaisa légèrement.

—Assieds-toi, lui suggéra Jake en désignant du menton la chaise qui se trouvait devant son ordinateur portable.

Mais il ne la rejoignit pas, et se posta en face d'elle, le dos appuyé contre les placards de la cuisine. Il observa la bouteille qui était dans sa main, la posa sur le plan de travail à côté de lui et la repoussa de plusieurs centimètres. Croisant les bras sur sa poitrine, il frotta sa chaussure contre le carrelage et leva les yeux vers elle.

—Je n'ai pas été honnête avec toi.

Elle éprouva aussitôt une telle crainte qu'elle en eut le souffle coupé. Ses pensées s'emballèrent, et ses peurs les plus profondes ressurgirent, réveillant de pénibles et tristes souvenirs. *Oh non... Ça ne va pas recommencer...*

—Il y a quelqu'un d'autre ? demanda-t-elle en se tournant vers l'écran de l'ordinateur portable, sur lequel la superbe Aurora Storm lui souriait d'un air narquois. Était-ce possible ? Mais sinon, pour quelle raison afficherait-il sa photo sur l'écran de son ordinateur ?

—C'est elle ?

Elle serra les lèvres, honteuse d'avoir perçu un tremblement dans sa voix, comme s'il y avait toujours en elle une part de la jeune fille en détresse dont les rêves amoureux avaient été détruits avant même qu'elle ne soit assez mûre pour savoir les gérer. Pourtant, elle n'était plus cette jeune fille timorée. La situation avait peut-être réveillé d'anciennes souffrances chez elle, mais si Jake s'apprêtait à lui briser le cœur, elle ne se donnerait pas en spectacle. Aussi calmement qu'elle le put, elle exprima ses craintes.

—Es-tu amoureux d'Aurora Storm ?

—*Hein ?* Non !

Jake se précipita près d'elle et s'agenouilla.

—Non ! Non, ma chérie. Je n'aime que toi !

Je n'aime que toi. Elle se sentit instantanément soulagée, même si elle aurait préféré l'entendre prononcer ces mots dans de meilleures circonstances. Encore secouée par les émotions qui l'avaient traversée, elle ferma les yeux et prit une grande inspiration. Quelle que soit la raison de l'étrange comportement de Jake, elle se dit qu'elle pourrait sans doute lui pardonner. Tout s'arrangeait, avec le temps…

—Je t'aime aussi.

Il pencha la tête et déposa un baiser dans sa paume avant de lui prendre la main et de la reposer sur ses genoux.

—Eh bien, tu ne devrais pas. Parce que je t'ai menti sur toute la ligne.

Serrant les poings, Laurie réprima le sentiment de panique qui s'emparait de nouveau d'elle. Il devait exagérer ; il ne pouvait pas avoir menti sur *tout*.

—Bon… eh bien, maintenant, tu peux me dire la vérité.

—Je ne suis pas écrivain… Du moins, pas le genre d'écrivain auquel tu penses. Je ne suis pas là pour écrire un livre…

—Tu n'es pas là pour écrire un livre ? répéta-t-elle, l'air perdue.

—Non. Je suis journaliste d'investigation. J'écris des articles pour l'*Eastern Comet*, à Norwich, même si ceux-ci sont parfois publiés dans des journaux nationaux.

—Ah bon…

Elle ne sut quoi penser de la révélation qu'il venait de lui faire, et ne comprit pas pourquoi il semblait préoccupé à ce point. Elle n'était pas très heureuse d'apprendre qu'il lui avait menti, mais avait plutôt le sentiment qu'il avait pris des libertés avec la vérité. Il ne s'agissait pas d'une véritable trahison.

—Tu es venu enquêter ici, donc ? dit-elle en se demandant ce qu'un journaliste d'investigation pouvait bien chercher dans un endroit aussi ennuyeux que Mermaids Point. À propos d'*elle* ?

Il secoua la tête.

—Non. Du moins, pas au début. Tu sais, j'ai passé beaucoup de temps à travailler sur des affaires plutôt sordides. Ma dernière grande enquête m'a d'ailleurs beaucoup remué.

Elle faillit lui demander quel en avait été le sujet, mais son regard vide lui fit comprendre qu'il valait mieux ne pas lui poser la question.

—Mon patron m'a envoyé ici pour faire un break, poursuivit Jake. Je suis venu recharger mes batteries et couvrir l'histoire de la sirène.

Elle ne put s'empêcher de rire.

—Tu es ici pour la sirène ? C'est à cause d'elle que tu te mets dans tous tes états ?

Elle se mit à rire avec une telle spontanéité que son ventre se contracta douloureusement. La situation n'était pas drôle à ce point, mais elle offrait un tel décalage avec l'appréhension et les doutes qu'elle avait éprouvés plus tôt qu'elle ne pouvait qu'en rire.

Jake, quant à lui, demeura de marbre. Il ne paraissait pas le moins du monde amusé, ni même soulagé par sa réaction. Son expression parut même s'assombrir encore. Il se releva, se pencha au-dessus de son ordinateur portable et cliqua sur le curseur. L'image d'Aurora Storm disparut et une autre photographie s'afficha à l'écran.

Laurie cessa instantanément de rire. L'image était un peu floue, mais elle connaissait ce visage presque aussi bien que le sien.

—Mais… C'est Nick.

—Effectivement, confirma Jake.

Battant en retraite de l'autre côté de la cuisine, il s'empara de sa bouteille de bière et en avala une grande rasade.

Laurie se dit qu'un verre d'alcool la réconforterait sans doute également. Elle prit son verre de vin et se força à n'en boire qu'une petite quantité alors qu'elle aurait été capable d'ingurgiter le verre entier.

—Pourquoi as-tu pris des photos de Nick ? Et *quand* les as-tu prises ?

—Ce matin. Je m'apprêtais à le rejoindre, et j'ai reçu un message de sa part pour annuler la sortie.

—Donc, tu l'as espionné ?

Laurie se sentit incapable d'ajouter un mot.

—Il était en train d'agir bizarrement, répondit Jake en haussant les épaules, sur la défensive.

—Qu'est-ce que tu racontes ? demanda Laurie, une pointe d'accusation dans la voix.

—Je l'ai vu se disputer avec quelqu'un qui lui a donné de l'argent, se justifia Jake en avalant une autre gorgée de bière. On aurait dit un pot-de-vin, si tu vois ce que je veux dire ? ajouta-t-il.

—Un pot-de-vin ? répéta-t-elle. Je ne comprends pas…

—Tu sais ce qu'est un pot-de-vin ? Une transaction louche… De l'argent liquide. Une affaire de drogue. Peut-être…

Il agita sa bouteille de bière en un geste de frustration.

Laurie eut le sentiment d'avoir affaire à un homme blasé, habitué à croiser tous les jours des personnes qui enfreignaient la loi. Peut-être était-ce le cas, mais malgré cela, l'idée lui parut ridicule.

—Tu penses vraiment que mon frère était en train de dealer de la *drogue* ? Tu le connais un peu, non ? C'est bien toi qui étais assis à côté de lui au dîner, l'autre soir, à rire et plaisanter avec lui comme s'il était ton meilleur ami ? Je n'ai pas rêvé, je suppose ?

Tout cela lui semblait si invraisemblable qu'elle ne put s'empêcher d'adopter un ton sarcastique. Nick avait certes fait quelques bêtises lorsqu'il était plus jeune, mais son frère était la personne la plus honnête qu'elle connaissait – à part leur père, peut-être.

—Que voudrais-tu que j'en pense ?

Elle ne pouvait croire qu'il se montre si virulent, en particulier à propos de *son frère*.

—Tout, sauf ça ! Mon Dieu, mais si tu étais si inquiet à propos de ce que tu as vu, pourquoi n'es-tu pas allé le voir pour lui en parler ? Tu n'étais pas bien loin…

Elle tendit un doigt accusateur vers la photo affichée sur l'écran.

—Tu étais juste à côté ! insista-t-elle. Tu as imaginé que Nick faisait quelque chose de répréhensible, qu'il avait peut-être des ennuis, et tu t'es contenté de rester là à regarder ce qui se passait ! ajouta-t-elle tandis que son estomac se contractait désagréablement. Et s'il était arrivé quelque chose de grave ? Serais-tu intervenu ?

Son air buté lui fournit la réponse qu'elle attendait.

—Tu n'aurais rien fait, c'est ça ?

Elle secoua la tête, se demandant à quel drôle d'oiseau elle avait affaire.

—Il ne s'est rien passé de grave. Il va bien…

Il s'agissait d'un prétexte, et non d'une réponse. Laurie lui tourna le dos. Elle ne souhaitait pas en entendre davantage. Elle but un peu de vin, remarqua qu'elle n'en avait pas laissé beaucoup et reposa le verre hors de sa portée. Elle avait besoin d'avoir l'esprit clair. Elle devait réfléchir.

À l'aide du pavé tactile, elle fit défiler les photographies sur l'écran. La seule chose qui lui semblait réellement inhabituelle était la présence du luxueux Range Rover. Elle ne voyait pas souvent ce type de voiture dans le coin. Les fermiers se déplaçaient plutôt au volant d'un Land Rover boueux, ou d'un pick-up dont la plateforme était remplie d'outils divers, de rouleaux de grillages et de sacs de nourriture pour animaux. D'ailleurs, aucun habitant ne se serait risqué à circuler avec un tel véhicule à travers les rues étroites du village. Quant aux touristes, ils préféraient les grosses berlines ou les voitures familiales, utiles pour les transporter avec leurs enfants et tous leurs bagages ainsi que l'équipement dont ils avaient besoin pour séjourner au bord de la mer.

Elle continua d'examiner les photos, ne sachant exactement ce qu'elle comptait y trouver. Une réponse, peut-être ? Quelque chose qui lui permettrait de pardonner Jake, ou au moins d'expliquer son comportement ?

Prenant son temps, elle étudia les clichés un par un, s'efforçant de rassembler les pièces du puzzle. Tout cela pouvait signifier tout et n'importe quoi, et si Nick avait l'air plutôt mécontent, rien ne suggérait dans son langage corporel qu'il ait été menacé. Il semblait un peu agacé sur certains gros plans, mais elle le connaissait aussi bien qu'elle-même et il semblait plutôt maître de lui malgré son air renfrogné.

Passant le pouce sur le pavé tactile, elle fit défiler toutes les images vers la droite, puis revint à la première en s'efforçant de repérer un détail qu'elle aurait pu omettre.

—Je ne vois pas à quel moment il reçoit le pot-de-vin dont tu as parlé, dit-elle, le regard toujours fixé sur l'écran.

Jake approcha l'une des chaises de la cuisine et s'installa à côté d'elle.

—Cela s'est passé avant que je ne commence à prendre des photos, avoua-t-il d'une voix radoucie, et paraissant moins sur la défensive. Ce... Il est difficile d'expliquer pourquoi quelque chose *semblait* clocher. Il s'agit d'une déformation professionnelle... Remarquer ce qui ne va pas, ce que d'autres ne verraient sans doute pas.

Il voulut poser une main sur la cuisse de Laurie, mais elle bougea la jambe pour se dérober. Elle ne voulait pas qu'il tente de l'amadouer.

—J'avoue que j'ai tiré des conclusions plutôt négatives sans laisser à Nick le bénéfice du doute.

—Je n'arrive pas à croire que tu aies passé la moitié de l'été ici à Mermaids Point sans avoir compris qui nous étions !

Cela l'avait blessée, de même que son affront envers Nick. Jake était là depuis un certain temps et il n'avait pas compris les règles essentielles qui régnaient au sein du village, et qui avaient tant d'importance pour elle. Comment avait-elle pu penser qu'il pourrait se sentir bien ici à long terme ? Elle ne lui avait peut-être rien dit, mais elle avait tant espéré que ce serait le cas !

—Les rares cas où quelqu'un se conduit mal, ici, c'est en se garant sur une double ligne jaune ou en provoquant un embouteillage ; ou bien en insistant pour continuer à boire alors que Dave veut fermer le pub.

Et ce genre de situations était très rare. Il n'y avait jamais d'enterrements de vie de garçon ou de jeune fille, à Mermaids Point.

—Dans mon village, reprit Laurie, nous faisons attention les uns aux autres. S'il se passait quelque chose d'aussi grave que ce que tu as évoqué, nous aurions déjà réglé le problème.

Jake soupira.

—Je ne voulais pas m'en mêler, Laurie. J'étais prêt à m'en aller et à ne plus y penser, mais lorsque la voiture est arrivée, cela m'a interpellé.

Il se pencha en avant et zooma sur l'image du Range Rover.

—Il est tout neuf, dit-il en désignant la plaque minéralogique. C'est un modèle haut de gamme. Les gens d'ici ne pourraient pas s'offrir un modèle comme celui-ci ! Et regarde bien à quel point les vitres sont foncées. Ce n'est pas pour se protéger du soleil. Il s'agit du genre de vitres destinées à cacher ce qui se passe à l'intérieur.

Laurie songea qu'il n'avait pas tort. Elle avait elle-même trouvé ce détail bizarre. Elle s'efforça de considérer les choses du point de vue de Jake.

—Si tu voyais une voiture comme celle-là garée ailleurs, est-ce que tu trouverais cela louche ?

Il haussa les épaules.

—Tout dépend de l'endroit… En ville, beaucoup de cadres en conduisent, je me poserais donc moins de questions. Il y en a beaucoup, à Londres.

—Donc, la voiture est arrivée…, dit-elle en se demandant si elle y verrait plus clair lorsqu'il poursuivrait son récit.

—Oui, et je te l'ai dit, quelque chose m'a interpellé, j'ai donc continué à surveiller ce qui se passait. Manifestement, Nick n'était pas content, et il n'était pas le seul, souligna Jake en agrandissant la photo de son frère et de la personne vêtue d'un sweat-shirt à capuche qui se tenait près du cockpit du bateau. Regarde leurs attitudes. Ils sont en train de se disputer.

Laurie avait également cette impression.

—Pour autant, on ne peut pas accuser Nick de participer à quelque chose d'aussi grave qu'un trafic de drogue.

—Je ne l'ai pas accusé de quoi que ce soit !

—Tu y as pensé, pourtant.

Cela était impardonnable à ses yeux.

—J'ai pensé qu'il était mêlé à quelque chose, je l'admets, se justifia Jake en passant une main dans ses cheveux. Et il l'est, même si ce n'est pas du tout ce que je soupçonnais !

Il lui montra deux autres images. La première était celle qu'elle avait vue sur son écran en arrivant : Aurora Storm dans toute sa splendeur. La seconde était une version agrandie de la dernière photo représentant la personne vêtue d'un sweat-shirt gris à capuche qui se tenait à l'arrière du bateau lorsque celui-ci avait quitté le port. Elle était un peu floue, mais la ressemblance était frappante.

—Tu penses que mon frère a emmené Aurora Storm sur son bateau ? demanda-t-elle, ce qui lui semblait difficile à croire.

—Oui.

Il lui montra une autre image représentant l'homme qui arborait une casquette de base-ball et qui se trouvait également à bord.

—J'ai réussi à obtenir une image précise du logo de sa casquette, dit-il en cliquant sur son navigateur Internet et en affichant la page d'un site baptisé Siren Productions.

Le dessin d'une sirène bleu et vert stylisée se détachait sur un fond noir à côté du nom de l'entreprise inscrit en lettres blanches épaisses. La queue de la sirène ondulait sous le mot Siren, comme pour le souligner.

—Ce n'est que la page d'attente d'un site en construction, poursuivit Jake. La partie « Contact » fournit l'adresse d'une boîte postale ainsi que l'adresse e-mail d'un administrateur. Il n'y a aucun numéro de téléphone.

Dans l'esprit de Laurie, les pièces du puzzle se mirent en place.

—Tu penses que tout cela a un lien avec la sirène aperçue dans le coin ?

—Je n'ai pas pu le prouver, mais j'ai suffisamment d'éléments pour le supposer. J'ai effectué des recherches sur la *Companies House*[1] et j'ai découvert que le directeur de l'entreprise est Dennis Rouse.

---

1 La *Companies House* est un registre du commerce et des sociétés britanniques.

Laurie le regarda d'un air interrogateur, car ce nom ne lui disait rien.

—Dennis Rouse dirige la DR Talent Agency et devine qui était l'une de ses principales clientes avant qu'elle ne disparaisse de la circulation ?

—Aurora Storm…

Laurie effleura le pavé numérique pour revoir les deux photos de la chanteuse. Tout cela lui semblait encore difficile à croire.

—D'après toi, que fait-elle ici ? Penses-tu qu'elle est à l'origine de cette histoire de sirène ?

Il haussa les épaules.

— Je n'en sais rien, mais cela n'a pas vraiment d'importance. J'ai suffisamment d'éléments pour écrire un article. Je n'ai pas l'habitude de m'occuper des célébrités, mais étant donné la manière dont elle a disparu à l'époque, tout ce qui a un rapport plus ou moins lointain avec elle plaira aux tabloïds. J'ai ébauché un article et je l'ai envoyé à mon rédacteur en chef pour savoir ce qu'il en pensait.

Jake avait raison. La presse adorait publier ce genre d'histoires en première page. Le village allait être envahi par des équipes de journalistes dès que l'histoire paraîtrait dans les journaux. Cependant, Laurie ne pouvait s'en réjouir réellement, car la façon dont Jake avait agi l'avait contrariée. Il avait envoyé l'histoire avant même de lui en parler.

—Et Nick ? Est-ce que tu l'as au moins laissé en dehors de toute cette histoire ?

Comme il ne répondait pas, Laurie se retourna vers lui.

—Jake ?

Les lèvres du jeune homme formaient un pli résolu.

—Le nom du bateau est bien visible sur la photo. Trouver qui en est le propriétaire ne sera pas difficile.

—Tu aurais pu l'effacer…

Jake secoua la tête.

—C'est impossible. Je devais la montrer en train de naviguer, car cela prouve que l'affaire a un lien avec elle.

—Nick va être complètement anéanti, balbutia Laurie.

Une journaliste qui avait réalisé des interviews durant le week-end avait eu un comportement extrêmement pénible. Elle avait fait irruption dans le café et avait fourré son micro sous le nez des clients en leur demandant ce qu'ils pensaient de la sirène. Laurie avait réussi à la chasser, mais elle était restée sur le trottoir près de la devanture et avait importuné toutes les personnes qui entraient ou sortaient. Dès que la presse aurait fait le lien entre le bateau et Nick, elle s'intéresserait sans doute aussi au reste de la famille. Et avec la présence d'une célébrité dans l'équation, Laurie se dit que les reporters ne se satisferaient pas de leur refus de commenter l'affaire et les harcèleraient sans relâche.

—Ça risque de devenir cauchemardesque !

—Pas si nous gérons bien la publicité. L'histoire pourrait t'amener de nombreux clients, ainsi qu'à tes parents…

Pourtant, Jake ne paraissait pas convaincu de ce qu'il venait de dire.

—Il n'y aura d'avantages que pour toi ! Je n'arrive pas à croire que tu nous aies fait ça !

Elle aurait aimé pouvoir imaginer que tout cela aurait une issue positive, mais l'absence manifeste de scrupules de la part de Jake montrait qu'il avait fait passer la publication d'une bonne histoire avant tout le reste, y compris avant elle. Le jeune homme se pencha en avant et tendit les mains vers elle, comme pour l'inciter à se montrer raisonnable.

—Si Nick m'accordait une interview, je pourrais publier sa version de l'histoire…

—Et s'il refuse ? s'indigna Laurie.

Elle avait à l'esprit la photo montrant une dispute entre Nick et Aurora. Si l'histoire devenait publique, quelles conséquences cela aurait-il ? Comment Jake pouvait-il agir ainsi ? Elle aurait finalement préféré apprendre qu'il aimait une autre femme, car le fait qu'il ait ainsi trahi sa famille était encore pire. Et il ne l'avait pas fait par passion pour son métier. Il s'était assis à cette table, parfaitement conscient de ce qu'il faisait – même s'il n'avait pas tout à fait bonne conscience – et avait rédigé un article en sachant parfaitement quelles en seraient les conséquences.

—Ce n'est pas parce que ta famille n'en est pas une que tu es obligé de t'en prendre à la mienne ! s'exclama-t-elle d'un ton cinglant.

Son commentaire était cruel, et elle le regretta aussitôt. Elle constata qu'il avait fait mouche, car Jake vacilla comme si elle venait de le frapper. L'irritation puis la tristesse se succédèrent sur son visage, puis il se reprit.

Et brusquement, il redevint un étranger, comme lors de cette autre soirée.

—C'est un bon article !

Il avait prononcé cela d'un ton froid, si froid…

—Il s'agit de diffamation et de mensonges, et tu le sais très bien ! répliqua-t-elle.

—Est-ce que tu sais combien une telle histoire peut rapporter ? J'ai des factures à payer, tout comme toi, Laurie. Et si je me débrouille bien, cela pourrait représenter assez d'argent pour…

Il s'interrompit.

—Assez d'argent pour quoi ? demanda Laurie d'un ton sec.

—Je me suis dit qu'avec un peu d'argent de côté, je pourrais envisager d'autres options. Il pourrait s'agir de mon dernier article, si c'est ce que tu veux.

Son dernier...

—Tu es fou ? Tu penses honnêtement que je ne vais rien dire et te laisser jeter ma famille en pâture à ces charognards de la presse people, puis attendre que les choses se tassent ? Tout cela pour avoir assez d'argent pour partir d'ici ?

—Non, pas pour partir d'ici. Pour rester. Et construire une vie ensemble.

—Si c'était ce que tu voulais, tu n'aurais pas agi ainsi ! s'exclama-t-elle. Mais en réalité, ce n'est pas ce que tu veux, n'est-ce pas ? Parce qu'en rédigeant cet article, tu savais au fond de toi que cela mettrait fin à notre relation !

Elle recula sa chaise, submergée par la colère et la déception.

—Tu n'es pas habitué à être heureux, n'est-ce pas, Jake ?

—Qu'est-ce que tu racontes ? demanda nerveusement Jake.

—Rien. Plus rien, malheureusement. Pourtant, notre histoire aurait pu être merveilleuse ! répondit-elle en attrapant son sac à main sur la table et en se dirigeant vers la porte. Si j'étais toi, je continuerais à espionner les gens. Tu es vraiment doué pour ça !

—Si je ne raconte pas cette histoire, quelqu'un d'autre le fera ! Parle à Nick. Essaye de le convaincre qu'il est dans son intérêt de tout me raconter…

Ses dernières paroles la heurtèrent de plein fouet. Elle éprouva une terrible prise de conscience. Elle se figea, puis se tourna vers lui.

—Et si Nick avait fait quelque chose d'illégal ? Aurais-tu également écrit un article ?

Mais elle connaissait déjà la réponse.

Jake la regarda. Il avait de nouveau cette expression indéchiffrable.

—Les gens ont le droit de connaître la vérité.

Laurie eut un rire sarcastique.

—N'essaie pas de me donner de leçons de morale, Jake ! Je sais qui tu es au fond, et je ne veux plus jamais avoir affaire à toi !

Le masque du jeune homme se décomposa, trahissant sa douleur.

—Laurie, *je t'en prie*.

Il tendit la main vers elle, comme pour la retenir.

Pendant un instant qui lui sembla interminable, elle se sentit déchirée entre les deux moitiés de son existence. La famille à laquelle elle devait tout, et l'homme dont elle s'était mise à espérer qu'il resterait auprès d'elle. Mais il ne faisait plus partie de l'équation ; il n'en ferait plus jamais partie, et il était temps qu'elle cesse de le croire. Il était incapable de comprendre ce qu'impliquait de vivre au sein d'un village, et d'avoir d'une famille.

—Publie ton article, et va au diable, Jake !

Étouffant un sanglot, elle quitta la pièce et claqua la porte derrière elle.

25

Jake ne sut combien de temps il resta immobile à contempler la porte, espérant vainement que Laurie allait revenir. Il était prêt à entendre de nouveaux reproches. Tout valait mieux que le néant que serait le reste de son existence sans elle. Il pensait être hermétique à toute critique, mais même l'expert en manipulation qu'était son père n'était pas parvenu à le blesser autant que Laurie venait de le faire.

Peut-être parce qu'elle avait raison.

Il se prit la tête entre les mains, réalisant à quel point il avait agi sans réfléchir. Il n'avait pas envisagé, avant d'affronter cette soirée, que Laurie puisse lui pardonner d'avoir dissimulé qui il était réellement. Comme il avait la certitude qu'il n'allait plus rester très longtemps à Mermaids Point, il avait agi de manière à ce que sa prophétie se réalise. Il n'avait pas anticipé la réaction de la jeune femme, qui avait ri en apprenant qu'il était venu enquêter sur la sirène. Si les choses s'étaient arrêtées là, ils auraient pu dialoguer, et trouver un moyen d'aller de l'avant.

Il passa une main dans ses cheveux. Pourquoi s'était-il mêlé de ce qui ne le regardait pas, à propos de Nick ? Pourquoi ne s'était-il pas éloigné ? Et si elle avait raison ? N'avait-il pas inconsciemment souhaité tout cela ? Ne s'était-il pas servi de Nick comme d'un pion pour parvenir à ses fins ? Même après avoir réfléchi et compris ce qui se tramait, il aurait pu interrompre le processus, peser le pour et le contre, et révéler ce qu'il avait vu à Laurie, pour que cela reste un secret entre eux et qu'ils attendent de voir ce qui allait se passer ensuite.

Ils auraient peut-être même rédigé l'article de manière à ce qu'il ait une issue positive. S'il en avait préalablement parlé à Laurie, ils auraient pu trouver une solution qui lui aurait permis de décrocher un scoop – et de gagner beaucoup d'argent – tout en la préservant, ainsi que sa famille, de toute conséquence négative. Au lieu de cela, il avait tout détruit, et à cet instant, en réfléchissant aux raisons de son acte, il ne comprenait pas pourquoi il avait agi ainsi.

En dehors des quelques années qu'il avait vécues avec Jules à l'université, il n'avait pas eu de relation satisfaisante. Il était sorti avec de nombreuses femmes adorables et avait beaucoup apprécié les moments qu'il avait passés avec elles, mais s'était contenté de brèves aventures. Il était constamment pris par son travail, par une nouvelle enquête dans laquelle il devait se plonger corps et âme, et ses horaires impossibles lui offraient un prétexte tout trouvé pour éviter de faire des projets. D'ailleurs, il avait peut-être tout fait pour que cela se passe ainsi.

Et avec Jules, il était devenu évident, au bout d'un certain temps, que leurs vies allaient prendre des directions différentes. Leurs choix de carrière, après la fin de leurs études universitaires, leur avaient fourni une excuse pour rompre. Était-ce pour la même raison qu'il était sorti avec Laurie, en sachant que leur relation allait prendre fin rapidement, qu'il aurait une porte de sortie toute trouvée ?

Il appliqua les pouces au coin de ses yeux pour en soulager la tension douloureuse. En grandissant au sein d'une famille telle que la sienne, il avait appris à refouler ses larmes, car à quoi bon pleurer s'il n'y avait personne pour se soucier du fait qu'il était bouleversé ? Qu'est-ce qui n'allait pas chez lui ? Pourquoi avait-il tout gâché ?

Il se précipita vers la porte, l'ouvrit brusquement et se rua à l'extérieur. S'il se dépêchait, il pourrait peut-être rattraper Laurie, lui demander de l'écouter, de le laisser s'expliquer et de lui prouver qu'il pouvait se rattraper. Qu'il *allait* se rattraper, même s'il ne savait pas comment. Mais en serait-il capable ? Et s'il ne parvenait pas à s'améliorer ?

Je sais qui tu es au fond, et je ne veux plus jamais avoir affaire à toi.

À peine arrivé à la moitié du chemin qui menait au village, il s'arrêta de courir. S'il était incapable de mieux se comporter envers Laurie, il en serait incapable envers une autre femme – d'autant que Laurie était une femme douce, qui méritait de recevoir de l'amour et de la tendresse, et envers laquelle il fallait faire preuve d'intégrité, une qualité qu'il n'était pas sûr de posséder. Il se laissa tomber au bord du chemin, les yeux rivés sur la mer qui s'étendait devant lui à perte de vue.

Il n'eut pas conscience du temps qu'il passa ainsi, assis sur l'herbe humide, jusqu'à ce qu'il se sente enfin prêt à affronter la vérité. S'il aimait Laurie, ou du moins éprouvait pour elle des sentiments proches de l'amour malgré son cœur endurci, il devait la laisser partir, du moins pour l'instant, et peut-être pour toujours. Il ne savait comment il allait parvenir à arranger les choses, mais il savait au moins par où commencer – en retournant aux origines. Cela faisait dix ans qu'il avait claqué la porte de la maison de ses parents, jurant de ne jamais y revenir. Mais même s'il avait tenu sa promesse, il n'était jamais parvenu à les oublier. Il s'était éloigné d'eux par fierté, mais à quoi bon préserver sa fierté si elle lui coûtait autant ? Il n'obtiendrait peut-être pas de réponses, mais s'il désirait avancer pour espérer être plus heureux à l'avenir, il devait trouver un moyen de faire la paix avec son passé.

Il demeura encore quelques instants assis jusqu'à ce que les derniers rayons du soleil disparaissent à l'horizon. Les constellations commencèrent à apparaître dans le ciel nocturne de Mermaids Point. Il espérait pouvoir y revenir un jour, car il ne s'était senti à sa place dans aucun autre endroit au monde. Les yeux secs, mais brûlants, il se releva et repartit, le cœur lourd, en direction du cottage.

***

La porte de la cuisine était entrebâillée et il entendit son téléphone portable sonner. Plein d'espoir, il se rua dans la pièce pour répondre, mais constata que l'appel provenait de son rédacteur en chef. Il se laissa tomber sur le fauteuil qui se trouvait devant son ordinateur portable et décrocha.

—Hey, Mac !

—Bon Dieu, mais où étais-tu passé ? Cela fait une heure que j'essaie de te joindre.

—Désolé, il fallait que je réfléchisse…

—Bon, ce n'est rien. Ne perdons pas de temps pour des broutilles. Tu tiens là une sacrée histoire, mon garçon !

Jake perçut le bruit d'un briquet suivi du bruit d'inhalation caractéristique des fumeurs et réalisa que Mac venait d'allumer une cigarette. Son patron avait arrêté de fumer peu de temps après les débuts de Jake au *Comet*, mais de temps à autre, il s'accordait une exception, notamment lorsqu'il avait le sentiment qu'ils tenaient un bon article. Jake pouvait l'imaginer, assis sur les marches de l'escalier de secours, sa chemise froissée après une journée intense au bureau, sa cravate desserrée sous le col qu'il ouvrait invariablement dans les dix minutes qui suivaient son arrivée au bureau. Sa chevelure poivre et sel était sans doute ébouriffée parce qu'il y passait la main à de nombreuses reprises lorsqu'il se sentait frustré. Ses doigts devaient être constellés d'encre à cause des stylos bille bon marché qui fuyaient et qu'il aimait utiliser lorsqu'il griffonnait sur l'énorme sous-main en papier qui couvrait une grande partie de son bureau.

Un sanglot s'échappa de la gorge de Jake.

—Jake ? Est-ce que tu es en train de pleurer ?

—Non.

Cependant, sa voix étranglée le trahissait. Un long silence s'installa entre les deux hommes, ponctué par le son du souffle de Mac lorsqu'il expirait la fumée, et par les terribles hoquets que Jake ne parvenait plus à réprimer.

—Dis-moi ce qui ne va pas, fils ! finit par lui enjoindre Mac, ce qui eut pour effet d'amplifier les sanglots de Jake.

À quel point sa vie avait-elle été vide pour que seul son patron l'appelle ainsi ? Cependant, le souvenir d'une grande main solide lui administrant une tape amicale sur l'épaule lui revint en mémoire, de même que le rire sonore d'Andrew Morgan. Le père de Laurie l'avait également appelé « fils ». Il s'était montré prêt à accueillir avec sa générosité coutumière l'homme que sa fille avait invité à partager leur dîner. Jake n'avait pas seulement perdu Laurie, ce qui était en soi déjà douloureux, mais également une famille qui s'était montrée prête à l'intégrer, ce qui ne lui était jamais arrivé.

—J'ai échoué, Mac, parvint-il à articuler. J'ai échoué sur toute la ligne.

***

Le Jake qui emprunta le chemin sinueux conduisant à la plage le matin suivant était un homme nouveau. Mac et lui avaient discuté à bâtons rompus jusqu'à une heure avancée de la nuit de tout ce qui s'était produit depuis l'arrivée de Jake à Mermaids Point. Rapidement, Mac avait décidé d'étouffer l'affaire, même s'il avait émis des regrets à une ou deux reprises à propos de la perte de revenus que cela représenterait.

Conscient que cela exigeait un gros sacrifice de la part de l'homme qui l'avait toujours soutenu, Jake ne s'était pas senti mieux pour autant. Les journaux locaux comme le sien tiraient le diable par la queue, même avec un rédacteur en chef aussi dynamique que Mac. Ce dernier avait su surfer sur la vague des médias numériques dès leur apparition, et avait investi sans en avoir réellement les moyens dans l'élaboration d'un excellent site internet qui venait en complément de leur version papier traditionnelle. Un article à propos d'une célébrité telle qu'Aurora Storm aurait suscité de nombreuses lectures en ligne du *Comet* et généré des revenus publicitaires supplémentaires.

Lorsque Mac et lui avaient enfin raccroché, Jake avait titubé jusqu'à son lit et, trop épuisé pour prendre la peine de se déshabiller, s'était endormi presque aussitôt. Ce n'est qu'en se réveillant, deux heures plus tôt, qu'il avait remarqué le sac à dos au motif fleuri que Laurie avait laissé dans un coin de la chambre. Il s'était assis à l'extrémité du lit et l'avait contemplé, submergé par les regrets. Mais il se sentait plus apaisé, désormais, et avait l'esprit plus clair.

Maintenant qu'il avait convaincu Mac de ne pas publier l'article, il devait trouver un moyen de se réconcilier avec Laurie. *Mais sans se précipiter.* Il devait d'abord prendre le temps de remettre de l'ordre dans sa vie, car Laurie n'était pas là pour réparer ses blessures. Mais avant cela, il allait lui rendre son sac à dos et formuler les excuses qu'elle méritait de recevoir.

Il passa devant la vitrine de la salle d'arcade, dont les néons clignotaient déjà, tel un appel à venir y dépenser plus d'argent que nécessaire. Il s'arrêta un instant, se rappelant ce que Laurie lui avait raconté à propos de l'ours rose en peluche. Il s'approcha de la devanture pour regarder à travers, et sourit en repérant le petit jouet tape-à-l'œil, toujours relégué dans un angle de la machine à pince. Se disant qu'il allait devoir mettre toutes les chances de son côté, Jake pénétra dans la salle d'arcade et s'approcha de la caissière installée au fond.

—Vous voulez un peu de monnaie, mon joli ? lui demanda la femme qui se tenait derrière un guichet vitré.

—Combien coûte une partie de machine à pince ?

—Une livre.

Jake grimaça en sortant un billet de vingt livres.

—J'espère avoir de la chance…

Mais cela ne fut pas le cas. Lorsqu'il se présenta à la caisse pour la troisième fois, Janice, la caissière, qui lui avait donné son prénom dès son second passage, inspecta la collection bigarrée qu'il déposa sur le comptoir : deux lapins, un canard et un monstre vert doté d'un seul œil. Jake sortit de nouveau son portefeuille.

—Vous voulez en gagner combien ? lui demanda-t-elle en secouant la tête avant de sortir un rouleau de pièces d'une livre de la caisse.

—Un seul en particulier. L'ours rose, expliqua-t-il d'un air embarrassé, ne sachant comment se justifier. Je dois m'excuser auprès de quelqu'un…

Janice rit à gorge déployée.

—Mais pourquoi ne l'avez-vous pas dit tout de suite ? dit-elle avant de décrocher un trousseau de clés suspendu à un clou sur le mur situé derrière elle.

Elle sortit de derrière son guichet et se dirigea vers la machine.

— Est-ce bien celui-ci que vous voulez ? s'enquit-elle en se servant d'une grande clé ronde pour déverrouiller l'arrière de la machine.

—Oui, confirma Jake en tapotant la vitre devant la peluche défraîchie qu'il avait attrapée avec la pince quelques instants auparavant, mais qui était retombée à quelques centimètres du distributeur.

—Vous en êtes sûr ? demanda-t-elle en attrapant l'ours et en l'examinant d'un air sceptique. Je ne vois pas en quoi il va faciliter vos excuses.

—C'est bien celui-là que je veux, assura Jake en ignorant sa remarque. Combien vous dois-je ?

Elle lui tendit la peluche.

—Laissez tomber, mon joli. Vous avez dépensé plus de dix fois son prix.

—Il en valait la peine, répondit Jake en croisant les doigts derrière son dos, espérant que les faits lui donneraient raison.

Il rangea l'ours dans le sac à dos de Laurie.

—N'oubliez pas les autres peluches ! s'exclama Janice tandis qu'il se dirigeait vers la porte.

—Remettez-les dans la machine, je n'en aurai pas besoin, merci.

En approchant du café d'un pas énergique, sa discussion avec Janice l'ayant encouragé, il remarqua que le store de la porte était encore baissé et son enthousiasme retomba. Ignorant le panneau « FERMÉ », il frappa à la porte. N'obtenant pas de réponse, il jeta un coup d'œil par le petit interstice entre le bord du store et l'encadrement de la porte. Derrière, la salle était plongée dans l'obscurité et il n'y avait pas signe de vie.

Il se sentit envahi par la culpabilité. La veille au soir, avait-il bouleversé Laurie au point qu'elle se sente incapable d'ouvrir le café ? Il se dirigea vers la boutique de ses parents, mais stoppa net en constatant que celle-ci était fermée aussi. Qu'avait-il bien pu se passer ?

Hésitant sur la conduite à tenir, il revint sur ses pas en direction du café et vit un homme secouer la poignée de la porte d'entrée, en vain.

—Savez-vous pourquoi le café est fermé ? se renseigna-t-il auprès de Jake.

Il plaça le journal qu'il avait coincé sous son bras au-dessus de ses yeux pour tenter de voir à travers la vitrine. Jake aperçut sur le journal la moitié d'un gros titre ainsi qu'un visage familier. Il faillit avoir un haut-le-cœur.

—Vous permettez que je jette un coup d'œil ? demanda Jake à l'homme en tendant une main tremblante vers le journal.

—Allez-y, mon gars, répondit l'homme en lui tendant le journal, et manifestement soucieux d'essayer une nouvelle fois d'ouvrir la porte du café.

Dépliant le tabloïd, Jake découvrit avec incrédulité la page de titre du journal.

« ELLE RÉAPPARAÎT EN SIRÈNE ! » annonçait le gros titre.

—Il s'agit d'Aurora Storm, elle ne faisait plus parler d'elle depuis un moment..., déclara l'homme en lorgnant par-dessus l'épaule de Jake.

—Effectivement, marmonna Jake, tout en s'éloignant à grands pas.

Après la longue conversation qu'ils avaient eue, il avait du mal à croire que Mac ait pu agir derrière son dos.

—Hé, mon gars, tu ne m'as pas rendu mon journal ! s'écria l'homme en le rattrapant.

—Pardon, désolé, répondit Jake en lui rendant le tabloïd.

Puis il tourna les talons et se mit à courir. Il devait voir Laurie !

Ses poumons étaient en feu au moment où il atteignit le sommet de la colline. Il actionna le heurtoir en métal de la porte de toutes ses forces avant de se pencher en avant pour reprendre son souffle.

—Tu as un sacré toupet ! s'indigna Nick en sortant et en tirant la porte derrière lui. Je devrais te casser la figure pour ce que tu as fait !

—Je n'y suis pour rien…, répondit Jake qui s'efforça de reprendre sa respiration et se redressa.

En voyant à quel point Nick avait l'air furieux, il recula de deux pas.

—Je te le jure, mon pote ! reprit-il en levant les mains.

—Je ne suis pas ton pote, espèce de bâtard ! Tu as brisé le cœur de ma sœur !

Nick gesticulait avec colère.

Jake était conscient d'avoir blessé Laurie. Il posa la main sur sa poitrine d'un geste las.

—Je suis vraiment désolé, mais cela ne s'est pas passé comme tu le crois. Enfin si, mais non, bafouilla Jake, qui, ressentant le besoin impératif de voir Laurie pour s'expliquer, avait du mal à trouver ses mots. Laisse-moi juste lui parler !

—Pas question ! répondit Nick d'un ton hargneux, en tentant de le frapper.

Jake évita son poing de justesse au moment où la porte d'entrée s'ouvrait. Pendant une fraction de seconde, il espéra que Laurie allait sortir, mais la silhouette intimidante d'Andrew Morgan apparut dans l'encadrement.

—Ça suffit, Nick ! Rentre à la maison ! ordonna-t-il à son fils d'un ton qui n'admettait aucune réplique.

Nick regarda Jake un long moment avant de secouer la tête et de retourner à l'intérieur.

Lorsqu'il croisa le regard d'Andrew, Jake n'y vit pas la colère qu'il avait lue dans les yeux de son fils. Il n'y vit que de la tristesse et de la déception. C'était plus qu'il ne pouvait en supporter.

—Je suis navré.

Andrew secoua la tête.

—Je pense qu'il vaut mieux que tu t'en ailles.

Jake fit un pas en avant, mais Andrew croisa les bras sur sa poitrine.

—Pas question, Jake !

Vaincu, le jeune homme n'eut d'autre option que de redescendre sur le trottoir.

—Laurie a laissé quelques affaires chez moi, dit-il en désignant le sac à dos. Pouvez-vous les lui rendre ?

Andrew contempla le sac un long moment avant de se pencher pour le ramasser.

—Je vais le lui donner.

C'était tout ce que Jake pouvait espérer pour l'instant. Au moins, elle récupérerait l'ours rose en peluche. Il s'agirait d'un remède dérisoire au mal qu'il lui avait fait, mais il lui enverrait un message dès qu'il serait de retour au cottage. Cependant, il devait d'abord joindre Mac et lui demander pourquoi il avait finalement publié l'article.

À peine eut-il saisi son téléphone que celui-ci se mit à clignoter en affichant le nom de Mac. Mais pourquoi n'avait-il pas sonné ? Jake accepta l'appel tout en tournant l'appareil sur le côté et poussa un juron. Il avait dû involontairement activer le mode silencieux.

—Mac ?

—Ah enfin ! J'ai essayé de te joindre toute la matinée…

Mac semblait nerveux.

—Pour t'excuser, j'imagine ?

—Hein ? Tu as dû voir les journaux, alors ? Je ne sais pas d'où vient l'info, mais ce n'est pas pour ça que je t'appelle.

—Alors pourquoi ? Tu sais bien que ce n'est pas moi qui ai diffusé l'info ! s'écria Jake, qui, arrivé au bas de la rue de Laurie, tourna dans celle qui longeait la mer.

Quelques personnes se retournèrent en l'entendant élever la voix, mais il était trop en colère pour s'en soucier.

—Et tu es la seule personne à qui j'en ai parlé…

En dehors de Laurie, songea-t-il en s'arrêtant devant la rambarde métallique qui délimitait la rue. Mais pourquoi aurait-elle tout raconté à la presse ? Cela n'avait aucun sens.

—Écoute-moi, Jake ! s'exclama Mac d'un ton pressant avant de pousser un profond soupir. Bon Dieu, fils, ajouta-t-il d'un ton radouci. Écoute-moi une minute.

Oublie toutes ces histoires à propos de l'article… Nous avons reçu un appel en dehors des heures d'ouverture. C'est Mary, la réceptionniste, qui a répondu, tôt ce matin. Il s'agissait d'une femme qui a dit être ta mère.

Le bruit du briquet de Mac suscita autant d'appréhension chez Jake que le fait qu'il avait mentionné sa mère. Son patron ne fumait jamais d'aussi bonne heure…

—Cela m'ennuie de te l'annoncer ainsi, mais il s'agissait bien de ta mère, et elle a dit que ton père était décédé cette nuit. Je suis vraiment désolé…

—Merci de m'avoir prévenu…, répondit Jake qui balaya du regard sans la voir la plage noire de monde. Il vaut mieux que j'y aille, alors.

—D'accord. Appelle-moi plus tard. Et tu sais que si je peux faire quelque chose, il suffit de me le demander.

—Au revoir, Mac.

Jake remit son téléphone dans sa poche, en sachant qu'il ne l'appellerait pas, car Mac ne pouvait rien faire. Personne ne pouvait plus rien faire, car il était trop tard. Était-il déjà trop tard la veille au soir lorsqu'il avait décidé de revenir chez sa mère et d'y chercher des réponses ? Il secoua la tête en songeant à l'ironie amère de la situation. Les mains dans les poches, il se dirigea vers le cottage. Si son père avait été encore vivant, nul doute que ce vieux salaud aurait été ravi de lui jouer ce dernier tour.

26

Lorsque Laurie émergea de sa chambre, après s'être forcée à se recoucher, elle était encore sonnée. Elle ne se souvenait pas de la dernière fois où sa mère l'avait renvoyée au lit, mais celle-ci l'avait fait après avoir vu son expression dévastée. La jeune femme venait de passer presque une nuit entière à pleurer, et avait compris le matin même que Jake n'était pas revenu sur sa décision lorsque le journal avait atterri avec un bruit sourd sur son matelas. Elle s'était réveillée quelques minutes plus tôt et était passée dans la salle de bains avant de réaliser qu'elle mourait de faim. La veille au soir, Jake et elle n'avaient pas touché à la pizza qu'elle avait rapportée. Et elle était dans un tel état lorsqu'elle était rentrée qu'elle n'avait pas songé à manger. Elle se dit qu'il fallait qu'elle cesse de se cacher et de laisser le reste de la famille affronter les conséquences des événements.

Elle se sentit reprendre figure humaine lorsqu'elle se brossa les dents, mais il n'y avait pas grand-chose à faire contre ses yeux gonflés et son nez qui coulait. Elle enfila un sweat-shirt par-dessus le débardeur et le pantalon léger en coton dans lesquels elle avait dormi, puis descendit l'escalier. Lorsqu'elle entra dans la cuisine, elle ne vit que son père assis à la table avec les journaux du matin étalés devant lui. Il tenait entre ses mains un mug qu'elle lui avait offert des années auparavant et sur lequel était inscrit « Au meilleur papa du monde ».

—Hello, ma poupée, est-ce que tu te sens un peu mieux ?

Comme elle secoua la tête en signe de dénégation, il se leva et écarta les bras. Se réfugiant dans l'un de ses endroits préférés au monde, elle se demanda si elle serait un jour assez âgée pour ne plus avoir besoin de câlins de sa part, et se prit à espérer que ce ne serait jamais le cas.

—Que dit la presse ?

Toujours blottie entre les bras de son père, Laurie tourna la tête vers le tas de journaux.

—Ce n'est pas aussi horrible que ce à quoi nous nous attendions… Le nom de Nick n'est pas mentionné, ils parlent juste d'une personne du coin qui l'a aidée, expliqua son père en la serrant contre lui avant de relâcher son étreinte.

—Veux-tu une tasse de thé ?

—Oh oui, s'il te plaît !… Et est-ce que tu peux me faire griller quelques tranches de pain ?

— Beurre de cacahuètes ou pâte à tartiner au chocolat ?

Comme elle leva un sourcil étonné, son père secoua la tête.

—Pauvre enfant brimée…

Pendant qu'il s'activait tout en fredonnant un air qui passait à la radio, Laurie se glissa sur la chaise sur laquelle il était assis auparavant pour feuilleter les journaux. En plus de l'article qui figurait en première page, le premier tabloïd qu'elle ouvrit recensait tous les articles précédents publiés à propos de la chanteuse, notamment celui qui évoquait sa disparition et spéculait sur ses causes. Elle réexamina la page de couverture en fronçant les sourcils. Le journaliste crédité était le reporter du journal spécialisé dans le showbiz, et le nom de Jake n'était mentionné nulle part.

Elle parcourut rapidement la pile de journaux, et constata que Jake n'était l'auteur d'aucun des articles. Ceux qui établissaient un lien entre Aurora et les apparitions de la sirène se ressemblaient tous, et les éléments essentiels en étaient repris mot pour mot. Manifestement, tous provenaient de la même source, mais pourquoi celle-ci n'était-elle pas créditée ?

—Tiens, ma chérie.

Son père lui tendit un mug de thé fumant ainsi qu'une assiette de toasts découpés en carré tartinés de beurre de cacahuètes *et* de pâte à tartiner au chocolat.

—Merci, papa, tu es le meilleur !

—C'est ce que dit mon mug, en tout cas ! répondit son père avec un sourire, en le levant à l'attention de sa fille.

Mais il changea d'expression en voyant les journaux ouverts devant elle.

—En voilà tout un remue-ménage pour rien !

—Est-ce que tu as remarqué que le nom de Jake n'est mentionné sur aucun article ? demanda-t-elle avant de goûter un toast.

La saveur salée-sucrée lui parut délicieuse et lui rappela les tartines de son enfance.

—Ils n'ont utilisé aucune des photos qu'il m'a montrées hier soir, ajouta-t-elle.

—Vraiment ? répondit son père en fronçant les sourcils et en se mettant à feuilleter l'un des journaux.

Elle secoua la tête.

—Soit il s'agit d'anciennes photos, soit elles sont extraites des vidéos virales.

—Jake a peut-être décidé de ne pas les publier, finalement, pour éviter de mêler Nick à toute cette histoire…

—Peut-être bien, répondit Laurie qui commençait à se sentir ragaillardie par la nourriture et avala une gorgée de thé. Mais où est maman ?

—Elle est partie ouvrir la boutique pendant quelques heures. Lorsque nous avons vu que Nick n'était pas cité dans les articles, nous avons pensé que nous ne risquions rien. Elle verra bien si des rumeurs sont parvenues aux oreilles des clients, et ce qu'ils en pensent.

Laurie hocha la tête. Elle avait encore du mal à croire que Nick soit impliqué dans cette histoire, même s'il lui avait confirmé que c'était bien le cas lorsqu'elle avait passé la porte et expliqué ce qui s'était passé entre Jake et elle. La dispute à laquelle le jeune journaliste avait assisté était liée au fait qu'Aurora et son équipe avaient réalisé des prises de vue dans les grottes situées sous le cap après que Nick avait refusé de les y transporter en raison du danger.

—Et pour Nick ?

Son père haussa les épaules.

—Après que Jake est passé, il a reçu un coup de téléphone et a filé comme une flèche. Depuis, je ne l'ai pas vu et je n'ai pas de nouvelles…

Laurie reposa la moitié de son toast et regarda son père avec les yeux écarquillés.

—Jake est venu ici ? Quand cela ?

—Ce matin, vers 10 heures, je crois. Tu dormais, et je n'ai pas voulu qu'il vienne à nouveau te bouleverser, précisa son père, dont le front se barra d'un pli soucieux. Tiens, d'ailleurs, il a rapporté un sac pour toi.

En suivant son regard, Laurie aperçut dans l'entrée le sac à dos qu'elle avait déposé dans la chambre de Jake le soir précédent. Des larmes lui montèrent subitement aux yeux, et elle tenta de les refouler en faisant mine de boire une gorgée de thé.

—Je vais le monter dans ma chambre, répondit-elle dès qu'elle se sentit capable de répondre sans avoir la voix qui tremblait. Je vais aller prendre une douche et m'habiller.

Lorsqu'elle se leva pour débarrasser son assiette et son mug, son père lui fit signe de ne pas s'en occuper.

—Laisse, je débarrasserai dès que j'aurai fini mon thé. Occupe-toi de toi.

Il tapota l'inscription qui figurait sur son mug, ce qui la fit sourire, même si elle avait le sentiment qu'elle allait se remettre à pleurer. Mais elle ne savait pas si elle en serait capable, car elle devait avoir versé l'équivalent d'un an de larmes en une nuit. Cependant, elle se sentit submergée de tristesse. Son père lui prit la main et la retint.

—Tout va s'arranger, ma puce.

Elle hocha la tête, incapable de prononcer un mot.

Il la regarda un long moment avant de lui lâcher la main en soupirant. Il parut avoir tout à coup vieilli.

Le manque de sommeil et le fait de s'être fait du souci à son propos avaient creusé un profond sillon entre ses sourcils et des cernes violets soulignaient ses yeux.

—Je suis forte, chuchota-t-elle, une parole qui lui laissa un goût d'amertume sur la langue.

—Bien sûr, que tu l'es. Tu es une Morgan, et tout comme les rochers de la côte, nous restons forts… Quelles que soient les épreuves que la vie nous fait endurer. Il nous arrive d'être submergés, parfois, érodés par certaines expériences et refaçonnés par d'autres, mais nous ne nous brisons jamais.

Redressant sa colonne vertébrale durant une fraction de seconde, Laurie hocha la tête. Elle allait affronter cette tempête. Elle n'était pas seule. Pour l'instant, les choses lui paraissaient difficiles, mais elles n'étaient pas insurmontables, car elle était entourée de personnes qui l'aideraient à traverser les moments les plus difficiles jusqu'à ce qu'elle puisse se relever seule.

—Je t'aime, papa.

—Je t'aime, ma puce. Va prendre ta douche, et dors encore un peu, si tu veux, lui conseilla-t-il en lui adressant son immense sourire habituel, qui lui réchauffait toujours le cœur et lui remontait le moral. Je vais préparer du *shepherd's pie*, pour l'heure du thé[1], ce soir, qu'en dis-tu ?

Une douce chaleur se répandit dans son ventre, comme si elle venait déjà d'absorber ce plat reconstituant, préparé par l'homme qui était le pilier de cette

1 Le *shepherd's pie* est une sorte de hachis parmentier. L'heure du thé se situe traditionnellement aux alentours de 17 heures en Angleterre, et le dîner a lieu plus tôt qu'en France, entre 17 et 20 heures.

famille, dans cette cuisine qui avait toujours constitué pour elle un cocon sécurisant.

—J'en dis que c'est parfait !

***

La vapeur s'éleva en volutes derrière elle lorsqu'elle sortit de la salle de bains enveloppée d'un peignoir, une serviette enroulée autour de ses cheveux mouillés. Tout comme le thé et les toasts du petit déjeuner, la chaleur de la douche avait eu un effet apaisant sur sa tristesse. Si elle se sentait encore blessée, elle allait mieux, ce qui était une bonne chose.

Allant et venant à pas feutrés dans la chambre, elle s'assit devant sa coiffeuse et commença à se sécher les cheveux à l'aide de la serviette. Elle aurait pu aller chercher son séchoir pour gagner du temps, mais cela lui aurait demandé un trop grand effort. Elle fut prise d'une envie irrépressible de dormir. La chaleur de la douche associée au bouleversement émotionnel qu'elle venait de vivre l'avaient fatiguée au point qu'elle aspirait à se glisser de nouveau sous sa couette et à fuir la réalité. Elle s'efforça de tresser ses cheveux pour éviter qu'ils ne soient trop décoiffés par le fait d'aller se coucher avec les cheveux mouillés.

Elle avait au moins eu la présence d'esprit de déposer un pyjama propre sur son lit avant de prendre sa douche et elle l'enfila, laissant son peignoir en tas sur le tapis. Son pied heurta alors un objet. En baissant le regard, elle vit qu'il s'agissait de son sac à dos. *Laisse-le où il est.* Les affaires qu'elle y avait rangées étaient sans doute déjà froissées, et quelques heures de plus n'y changeraient rien. Mais sous l'effet d'une intuition, elle prit le sac sur ses genoux. En ouvrant la fermeture, elle découvrit la petite tête miteuse aux yeux qui louchaient de la peluche rose.

—Oh, Jake.

Quand avait-il pris la peine de récupérer l'ours ? Et pourquoi, après tous les mots horribles qu'elle lui avait adressés la veille ? Il en avait largement mérité certains, mais pour le reste… Ce qu'elle avait dit sur sa famille, notamment. Elle frissonna en songeant qu'elle s'était montrée vraiment cruelle. Sortant l'ours d'un rose extravagant du sac, elle se réfugia sous sa couette en serrant la peluche contre elle.

Elle aurait sans doute dû prendre des nouvelles de Jake, pour savoir pour quelle raison il était venu la voir au cours de la matinée, et lui demander pourquoi son nom ne figurait sur aucun des articles, mais elle se sentait incapable de bouger. Ses paupières se fermèrent une fois, puis deux, et elle sombra dans le sommeil en se disant qu'elle aurait tout le temps de lui parler plus tard.

Elle eut l'impression qu'elle venait à peine de fermer les yeux que la porte de sa chambre s'ouvrit avec fracas avant qu'un poids ne s'abatte près de ses jambes. Laurie s'assit dans son lit avec effort, avant de jeter un regard empreint de reproches à son frère, qui venait de se laisser tomber à l'extrémité du lit. Elle était sur le point de lui demander de la laisser tranquille, mais elle lut une telle détresse dans ses yeux qu'elle se tut. Pourtant, elle avait l'impression d'être incapable d'absorber d'autres mauvaises nouvelles. S'appuyant contre ses oreillers, elle croisa les bras.

—Tu as intérêt à ce que ce soit important, ou je balance tous tes jouets Action Man dans les toilettes.

Nick éclata de rire sous l'effet de la surprise, car elle lui avait rappelé un vieux souvenir.

—Oh là là, papa était vraiment énervé…

L'une des figurines était restée coincée à mi-chemin dans le siphon des toilettes et Andrew avait dû le démonter pour la récupérer.

—Oui, mais le pire, c'est que c'est moi qui me suis fait gronder ! s'exclama Nick.

—C'est parce que tu le méritais, répondit Laurie en lui adressant le sourire malicieux d'une petite sœur qui aurait obtenu une revanche sur son grand frère. Tu avais démoli mon château Barbie !

—J'étais en train d'organiser une mission de sauvetage. Ce n'est pas ma faute s'il était en plastique de mauvaise qualité et s'il n'a pas pu résister à l'attaque !

Laurie et Nick éclatèrent de rire tous les deux. Il s'agissait d'une conversation sans réel but, une tactique de diversion qu'elle avait employée instinctivement en voyant le visage de son frère, mais elle leur avait accordé un répit et avait légèrement déridé Nick.

Ils restèrent silencieux quelques instants, et Laurie observa Nick jouer avec les rubans et la bordure en dentelle ornant le bas de sa couette. Il s'agissait également d'une tactique de diversion. Les épaules de son frère s'élevèrent puis s'affaissèrent, et il poussa un soupir si profond que sa silhouette parut se tasser sur elle-même.

—Ce n'est pas lui.

Elle comprit instantanément ce qu'il voulait dire. Que le nom de Jake ne soit mentionné nulle part l'avait alertée, mais elle était trop perturbée pour avoir compris ce que cela signifiait.

—Tu en es sûr ?

Nick hocha la tête, les yeux fixés sur le ruban qu'il entortillait entre ses doigts.

—C'est elle…

Subitement réveillée, Laurie se leva d'un bond.

—C'est Aurora ? Mais pourquoi ?

Nick lâcha le ruban et posa les mains sur l'un de ses genoux, l'air malheureux.

—Pour avoir le contrôle de la situation. Elle avait déjà un article prêt à être publié. Comme Jake allait dévoiler le pot aux roses, elle s'est dépêchée de le transmettre à la presse plus tôt que prévu. Il s'agissait d'un coup de pub pour promouvoir son retour dans l'industrie du disque – d'abord les vidéos virales, puis une fuite dans la presse pour lui assurer une couverture médiatique maximale au moment où sa nouvelle chanson sortira dans quelques jours. C'est pour cela que nous avons fait une sortie en bateau, hier. Elle voulait réaliser une dernière vidéo de la sirène et la diffuser la semaine prochaine, expliqua Nick en détournant le regard. Elle est en train de rentrer à Londres, à cet instant même.

Ah.

—Tu étais amoureux d'elle ?

Nick resta silencieux un long moment, avant de hausser les épaules comme pour jouer l'indifférence, mais il ne paraissait absolument pas crédible.

—Nous avons juste profité du moment, dit-il avant de se lever, d'enfoncer les mains dans ses poches et de se diriger vers la porte. J'aurais quelque chose à raconter à mes petits-enfants, un jour… Quant à toi, que vas-tu faire, à propos de Jake ? demanda-t-il en s'arrêtant sur le seuil de la chambre.

Sortant l'ours en peluche rose de sous les couvertures, Laurie le posa sur ses genoux et le contempla. Même si Jake avait finalement fait ce qu'il fallait, ce qui avait dû se solder par une grosse perte financière, et peut-être par la perte de ses perspectives de carrière, il lui serait impossible de lui pardonner et de tout oublier. Cela avait été trop douloureux. En l'espace d'une heure, ils avaient saccagé la trame fragile de leur relation – et il n'était pas le seul responsable. Ils ne pouvaient effacer les dernières vingt-quatre heures et faire comme si rien ne s'était passé. Ils ne parviendraient sans doute pas à recoller les morceaux.

—Je vais l'appeler.

Laurie caressa la fourrure rose de l'ourson. Elle songea que se précipiter pour l'appeler alors que ses blessures étaient encore à vif serait une erreur, même si elle le désirait par-dessus tout.

—Je l'appellerai demain matin, rectifia-t-elle.

***

Encore pâle et fatiguée d'avoir passé la nuit à imaginer la conversation qu'elle aurait avec Jake, Laurie se leva avant l'aube. Elle avait découvert sur son téléphone portable deux messages reçus plusieurs heures plus tôt, après sa discussion avec Nick.

L'article ne vient pas de moi.

Il y avait un second message.

Je t'appelle.

Elle avait répondu.

J'adore mon cadeau.

Elle avait ajouté un emoji représentant un ours. Deux coches bleues indiquaient qu'il avait lu sa réponse et trois points de suspension en mouvement étaient apparus, lui indiquant qu'il était en train de lui répondre. Puis les points de suspension avaient disparu, et finalement, elle n'avait pas reçu de message. Cela valait probablement mieux, s'était-elle dit, avant de s'endormir. Ce qu'ils avaient à se dire méritait mieux qu'un message en ligne.

Il était à peine 6 heures et quart lorsqu'elle pénétra dans la cour de la ferme des Walker, mais plusieurs fenêtres du bâtiment étaient déjà éclairées et la porte de derrière était ouverte. Sur la gauche, le petit cottage de Jake était plongé dans l'obscurité. Cela n'était pas surprenant, car il était encore tôt, mais elle eut l'impression que quelque chose clochait.

—Laurie, c'est bien toi ?

Sursautant en entendant la voix d'Alan Walker, la jeune femme se retourna. Le fermier se tenait près de son Land Rover, une gourde en métal à la main et un Tupperware sous le bras.

—Oh, bonjour, Alan ! Je passais simplement voir Jake…

Elle eut le sentiment d'être une collégienne surprise en train de rôder pour retrouver un petit ami qu'elle avait interdiction de voir et espéra qu'il faisait encore suffisamment nuit pour qu'Alan ne la voie pas rougir.

—Malheureusement, il n'est pas là, répondit Alan avant de déposer son déjeuner sur le siège de sa voiture et de s'avancer vers elle. Il a reçu un coup de téléphone hier, apparemment au sujet d'un problème familial. Je suis étonné qu'il ne t'ait rien dit…, ajouta le fermier en toussotant, manifestement gêné d'avoir fait cette remarque. Je crois que Caro a trouvé une enveloppe qu'il a laissée pour toi lorsqu'elle est venue faire le ménage du cottage. Attends un instant…

Bouleversée, Laurie le regarda partir en direction de la ferme et se retourna pour observer le cottage. Effectivement, il y avait bien quelque chose d'inhabituel. La voiture de Jake n'était plus là. Seul un rectangle plus clair dans la poussière de la cour de la ferme marquait son emplacement.

Je t'appelle.

Le sous-entendu de son dernier message la frappa de plein fouet. Il ne s'agissait pas d'une tentative de réconciliation, comme elle l'avait pensé d'abord, mais d'une manière cruelle de lui dire adieu. Elle était trop fatiguée et confuse pour s'en être rendu compte lorsqu'elle l'avait reçu, mais pour quelle raison aurait-il choisi exactement les mêmes mots que Matt, si ce n'était pour la blesser ? Il avait remué le couteau dans la plaie, sans doute pour se venger, parce qu'elle s'était servie de ses confidences pour les retourner contre lui. Mais alors, pour quelle raison lui avait-il offert l'ours en peluche ? Pour son cerveau fatigué, plus rien n'avait de sens.

—Tiens, ma chérie.

Alan était de retour dans la cour et lui tendit l'enveloppe. Il se rapprocha parce qu'elle ne faisait pas un geste pour la prendre.

—Est-ce que tu te sens bien ? J'imagine que non… Attends ! Caro ! Caro, viens voir, nous avons besoin de tes services !

Quelques instants plus tard, Laurie était assise à la table de la cuisine des Walker, enveloppée dans une couverture, un mug fumant posé devant elle. Carolyn avait renvoyé son époux à ses occupations et s'était assise à l'autre extrémité de la table. Elle tenait un mug de thé identique à celui de Laurie entre les mains.

—Cela a dû être un sacré choc pour lui, pauvre garçon, commenta-t-elle d'un air absent en buvant une gorgée de thé.

Il fallut quelques instants à Laurie pour qu'elle saisisse le sens de ces mots, tant elle était absorbée par son chagrin.

—Pardon ? Que veux-tu dire ?

—Tu sais bien… Je parle du fait que Jake vient de perdre son père et qu'il l'a appris subitement. C'est affreux de recevoir une telle nouvelle lorsqu'on est loin de chez soi. Il est arrivé la même chose au père d'Alan. Fort comme un taureau, mais il est tombé comme une pierre dans la cour, à quelques mètres de la porte… Nous étions à Tenerife, à ce moment-là. Il a fallu échanger nos billets en urgence pour rentrer à la maison…

Pendant que Carolyn déroulait le fil de ses souvenirs, Laurie s'efforça de réfléchir à ce qu'elle venait d'apprendre. D'après ce que Jake lui avait dit, il n'avait pas vu ses parents depuis au moins une dizaine d'années. Pour elle, qui n'avait que rarement passé une journée sans voir les siens, cela paraissait inconcevable. Que ressentait-il ? Du soulagement ? De la colère ? De la tristesse ? Sans doute tout cela à la fois, et bien d'autres émotions encore. Elle observa l'enveloppe posée près de son mug, qu'elle n'avait pas encore ouverte. Dans ces circonstances, Jake aurait-il réellement été capable de tenter de la blesser de cette manière ? Il n'y avait qu'un moyen de le savoir.

—Peux-tu m'accorder une minute, Carolyn ?

—Bien sûr, Laurie, répondit Carolyn, dont le sourire compréhensif montrait qu'elle avait meublé la conversation pour permettre à Laurie d'intégrer la nouvelle. J'ai une pile de linge à trier. Laisse le mug dans l'évier quand tu auras fini ton thé…

Laurie contempla l'enveloppe durant quelques minutes supplémentaires, à la fois effrayée et impatiente d'en connaître le contenu.

—Lis-la, tout simplement, se houspilla-t-elle à voix basse.

Elle s'en empara et l'ouvrit précipitamment pour ne pas risquer de changer d'avis. La lettre, manuscrite, tenait sur une page.

Ma chère Laurie,

J'ai tant de choses à te dire, mais je vais commencer par le plus important : il ne s'agit pas d'un au revoir.

Je suis désolé pour tout. Je vais essayer d'enquêter un peu dans les jours qui viennent, pour savoir d'où provient la fuite, mais je te promets qu'elle ne vient pas de moi.

Ma mère a appelé le journal dans lequel je travaille et a laissé un message pour me prévenir que mon père était décédé.

Laurie interrompit sa lecture pour réfléchir. Cela faisait si longtemps qu'il avait coupé les ponts avec ses parents que ceux-ci n'avaient même pas son numéro de téléphone. Apprendre une telle nouvelle de la bouche d'une personne étrangère devait être affreux.

Je dois rentrer chez moi. Je n'ai pas le choix, même si ce n'est pas facile pour moi. Ma mère ne s'en sortira pas toute seule, elle n'a jamais été très forte.

J'ai failli t'appeler, mais je ne voulais pas t'accabler avec mes problèmes. Je te connais, Laurie Morgan, avec ton grand cœur, tu aurais voulu être à mes côtés, mais tu ne mérites pas cela.

Voici l'adresse de ma mère, et tu as déjà mon numéro de téléphone.

Une adresse et un code postal étaient inscrits en lettres capitales, comme s'il avait veillé à ce qu'elle puisse déchiffrer son écriture sans difficulté.

Je ne suis pas lui.

Jake avait légèrement percé le papier en soulignant le dernier mot.

Je ne te quitte pas. Je ne m'en vais pas pour toujours, je m'absente juste quelque temps jusqu'à ce que je retrouve mes esprits et puisse devenir l'homme que tu seras fière d'avoir à tes côtés.

Au bas de la page, il avait simplement tracé la lettre J et un simple « x ».

Une larme tomba sur le papier, et étala l'encre.

—Oh, Jake, chuchota-t-elle, je le suis déjà…

27

— Comment vas-tu, maman ? l'appela Jake du bas des escaliers.

Il espérait obtenir une réponse, sans grand espoir. Elle n'avait pas bougé de son lit depuis son arrivée, sauf pour se rendre dans la salle de bains. Il avait dû utiliser le double de clés, toujours caché sous le même pot de fleurs près de la porte de derrière, pour pouvoir entrer. L'état de la cuisine, qui avait toujours été d'une propreté immaculée, avait confirmé ses pires craintes à propos de l'état dans lequel se trouvait sa mère. Des tasses et des assiettes sales occupaient toutes les surfaces libres, et l'évier était rempli d'une eau froide et graisseuse. Dans la minuscule buanderie, il avait découvert une pile de linge humide qui sentait le renfermé abandonnée dans la machine. Sa mère avait à peine soulevé la tête de l'oreiller lorsqu'il était arrivé, comme si appeler son bureau lui avait coûté ses dernières forces.

Elle ne répondit pas.

Soupirant, il retourna dans la cuisine lui préparer un bol de soupe. C'était tout ce qu'il parvenait à lui faire avaler, mais elle n'en buvait que quelques gorgées avant de repousser le plateau. En attendant que la soupe chauffe, il prit son bloc-notes et parcourut la liste des tâches qu'il avait à accomplir. L'entrepreneur local de pompes funèbres auquel il s'était adressé s'était occupé à merveille de tous les détails pratiques, mais lui avait envoyé une longue liste de questions à propos de la cérémonie, et il hésitait quant aux réponses à lui donner. Fallait-il commander des fleurs, ou prévoir une donation à une association caritative ? Certaines personnes liraient-elles des textes au cours de la cérémonie ? Préférait-il un enterrement classique ou une crémation ? Il avait lu et relu les questions une dizaine de fois et ne parvenait pas à prendre de décision. Sa mère n'était pas en état de répondre, et Jake aurait préféré une cérémonie discrète, mais il savait qu'il devait l'organiser de son mieux. Sa mère, une fois le choc passé, serait dévastée si tout ne se déroulait pas comme il fallait.

Il ne comptait plus le nombre de fois où il avait été tenté d'appeler Laurie pour lui demander conseil, simplement pour entendre sa voix, et ne pas se sentir seul en de telles circonstances. Avait-elle lu sa lettre ? Il n'aurait pas dû la laisser sur la table, mais il avait été trop obnubilé par le long trajet qui l'attendait, par le fait qu'il était responsable du bien-être de sa mère, même s'il lui était arrivé de se demander pourquoi il se donnait toute cette peine. Peut-être l'appellerait-il le soir même, après l'heure de fermeture du café, pour voir si elle pouvait le conseiller à propos de la cérémonie.

Il entendit frapper un coup à la porte, puis la sonnette retentit. *Ce doit être encore un voisin*, se dit-il en éteignant le gaz sous la casserole. Tout le voisinage avait en effet défilé à sa porte. Certains voisins proposaient leur aide, d'autres déposaient une tourte ou un ragoût et certains étaient simplement curieux de le revoir après tant d'années.

Affichant un sourire forcé alors qu'il n'en avait pas la moindre envie, Jake ouvrit la porte.

—Tout va bien par ici, fils ? claironna Andrew Morgan, dont la gigantesque silhouette emplissait l'encadrement de la porte, et qui lui souriait avec sa bonhomie habituelle. Allons, entrons. Les filles sont en train de prendre quelques affaires dans la voiture…

Face à cet homme immense qui avançait vers lui, Jake ne put que reculer dans l'entrée.

Il n'avait fait que quelques pas en arrière quand Andrew le prit dans ses bras.

—Cela va s'arranger, fils ! Tu ne seras plus obligé de tout assumer seul, plus maintenant…

Alors que des larmes brûlantes se mettaient à couler en abondance sur ses joues, Jake agrippa le dos du t-shirt d'Andrew et étreignit le géant de toutes ses forces tandis que ce dernier lui tapotait le dos.

—Allez, respire un grand coup, maintenant !

Jake obéit et desserra son étreinte juste à temps pour essuyer du revers d'une main son visage humide avant que Laurie, puis sa mère, ne pénètrent dans l'entrée, chargées de sacs et de paquets. Laurie s'arrêta juste devant lui.

—Hello.

—Hello…

Il fut incapable de prononcer un mot de plus, mais cela était amplement suffisant pour l'instant. Elle était là. Elle était venue, même s'il lui avait dit de ne pas le faire. Une femme stupéfiante, magnifique…

—J'ai dit à Nick de laisser les valises dans la voiture, car je ne savais pas si la maison était assez grande pour nous accueillir tous. Il est en train de chercher un hébergement sur Google, expliqua Sylvia en se faufilant devant eux pour accéder à la cuisine.

Elle fut de retour quelques instants plus tard, les mains libres, et déposa un baiser sur la joue de Jake.

—Comment vas-tu, mon chéri ? Tu vis là un moment bien difficile… Comment va ta maman ?

Jake secoua la tête.

—Pas très bien. Elle est couchée dans sa chambre, à l'étage…

—J'imagine que tout cela a dû la secouer, n'est-ce pas ? demanda Sylvia, l'air compatissant. Bon. Comment s'appelle-t-elle ?

—Linda. J'étais justement en train de lui faire chauffer de la soupe…

—Laisse-nous nous en occuper, commanda-t-elle en posant une main sur son épaule avant de se tourner vers son époux. Andrew ?

—J'y vais, chérie.

Andrew Morgan gagna la cuisine tandis que sa femme se dirigeait tambour battant vers les escaliers, tel un général miniature en pantalon de coton blanc et blouse rose ample. Jake ne put que la regarder gravir les marches, admirant la manière dont elle prenait les choses en main, à peine trente secondes après avoir pénétré dans la maison.

—Est-ce que je dois faire quelque chose ? dit-il en se tournant vers Laurie, légèrement amusé, et réalisant encore à peine qu'elle était là.

Laurie passa les bras autour de sa taille.

—Maman est dans son élément, ne t'inquiète pas. Si elle a besoin de toi, elle te le dira. Suis-moi.

Rassuré en entendant Sylvia prendre soin de sa mère à l'étage, Jake laissa Laurie l'entraîner vers la cuisine et le faire asseoir sur une chaise. Andrew était déjà devant les fourneaux, un torchon jeté sur l'épaule, et versait la soupe dans un bol. Il posa celui-ci sur un plateau et disposa également deux tranches de pain beurrées sur une assiette. De l'eau était en train de chauffer dans la bouilloire sur le plan de travail, et plusieurs tasses étaient posées devant.

—J'ai trouvé un hébergement ! s'exclama soudain Nick en pénétrant dans la cuisine. Sale coup, mon gars ! compatit-il en tapotant l'épaule de Jake avant de se tourner vers son père. Que puis-je faire ?

—Porte ce plateau à ta mère, à l'étage. Pose-le dans le couloir, n'entre pas dans la chambre de Linda.

Linda. Il avait prononcé ce prénom avec tant de naturel, comme s'il parlait d'une amie de longue date, et non d'une femme qu'il n'avait encore jamais rencontrée. Jake jeta un coup d'œil vers Laurie, qui était assise à côté de lui et triait ses notes ainsi que les papiers que le médecin et l'entreprise de pompes funèbres lui avaient laissés.

—Ne t'inquiète pas, nous allons nous occuper de tout cela, lui dit-elle en posant la pile de papiers sur le côté.

—Je ne m'inquiète pas.

Pour la première fois de la semaine, il se sentait apaisé. Rassuré. Centré. Rien n'était encore résolu, les pensées se bousculaient encore dans sa tête, mais il l'acceptait. Il avait cru qu'il allait devoir s'occuper de tout cela tout seul, mais la femme assise à ses côtés en avait décidé autrement.

Lorsqu'il écarta les bras, elle se glissa sur ses genoux et se blottit contre lui en soupirant.

—Ils sont un peu envahissants, j'en suis désolée, mais ils n'ont pas voulu que je vienne toute seule, murmura-t-elle en secouant la tête lorsqu'elle vit son père donner une petite tape amusée à Nick avec le torchon. J'espère que tu te sens prêt, parce que, en ce qui les concerne, tu fais partie de la famille, maintenant.

Il n'était pas certain d'être tout à fait prêt. Pas pour l'instant. Mais cette idée le laissa sans voix.

—Ils sont merveilleux, bredouilla-t-il en saisissant le menton de la jeune femme entre ses doigts et en approchant son visage du sien. Tu es merveilleuse, ajouta-t-il en l'embrassant tendrement et délicatement.

Ces baisers lui apparurent comme les prémices de nombreux autres à venir.

—Je n'arrive pas à croire que tu sois venue, ajouta-t-il.

—Je serai toujours là lorsque tu auras besoin de moi, le rassura-t-elle en lui caressant la joue puis en se penchant vers lui pour qu'il soit le seul à entendre les mots suivants.

—Je t'aime.

—Je t'aime aussi.

Il avait chuchoté ces mots contre sa tempe, et fermé les yeux en humant le parfum de son shampoing. Il savait qu'il s'agissait de son shampoing préféré. Cela ne suffisait pas à établir les fondations d'une relation solide, certes, mais c'était un début. Quant au reste… Le reste viendrait en temps et en heure s'ils s'attelaient à la tâche.

Et Jake se fit la promesse de consacrer tout son temps à Laurie Morgan et à son adorable, bruyante et énergique famille.

Leur famille.

Remerciements

Et voilà, un de plus ! Honnêtement, je n'étais pas certaine de parvenir à rédiger de nouveau les remerciements d'un livre. C'est pourquoi un certain temps s'est écoulé entre l'écriture de celui que vous tenez entre les mains et le précédent. Entrecoupé de nombreuses pauses mais également beaucoup soutenu, ce roman né sous de bons auspices a, pour mon plus grand bonheur, connu des digressions, mais ne m'a jamais lâchée !

Je suis heureuse de démarrer cette nouvelle série auprès d'un nouvel éditeur extraordinaire. Je remercie tous les collaborateurs de Boldwood Books de m'avoir permis de publier le premier d'une nouvelle série de romans qui devrait beaucoup plaire à mes lecteurs. J'ai adoré imaginer l'univers de Mermaids Point et je suis certaine que nous allons beaucoup nous amuser en découvrant les Morgan ainsi que leurs amis et leur famille au cours des années à venir.

Je remercie tout particulièrement mon extraordinaire éditrice, Sarah Ritherdon. Dès l'instant où nous nous sommes parlé au téléphone, j'ai su que notre collaboration se passerait bien. Merci infiniment, pour, eh bien, TOUT ! X.

Merci à Cecily Blench (ma relectrice) et à Camilla Lloyd (ma correctrice), qui ont fignolé l'ouvrage, et lui ont donné tout son éclat xx.

À Amanda, à Nia, à Ellie et au reste de l'équipe de Boldwood qui ont travaillé dur pour que vous puissiez avoir ce livre entre les mains (ou sur votre liseuse ou votre application de livres audio favorite !) – merci x.

#TeamBoldwood, à toute l'équipe, vous formez la plus belle brochette de collègues auteurs dont j'aie pu rêver. Merci pour vos soutiens, vos partages, nos discussions et vos encouragements. Je souhaite une année exceptionnelle couronnée de succès à chacun d'entre nous.

Mes compagnes de soirée – Jules Wake, Bella Osborne, Rachel Griffiths, Philippa Ashley : vous comptez au-delà de tout pour moi. Je vous aime toutes et je suis impatiente que nous nous réunissions à nouveau xxx.

À Rachel Burton, parce que nous sommes toujours là l'une pour l'autre xxx.

À toutes les personnes qui m'ont écrit parce qu'elles ont aimé l'un de mes livres ou ont pris le temps de laisser un avis – cela fait vraiment la différence et j'apprécie votre geste x.

Aux personnes qui tiennent un blog de lecture, parce qu'elles m'aident, mais aident également tant d'autres auteurs en parlant de leurs livres. Vous êtes géniales et je vous suis extrêmement reconnaissante pour le temps et l'énergie que vous consacrez à votre tâche xx.

Et mes plus grands et chaleureux remerciements vous sont adressés, mes chers lecteurs, parce que si vous n'aviez pas acheté ce livre, je ne pourrais continuer à exercer le métier que j'aime le plus au monde xxx.

À PROPOS DE L'AUTEURE

Sarah Bennett est l'auteure à succès de plusieurs trilogies romantiques, notamment celles de *Butterfly Cove* et *Lavender Bay.* Née et élevée au sein d'une famille de militaires, elle est mariée à son supérieur hiérarchique et, lorsqu'elle ne lit ou n'écrit pas, adore naviguer en haute mer.

Consultez le site de Sarah à l'adresse suivante :
https://sarahbennettauthor.wordpress.com/
Suivez Sarah sur les médias sociaux :
facebook.com/SarahBennettAuthor
twitter.com/Sarahlou_writes
bookbub.com/authors/sarah-bennett-b4a48ebb-a5c3-4c39-b59a-09aa91dc7cfa
instagram.com/sarahlbennettauthor

Achevé d'imprimer en juillet 2025
sur les presses de la Nouvelle Imprimerie Laballery
58500 Clamecy
Numéro d'impression : 505729

Imprimé en France

La Nouvelle Imprimerie Laballery est titulaire de la marque Imprim'Vert®